KJB

Als *Liz Kessler* im Alter von neun Jahren ihr erstes Gedicht veröffentlichte, hatte sie sich nicht träumen lassen, dass sie einmal eine der erfolgreichsten Autorinnen der Welt werden würde. Ihre Kinderbücher über das Meermädchen ›Emily Windsnap‹ und die Feenfreundin ›Philippa‹ sind internationale Bestseller und haben sich millionenfach verkauft.

Alle Bände der Emily-Serie:
Emily Windsnap – Das Geheimnis (Band 1)
Emily Windsnap – Das Abenteuer (Band 2)
Emily Windsnap – Die Entdeckung (Band 3)
Emily Windsnap – Die Rückkehr (Band 4)
Emily Windsnap – Die Reise (Band 5)
Emily Windsnap – Die Bestimmung (Band 6)

Weitere Informationen zum Kinder- und Jugendbuchprogramm der S. Fischer Verlage finden sich auf
www.fischerverlage.de

Liz Kessler

Emily Windsnap

Die Rückkehr

Aus dem Englischen
von Eva Riekert

KJB

Dieser Titel ist auch als Hörbuch
im Handel erhältlich.

MIX
Papier aus verantwortungsvollen Quellen
FSC® C083411

Durchgesehene Neuausgabe
Erschienen bei FISCHER KJB

Die Originalausgabe erschien 2009 unter dem Titel
›Emily Windsnap and the Siren's Secret‹ bei Orion Children's Books,
a division of the Orion Publishing Group Ltd., London

Auf Deutsch zuerst erschienen 2010 unter dem Titel ›Emilys Rückkehr‹
Umschlaggestaltung: Zero Werbeagentur, München
Satz: Pinkuin Satz und Datentechnik, Berlin
Druck und Bindung: CPI books GmbH, Leck
Printed in Germany
ISBN 978-3-596-85690-9

*Dieses Buch ist allen Emily-Fans gewidmet,
die mich angeschrieben und sich ein viertes Buch
gewünscht haben.*

*Danke, dass ihr schlauer seid als ich und
vor mir gewusst habt, dass Emily noch ein
Abenteuer erleben wollte!*

Wenn sonnig blau-lieblich die Stunden sind,
Dann gleite ich durch die See so grün:
Am Tage werden die ersehnten Gestade
Von mir nicht gesehen.

Doch wenn sich Dämmerung legt auf die Wogen,
Eine Muschel ich an die Küste trage.
Ich setze mich auf die Felsen droben
Und klage.

aus: Das Mondkind
von Fiona MacLeod

Prolog

Es war keine Nacht, in der man draußen sein wollte, wenn man das nicht unbedingt musste.
Scharfe Sturmböen pfiffen gellend um jede Ecke. Bäume bogen sich, ächzten und knickten gar um. Regen peitschte erbarmungslos aufs Pflaster.
Draußen auf dem Meer ging es noch schlimmer zu. Auf dem Wasser hatte der Sturm die Wogen zu riesigen Mauern, mächtig wie Hochhäuser, aufgetürmt. Die Wellen schäumten gierig wie riesige tollwütige Hunde.
Jeder, der sich mit der See auskannte, wusste, dass so ein Sturm nur eines bedeuten konnte: Neptun tobte.
Wenn jedoch trotzdem jemand so draufgängerisch oder verrückt oder mutig gewesen wäre, um in so einer Nacht draußen zu sein, hätte er in der Ferne zwei Gestalten sehen können, weit draußen auf dem Meer, wo es keinesfalls mehr sicher war. Ein Mann beugte sich über den Rand seines Fischerbootes und rief einer Frau im Wasser unter ihm etwas zu. »Nimm es. Nimm es. Halt es gut fest.«
»Was ist das?«, rief die Frau zurück, ganz laut, um sich trotz der donnernden Wellen Gehör zu verschaffen.

Der Mann schüttelte den Kopf. »Ich kann dich nicht verstehen!« Er beugte sich noch weiter heraus und fügte hinzu: »Wenn es sich wieder beruhigt hat, dann suche nach mir.«
»Wie?«, schrie sie, und sie wurde sowohl von Entsetzen geschüttelt als auch von den Wellen, die sie jetzt immer weiter auseinandertrieben.
Er deutete auf das Päckchen, das er ihr soeben gegeben hatte. »Die Muschel!«, glaubte sie zu verstehen. Und dann schrie er noch etwas, das klang, als habe er gesagt: »Es steckt ein Bann darin.« Ein Bann? Etwa wie ein Zauber?
Der Frau wurde bewusst, was sie hinter sich ließ, und der Schmerz darüber traf sie härter als die nächste Welle.
»Was ist mit –«
Die Welle spülte die restlichen Worte fort – doch er wusste, was sie hatte fragen wollen.
»Ich kümmere mich um alles«, rief er. »Um alles. Mach dir keine Sorgen. Es wird alles gut. Geh jetzt. Geh, ehe es zu spät ist.«
Einen Augenblick später hätte der Beobachter gesehen, wie sie auseinandergerissen wurden. Beide verschwanden hinter den aufgetürmten Wellenbergen der brodelnden See. Und er hätte sich vielleicht gefragt, ob er sich das alles nur eingebildet hatte, denn in solch einer Nacht fuhr doch wirklich keiner hinaus.
Wenn er nicht unbedingt musste.

1

Ich weiß, ihr glaubt bestimmt, dass ich verrückt bin, wenn ich das jetzt sage, aber irgendwas an meinem Leben war in Unordnung.
Warum soll das verrückt klingen?
Weil ich zum ersten Mal im Leben mit Mum und Dad zusammen war, vereint auf unserer schönen Rundum-Insel, und weil meine beste Freundin Shona direkt um die Ecke lebte und ich meinen neuen Freund Aaron und seine Mutter ganz in der Nähe hatte. Mit unserem Leben war doch eigentlich *nichts* in Unordnung.
Echt. Absolut nichts. Dad musste nicht mehr aus dem Gefängnis befreit werden; keine Seeungeheuer wie der Krake versuchten mich zu Tode zu quetschen; kein Sturm, der unser Hausboot über den halben Planeten jagte – alles Sachen, die mir letztes Jahr passiert waren.
Inzwischen war ein Tag nach dem anderen angefüllt mit Sonne, Sand, Freunden, Lachen. Mein Leben war perfekt.
Warum war ich also die ganze letzte Woche jeden Morgen so unruhig und verunsichert aufgewacht? Ich verstand es einfach nicht.

Ich setzte mich im Bett auf, streckte mich und versuchte mich daran zu erinnern, was ich geträumt hatte. Fetzen einer wirren Ansammlung seltsamer Träume überschlugen sich in meinem Kopf, die ich jedoch nicht zusammensetzen konnte. Das Einzige, an das ich mich erinnern konnte, war das Gefühl, das sie hinterlassen hatten. Nicht direkt unglücklich – aber doch nicht, wie es sein sollte. Irgendwas stimmte einfach nicht.

Wie schon gesagt – verrückt. Was sollte denn nicht stimmen mit diesem Leben?

Aber da gab es etwas, und ich konnte es nicht einfach wegschieben. Und vor allem: Ich hatte das Gefühl, dass es Mum genauso ging. Wenn sie das Essen kochte oder las, hatte ich ein-, zweimal beobachtet, wie ihr Blick ganz trüb und abwesend wurde, als ob sie weit in der Ferne nach etwas suchte, etwas, das sie vermisste.

Ich glaube, tief im Inneren wusste ich, was an uns beiden nagte; ich wusste, was uns fehlte, sogar schon vor dem Gespräch mit Archie, das alles ändern sollte.

»Klopf, klopf, ich bin's nur!« Ein vertrautes Trällern drang durch die Tür, gefolgt von einem vertrauten Poltern, und Mums beste Freundin Millie landete auf unserem Deck.

Die *Fortuna*, das Schiff, auf dem wir wohnten, lag vertäut in der Bucht, halb im Sand versunken, so dass das Unterdeck geflutet war. Da Dad ja ein Meermann ist und ich halb Meermädchen, halb Mensch bin, bedeutete das, dass wir beide im unteren Bereich herumschwimmen konnten. Mums Kajüte war oben, aber die verschiedenen Luken zwischen den Ebenen machten es uns leicht, gemeinsam hier zu leben. Und der lange Anlegesteg, der vom Strand zum Boot führte, erlaubte es, an Bord zu kommen, ohne schwimmen zu müssen – was es Millie sehr leichtmachte, uns zu besuchen, ohne sich mehr nass zu machen als die Füße.

Sie streckte den Kopf durch die Tür. »Jemand zu Hause?«

Ich schleppte mich aus dem Bett und schlurfte zur Tür, rieb mir die Augen und winkte sie herein. Nicht, dass man sie extra auffordern musste. Sie war schon drin und eifrig dabei, ihren Rock über der Luke auszuwringen.

»Deine Mutter schon auf?«, fragte sie.

Ich rieb mir immer noch die Augen und gähnte. »Nö, ich glaube, noch nicht. Warum?«

»Jemand kommt nach Hause!«, berichtete sie aufgeregt. »Hab so was gluckern hören.«

»Gluckern hören?«

»Na ja, ich versuche mir so was wie Meer-Slang anzugewöhnen«, erwiderte Millie mit gerunzelter Stirn. »Ich meinte, ich hab es munkeln hören. Archie kommt heute zurück!«

Jetzt erst fiel mir ihr Gesicht auf. Also, natürlich hatte ich ihr Gesicht ja bereits gesehen. Ich sah sie schließlich direkt an. Aber jetzt fiel mir auf, was anders war. Leuchtend blauer Lidschatten bis unter die Augenbrauen und eine dicke Schicht roter Lippenstift auf dem Mund – und auf den Zähnen auch ein bisschen. Ich wies sie darauf hin, und sie sah schnell in den Spiegel neben der Tür.

»Isch fascht schwei Wochen her«, sagte sie und wischte sich mit dem Ärmelaufschlag den Lippenstift von den Zähnen. »Er hat mir ja scho gefehlt!«

Archie ist Millies Freund. Er ist ein Meermann, und er war mit einem Auftrag in Sachen Neptun unterwegs.

»Ist das Mi-hillie-ie?«, trällerte Mum aus ihrer Kajüte. »Komm doch rein, Millie, und setz im Vorbeigehen schon mal den Kessel auf.«

Ich überließ die beiden sich selbst.

Eine halbe Stunde später war Mum angezogen und saß mit Millie im Salon – so nennt man das Wohnzimmer auf einem Schiff. Ich wollte weg, um mich mit Shona und Aaron zu treffen, aber Mum bat mich, gemeinsam mit Millie zu warten; ihr Zustand sei viel zu erregt, um sie allein zu lassen.

Ich wartete unten mit Dad. In der Schule war demnächst ein Gymnastik-Tag vorgesehen, und er half mir bei einer kniffligen Dreifach-Rückwärtsdrehung, die ich bei unserer Vorführung machen musste. Zwei makellose Drehungen schaffte ich leicht, aber bei der dritten verschluckte ich immer literweise Wasser.

Ich erholte mich gerade von meinem vierten Versuch, als ein scharfes Klopfen zu hören war.

»Archie!«, rief ich aus.

»Das bezweifle ich, Kleines. Hast du Archie schon mal anklopfen hören?«

Ich lachte. Archie würde wahrscheinlich viel eher an einem der Bullaugen auftauchen. Meermänner kommen selten an die Eingangstür.

Wir steckten beide den Kopf durch die Luke, um zu sehen, wer es war. Mum ging an die Tür. »Charles«, sagte sie kurz angebunden. »Wie nett, Sie zu sehen.«

Mr Beeston. Nicht gerade unser bester Freund. Also ehrlich, jemand, der euch euer ganzes Leben lang angelogen hat und euch nicht gesagt hat, wer ihr wirklich seid, der euch unter Drogen gesetzt hat, damit ihr euch nicht an die wahre Geschichte erinnern könnt, der euch ausspioniert hat, damit er Neptun von eurem Tun und Lassen berichten kann – so einer füllt euer Herz nicht gerade mit Zuneigung und Wärme, wenn ihr mich fragt, oder?

Dennoch, nach all den Katastrophen, die wir kürzlich durchgestanden hatten, hatte Neptun von uns allen verlangt, die Vergangenheit hinter uns zu lassen und einen Neustart zu machen. Seitdem hatten wir uns alle bemüht, freundlich und höflich miteinander umzugehen.

Mum hielt ihm die Tür auf. »Kommen Sie doch rein!«, sagte sie. »Wir trinken gerade Tee.«

»Also, äh, ich weiß nicht, ich will nicht, wissen Sie, ich möchte Ihnen nicht im Weg sein«, stotterte er, kam aber trotzdem herein und setzte sich auf das kleine Sofa mitten im Salon.

»Hallo, Emily«, sagte er, nickte mir zu und strich sich das Haar glatt.

»Hi«, sagte ich und machte kehrt, um wieder nach unten zu schwimmen, aber Dad gab mir einen Schubs.

»Nun geh schon rauf; du weißt doch, wir sollen höflich zueinander sein«, sagte er leise.

Mit einem Seufzer zog ich mich durch die Luke hoch. Sofort spürte ich das vertraute Kribbeln in meinem Nixenschwanz. Ich saß da und sah zu, wie er hin und her flutschte. Das Kribbeln wurde stärker, das lila-grüne Schillern verblasste, der Nixenschwanz wurde starr – und dann verwandelte er sich in meine Beine. Ich rieb sie, um das Kribbeln zu vertreiben. Es war immer so ein Gefühl wie eingeschlafene Beine, wenn ich mich aus dem Meermädchen zurückverwandelte, und für einen kurzen Moment waren meine Knie ganz wackelig. Deshalb stand ich nicht sofort auf.

»Soviel ich gehört habe, wird Archibald heute zurückerwartet«, sagte Mr Beeston zu Mum, während ich die Beine noch durch die Luke baumeln ließ. Er hatte es wohl auch gluckern hören. Was mich nicht überraschte. Er schien immer zu wissen, was gerade los war. Wahrscheinlich hatte er überall seine Spione sitzen.

Ich wusste ja, dass wir inzwischen Freunde sein sollten, aber ich traute ihm immer noch nicht über den Steg und verstand nicht, wie Mum und Dad ihm so leicht hatten vergeben können.

»Das habe ich auch gehört«, sagte Mum. Millie war aufgestanden, um sich noch mal im Spiegel zu überprüfen. Sie zupfte an ihrem Haar und strich ihr Kleid glatt und holte den Lippenstift schon wieder aus der Tasche, als von unten ein Geräusch kam.

»Das ist er!«, quietschte Millie. »Er ist wieder da!«

Wir rannten alle zur Luke und sahen nach unten. Und tatsächlich, zwei Sekunden später erschien Archie in dem großen Bullauge, das unser Unterwassereingang ist. Er sah herauf. Mit einem breiten Grinsen schüttelte er sich die dunklen Haare aus dem Gesicht und schwamm auf die Luke zu. »Hallo alle zusammen«, sagte er, sah dabei jedoch nur Millie an.

Mum lachte. »Na gut, kommt, wir trinken unseren Tee und lassen die beiden Turteltauben mal allein«, sagte sie.

Mr Beeston nickte Archie kurz zu. »Schön, dass du zurück bist, Archibald«, sagte er, dann folgte er Mum in die Kombüse, wie die Küche auf einem Schiff heißt.

»Für mich einen Earl-Grey-Tee«, rief Millie über die

Schulter, ohne den Blick auch nur eine Sekunde von Archie zu wenden.

»Jetzt noch mal Klartext«, sagte Dad, als wir uns draußen zusammensetzten. Archie und Dad waren außerhalb des Schiffes im Wasser, wir anderen saßen auf dem Deck. »Du warst die letzten vierzehn Tage also in *Brightport*?«
Brightport ist mein Zuhause. Oder besser, mein ehemaliges Zuhause. Dort habe ich gelebt, bis wir auf die Rundum-Insel gezogen sind – den einzigen Ort auf der Welt, an dem Menschen und Meerleute ganz offiziell zusammenleben dürfen. Mit anderen Worten, der einzige Ort, an dem meine Eltern zusammenleben konnten. Es ist der zischigste Ort, den man sich vorstellen kann, man könnte sich nicht wünschen, an einem noch genialeren Ort zu leben – aber als mein Vater *Brightport* sagte, fuhr mir plötzlich ein dumpfer Schmerz in den Magen.
»Ganz recht«, erwiderte Archie. »Mir war gar nicht klar, dass es der Zielort meines Auftrags sein sollte, bis wir fast dort waren.«
Mr Beeston nickte ernst. »Nun, du weißt doch, wie streng Neptun darauf bedacht ist, seine Aufträge geheim zu halten. Diese Erfahrung habe ich jedenfalls immer wieder gemacht, seit *ich* für unseren König in Diensten bin.«

Archie ging nicht weiter auf ihn ein und fuhr fort: »Kräne und Bagger waren am Stadtrand gesichtet worden, unweit der Stelle an der Küste, wo unsere Meerleute leben. Die Leute von Schiffriff bekamen es mit der Angst zu tun, und Neptun hat uns hingeschickt, um herauszufinden, was da los ist.«

Da war er wieder, der Schmerz im Magen, nur noch heftiger als vorhin. Schiffriff war die Stadt der Meerleute, wo Shona gewohnt hatte. Wo ich anfangs auf die Nixenschule gegangen war. Die pure Erwähnung des Ortes reichte, schon wurde mir ganz mulmig; und dass da vielleicht was schieflief, machte die Sache doppelt schlimm.

»Und was hast du rausgefunden?«, fragte Dad.

»Die meisten Arbeiten finden auf dem Festland statt, was unsere Nachforschungen ziemlich eingeschränkt hat. Aber was wir rausgekriegt haben, ist, dass die Gemeinde Brightport dahintersteckt.«

»Und was machen sie?«, fragte Mum.

Archie sah sie an. »Tja, das kommt drauf an, wen man fragt. Wenn man nach den riesigen Plakatwänden geht, die man schon kilometerweit vom Meer her sehen kann, geht es um die *Erschließung von brachliegendem Ödland*. Aber wenn man jemand von den Meerleuten in Schiffriff fragt, sind sie dabei, ihre gesamte Stadt plattzumachen.«

»Was soll das heißen?«, fragte ich. »Die können doch Schiffriff nicht einfach zerstören, oder?«

»Kommt drauf an, wie weit sich das Bauprojekt erstrecken soll und wie viele Kräne und Bagger sie noch dort hinbringen. Sie sind Schiffriff schon gefährlich nahe, und die Arbeiten gefährden die angrenzende Küste. In den Außenbezirken von Schiffriff hat es fast täglich Erdrutsche gegeben. Zwei Familien haben bereits ihre Behausung verloren. Ganz Schiffriff kann einstürzen, wenn die Bauunternehmer zu gierig werden und versuchen, bei ihrem *Erschließen* tiefer in unsere Stadt einzudringen.«

»Aber das ist ja schrecklich!«, sagte ich. Ich dachte an die Meerleute, die ich in Schiffriff kannte, an die Schule, an die ganzen Schüler, die Eltern, die alten Meerleute.

»Allerdings«, stimmte mir Archie zu. »Die Meerleute stellen sich so gut es geht auf eine Katastrophe ein. Wortführer diskutieren bereits Pläne für eine großangelegte Evakuierung, falls nötig, aber sie wollen natürlich keine unnötige Panik verbreiten. Keiner weiß genau, was der Stadtrat von Brightport sich vorstellt, wie weit die Erschließung gehen soll, deshalb ist es schwierig, sich darauf einzustellen.«

»Kann denn Neptun nicht einschreiten?«, fragte Mum.

»Neptun hat oberste Alarmbereitschaft für das Gebiet ausgerufen«, erwiderte Archie. »Das bedeutet, dass ständig eine Einheit vor Ort ist, die beobachtet, was vor sich geht. Darüber hinaus kann nicht viel unternommen werden.«

»Kann nicht viel unternommen werden?«, stieß ich hervor. »Reden wir von dem gleichen Neptun? Er hat doch mehr Macht als jeder andere!«

»Jeder andere im *Meer*«, korrigierte Archie mich. »Zu Lande hat er keinerlei Macht, irgendwie gegen irgendjemanden einzuschreiten. Er kann nichts anderes tun, als die Lage zu beobachten und gegebenenfalls beschließen, wie man darauf reagiert und wann man das tut.«

»Und warum bist du dann zurückgekommen?«, mischte Mr Beeston sich ein. »Hast du dich etwa unerlaubt von deinem Posten entfernt? Wo Neptun doch angeordnet hat, dass du dort ständig gebraucht wirst –«

»Neptun hat angeordnet, dass *irgendwer* die ganze Zeit dort sein soll«, fuhr Archie fort. »Aber wir benötigen eine Einheit, die in der Lage ist, besser in der Gegend herumzukommen, als uns das möglich ist. Ich habe zwar ein paar Kontakte an Land, aber keinen, der wirklich herausfinden kann, was da los ist. Keinen, der ein bisschen Einfluss besitzt.«

»Du willst also nicht zurück?«, fragte Millie mit leichtem Beben in der Stimme.

Archie grinste ihr zu. »Nicht sofort, nein. Zum einen zieht Neptun es vor, dass ich mich auf der Rundum-Insel aufhalte und hier auf Ordnung achte. Und zum anderen – tja, wir benötigen dort einen anderen als mich. Jemanden, der auch in die Bereiche gelangen kann, die mir verschlossen sind.« Er wandte sich an Mr Beeston. »Jemanden wie dich.«

»Jemanden wie mich?«, fragte Mr Beeston. Er wurde krebsrot und wischte sich ein unsichtbares Stäubchen vom Revers. »Nun, gewiss, bei einem derart wichtigen Einsatz muss Neptun ja notgedrungen ein höchst fähiges professionelles Team versammeln, und ich muss sagen, wenn es mich auch nicht sonderlich überrascht, bin ich doch geschmeichelt und –«

»Was ich meine, ist, dass wir jemand benötigen, der halb und halb ist«, fiel Archie Mr Beeston ins Wort und unterbrach damit eine Rede, die wie die Dankesansprache für den Nobelpreis klang.

Mr Beeston ist wie ich. Halb Meermann, halb Mensch. Das weiß ich erst seit ein paar Monaten – aber ich wusste es ja nicht mal von mir, bis ich das erste Mal mit der Schule schwimmen ging.

»Wir brauchen jemanden, der sowohl Zutritt zur menschlichen als auch zur Meerwelt hat«, fuhr Archie fort.

Mr Beeston rümpfte die Nase und inspizierte erneut sein Revers. »Dann hast du mich also nicht ausgewählt aufgrund meiner langjährigen Treue, meiner höchst qualifizierten Arbeit und meines gewissenhaften Trainings? Sondern nur, weil ich Beine habe?«, stellte er fest.

»Und einen Fischschwanz«, warf ich ein. Er bedachte mich mit einem missfälligen Blick.

Archie griff in die Tasche, die er über der Schulter trug, und zog etwas heraus. »Unsinn, es ist nicht nur das«, sagte er. »Man braucht dich dort.« Er legte einen Stapel Schriftstücke auf das Deck.

Mr Beeston hob ihn auf. »Was ist das?«

»Einer meiner Kontakte zu Fischern hat mir das rausgeschmuggelt«, sagte Archie. »Lies es durch.«
Mr Beeston blätterte den Stapel durch. »Das sind doch nur Namenslisten«, sagte er.
»Lies mal, was obendrüber steht.«
Mr Beeston räusperte sich. »*Wir, die Unterzeichnenden, sind der Ansicht, dass wichtige Arbeiten von Menschen und nicht von Computern durchgeführt werden sollten. Hightech-Entwicklungen dürfen nicht außer Kontrolle geraten. Setzt den Leuchtturmwärter wieder ein! Holt Mr Beeston zurück!*«
Mr Beeston blätterte die Namenslisten durch. »Nun, ich –«, begann er. »Ich meine, also –« Er blickte auf und sah Archie an. »Und das ist kein Witz?«
Archie schüttelte den Kopf.
»Und Neptun braucht mich auch?«
»Genau.«
Mr Beeston richtete sich auf. »Tja, wenn das so ist«, sagte er. »Ich kann sie doch nicht enttäuschen. Ich muss nach Brightport zurückkehren.«
Und das war genau der Moment, in dem ich erkannte, warum ich jede Nacht so schlecht geträumt hatte und morgens so traurig aufgewacht war – und warum mein Inneres jedes Mal weh tat, wenn Brightport erwähnt wurde.
Ich hatte Heimweh. So einfach war das.
Mum wandte sich Dad zu. »Jake«, sagte sie, »ich – ich –«

Dad kam an die Bordwand geschwommen und streckte die Hand nach ihrer aus. Ich sah Mum an und erkannte den Ausdruck auf ihrem Gesicht. Er drückte das Gleiche aus wie das, was ich fühlte. Und zwar schon seit langem. Während der letzten Wochen hatte ich beobachtet, wie sie in die Ferne starrte – plötzlich wusste ich, was sie da suchte, was ihr fehlte.

»Sie will nach Hause«, sagte ich.

Dad warf mir einen Blick zu. »Wir sind doch zu Hause, Kleines«, sagte er mit einem nervösen Lachen. Dann wandte er sich Mum zu. »Oder?«

Ehe sie antworten konnte, mischte Archie sich ein. »Es gibt da noch etwas«, sagte er. »Ich hab nicht recht gewusst, wie ich fragen soll, aber vielleicht ist der Zeitpunkt gar nicht schlecht.«

Dad drehte sich nach ihm um. »Um was geht es?«

»Neptun fordert ein Team. Wenn es dort Ärger gibt, dann braucht er mehr als nur einen von uns vor Ort. Beeston ist gut gewählt, um Schiffriff unter Kontrolle zu halten, und wegen seiner Kontakte ist er ideal, um Informationen aus Brightport zu bekommen, vor allem, wenn er wieder als Leuchtturmwärter getarnt auftaucht.«

Mr Beeston trat von einem Fuß auf den anderen und strich sein Haar glatt. Doch ehe er wieder zu einer *Oscar*-Dankesrede anheben konnte, setzte Archie hinzu: »Ich habe dich als seinen Assistenten vorgeschlagen.«

»Mich?«, fragte Dad. »Neptun weist mir eine verantwortliche Stelle zu, obwohl – na ja, trotz meiner Vorgeschichte?«

Dad ist kein Verbrecher oder so was, aber er war im Gefängnis, weil er meine Mutter geheiratet hat. Ehen zwischen Meervolk und Menschen waren mal total gegen das Gesetz. Jetzt nicht mehr. Um genau zu sein, hatte Neptun inzwischen beschlossen, den Graben zwischen Menschen und Meerleuten zu schließen – und er hatte beschlossen, dass wir die Richtigen seien, um ihm dabei zu helfen.

Er hatte uns erklärt, dass wir zwei Welten zusammenbringen und die Menschen und die Meerleute überzeugen müssten, in Frieden miteinander zu leben. Und das war ja nun auch wieder so eine Sache: Wie sollten wir die Welt so verändern und erreichen, dass Menschen und Meerleute friedlich miteinander lebten, solange wir hier draußen auf dem einzigen Flecken der Welt wohnten, wo das sowieso schon der Fall war? Alles deutete auf die einzige Folgerung hin: Wir *mussten* einfach nach Brightport.

Archie redete immer noch mit Dad. »Neptun klammert sich nicht an die Vergangenheit«, sagte er gerade. »Er weiß, dass du treu und verlässlich bist.«

»Und mit einer Menschenfrau verheiratet«, sagte Dad.

»Genau. Das ist der springende Punkt. Einer von euch kann mehr darüber herausfinden, was mit den Leuten in Brightport los ist, und einer von euch behält die Dinge in Schiffriff im Auge. Mit euch beiden und Beeston sind wir vielleicht in der Lage, größeres Unheil von der gesamten Stadt abzuwenden.«

»Du willst aber nicht, dass ich alte Freunde ausspioniere, oder?«, fragte Mum.

»Auf keinen Fall! Beeston und Jake erledigen die Hauptarbeit. Halte einfach die Augen und Ohren offen, falls du was hörst, was den anderen entgangen ist; ich denke da an Sachen, die für die Meerleute in Schiffriff zum Problem werden könnten. Falls noch jemand umgesiedelt werden muss, möchten wir, dass sie es rechtzeitig erfahren, damit sie ihre Siebensachen zusammensuchen und selbst umziehen können, statt eines Morgens aufzuwachen und einen Bulldozer in der Behausung zu haben.«

»Glaubst du denn, dass so was wirklich passieren könnte?«, fragte Mum.

»Auf jeden Fall. Und ich sag euch noch was: Wenn ein weiteres Haus zerstört wird, dann bricht unter den Leuten echt Panik aus. Neptun mag es nicht, in eine Position gedrängt zu werden, in der er nicht mehr unter Kontrolle hat, was vor sich geht. Das ist er nicht gewohnt. Wenn diese Planungen größere Probleme verursachen, dann entschließt er sich womöglich, seine Macht zu demonstrieren, indem er eine Totalevakuierung anordnet – und das wollen die meisten Meerleute *um jeden Preis* vermeiden.«

Dad sah zu Mum hoch. »Was meinst du?«

Mum kaute zögernd auf dem Daumennagel herum. »Ich

meine, dass man uns aufgetragen hat, Wege zu finden, wie die Menschen und die Meereswelt miteinander auskommen«, sagte sie. »Wenn die menschliche Welt etwas tut, das die Meerleute bedrohen könnte, dann müssen wir das verhindern.«

Dad ergriff ihre Hand. »Ich bin deiner Meinung«, sagte er. »Das könnte die erste Gelegenheit sein, die Anweisungen, die Neptun uns gegeben hat, praktisch anzuwenden.«

»Genau. Das hat Neptun auch gesagt.«

Dad sah Archie an. »Was meinst du? Was hat er gesagt?«

»Es sei allmählich an der Zeit, dass ihr euren Auftrag ausführt. Er lässt euch ausrichten, dass diese Sache eine Gelegenheit böte, zu beweisen, dass er die richtige Familie für den Job ausgesucht hat. Er hat gesagt, das sei euer erster Test.«

Dad blies sich gewaltig auf und nickte entschlossen. »Dann ist es beschlossene Sache«, sagte er. »Wir haben gar keine andere Wahl.«

Ich spürte, wie eine Blase der Erregung in mir aufstieg und in mir kribbelte und sich durch meine Kehle schlängelte. »Wir gehen nach Brightport zurück?«, fragte ich und hielt die Luft an, solange ich auf ihre Antwort wartete.

Mum und Dad sahen sich an und nickten. Dann drehte Mum sich nach mir um. »Ja, Liebling«, sagte sie und lächelte zum ersten Mal seit Tagen. »Wir fahren heim.«

2

Erst als wir beschlossen hatten, nach Brightport zurückzufahren, wurde mir klar, wie sehr ich es vermisst hatte. Auf einmal war es, als ob ein Teil von mir die ganze Zeit gewusst hätte, dass ich mich nach Hause sehnte. Ich hatte es aber zu unterdrücken versucht, weil ich mir nicht vorstellen konnte, dass es überhaupt im Bereich des Möglichen lag. Nachdem ich jetzt wusste, dass es auf jeden Fall klappen würde, konnte ich unsere Abreise kaum erwarten.

Es gab da nur zwei Probleme. Shona und Aaron.

Shona war meine beste Freundin. Die hatte ich kennengelernt, als ich damals entdeckte, dass ich zur Nixe wurde, wenn ich im Wasser war. Seitdem waren wir beste Freundinnen, und sie und ihre Eltern waren gemeinsam mit uns zur Rundum-Insel gekommen. Die Vorstellung, sie zurücklassen zu müssen – das war einfach undenkbar.

Aaron hatte ich erst vor kurzem kennengelernt. Er war halb und halb, wie ich. Abgesehen von Mr Beeston war er das einzige Halbwesen, das ich kannte – und Mr Beeston zählte meiner Meinung nach nicht. Aaron und seine

Mutter hatten in einem unheimlichen Schloss weit draußen mitten auf dem Meer gelebt. Nachdem Aaron und ich Neptuns Fluch gebrochen hatten, indem wir seine alten Trauringe vereinten, befahl uns Neptun, uns aufzumachen und zu versuchen, die beiden Welten einander näherzubringen, wozu wir bisher aber noch nicht gekommen waren.

Was wir aber hoffentlich auf den Weg bringen konnten, wenn wir wieder in Brightport waren. Unsere erste Bewährungsprobe.

Das einzige Problem war nur: Ich konnte mir nicht vorstellen, irgendwas hinzukriegen, wenn Shona nicht bei mir war, ganz zu schweigen von einer bedeutenden Bewährungsprobe, die uns Neptun auferlegte! Shona hatte bisher jedes Abenteuer mit mir geteilt. Und Aaron – also, ich weiß nicht, ob es daran lag, dass wir beide Halbwesen waren, oder an dem, was wir zusammen durchgemacht hatten, aber ich konnte mir genauso wenig vorstellen, ihn zurückzulassen.

Ich schwamm im Bauch des Schiffes umher, vor und zurück, vom Bug zum Heck, und versuchte nachzudenken. Was sollte ich machen? Vor fünf Minuten war mir ganz schwummerig gewesen vor Freude, weil die Aussicht bestand, nach Hause zurückzukehren; jetzt hatte ich das Gefühl, in zwei Hälften gerissen zu werden.

Gerade wollte ich mich schon der trübsinnigen Hälfte überlassen, als eine vertraute Stimme von draußen nach

mir rief. Ich schwamm an das Bullauge. Shona! Sie würde mich bestimmt aufmuntern. Das schaffte sie immer.
Ein Blick auf ihr Gesicht ließ mich allerdings annehmen, dass es diesmal vielleicht anders kommen würde.
»Shona, was ist denn los?«, fragte ich, als sie ins Schiff geschwommen kam, begleitetet von ein paar kleinen silbernen Fischen, deren Schuppen im Sonnenlicht schimmerten wie frisch geprägte Münzen.
»Ach Emily! Wir haben gerade das Neueste von Archie gehört.«
»Das mit Brightport?«, fragte ich. Sie hatte also schon erfahren, dass wir gehen würden. Das erklärte ihren unglücklichen Ausdruck.
Sie machte große Augen. »Woher weißt du das denn schon wieder?«
»Er war vorhin hier. Er hat uns von den ganzen Vorgängen dort erzählt und –«
»Ach Emily, du wirst mir ja sooo fehlen!«
»Ich weiß«, sagte ich. »Du mir auch. Aber wir bleiben doch in Verbindung, oder? Wir finden schon einen Weg.«
Shona nickte und schluckte eine Träne hinunter. »Das hoff ich doch. Allein der Gedanke, so weit weg von dir zu sein, ist schrecklich.«
»Finde ich auch ganz furchtbar.« Ich wollte unbedingt etwas Positives hinzusetzen, denn ich konnte es kaum ertragen, Shona so unglücklich zu sehen. »Vielleicht kannst du ja mal nach Schiffriff kommen?«

Shona runzelte die Stirn. »Wie? Was meinst du?«
»Na ja, du weißt schon. Vielleicht zu einem Besuch. Ich weiß ja, dass es Tausende von Kilometern weit weg ist von hier, aber –«
»Emily, das versuche ich dir doch die ganze Zeit zu sagen! Deshalb bin ich so verzweifelt – wir gehen nach Schiffriff zurück!«
Ich starrte Shona mit offenem Mund an. »*Ihr* geht zurück? Aber –«
»Archie hat bei uns einen Brief von meiner Tante Corella abgegeben. Sie sagt, dass es dort irgendwelche Zwischenfälle gibt. Ich weiß nicht, was es genau ist, aber sie macht sich große Sorgen um ihre Behausung. Sie erwähnt, dass es allen so geht. Mum sagt, wir müssen nach Hause. Ach Em, du fehlst mir bestimmt ganz fürchterlich!«
Ich grinste. »Nein, tu ich nicht!«, sagte ich.
»Was meinst du? Wie kannst du so was sagen?«
Ich schnalzte mit der Schwanzflosse und schwamm einmal ganz um sie herum. Dann packte ich ihre Hände und lachte los. »Weil wir auch gehen!«
Shona starrte mich an. »Echt?«, fragte sie. »Du nimmst mich auch nicht auf die Flosse?«
»Ganz bestimmt nicht!«
Shona drückte meine Hände. »Emily, das ist ja sooo zischig!«, sagte sie und tanzte wild zuckend auf und ab. »Ich freue mich ja so! Du nicht auch?«
»Total!«, sagte ich. Und ich meinte es auch fast ganz auf-

richtig so. Jetzt gab es nur noch *ein* Problem; nur eine Sache hielt mich davon ab, über die Neuigkeiten genauso glücklich zu sein wie Shona. Ich musste Aaron zurücklassen.

»Dad sagt, dass wir Ende der Woche abfahrbereit sein sollten.«

Aaron und ich saßen auf unserem Vorderdeck in der Sonne. Dad war unterwegs mit Archie und Mr Beeston, um unsere Reise zu planen. Mum und Aarons Mutter hatten sich so richtig angefreundet, seit wir alle hier gelandet waren, und sie waren zu einem Strandspaziergang aufgebrochen.

Ich sah Aaron verstohlen an. Er blickte aufs Meer hinaus und hatte noch nicht reagiert.

»Das bedeutet, dass wir nächste Woche schon weg sind«, fuhr ich fort. Immer noch keine Antwort. »Für immer«, fügte ich hinzu, falls er nicht ganz begriffen hatte, was ich ihm beizubringen versuchte. Dass wir uns ab nächster Woche wahrscheinlich nie wiedersehen würden.

Er drehte sich zu mir um und lächelte. »Okay«, sagte er.

Okay? Mehr nicht? Er hatte also sehr wohl verstanden, was ich sagte – aber es kümmerte ihn wohl nicht weiter. Bitte. Dann kümmerte es mich auch nicht.

»Dann sehen wir uns davor vielleicht noch mal, vielleicht aber auch nicht«, sagte ich obenhin. »Wenn nicht, dann wünsche ich dir ein schönes Leben«, setzte ich hinzu und stand auf, um zu gehen. Ich bin nicht sicher, wohin ich eigentlich wollte. Ich glaube, ich hoffte, dass er mich zurückrufen würde, ehe ich mir darüber Gedanken machen musste.

Was er zum Glück auch tat.

»Emily!« Aaron grinste zu mir hoch und klopfte auf das Deck neben sich. »Setz dich.«

Ich setzte mich und verschränkte die Arme.

»Ich hab dich nur ärgern wollen«, sagte er.

»Wie meinst du das?«

»Indem ich so tue, als ob es mir nichts ausmacht, dass du gehst.«

Ich zuckte die Schultern.

»Also, um ehrlich zu sein, es *macht* mir nichts aus«, fuhr er fort.

Ich verdrehte die Augen und zuckte noch mal die Schultern. »Mir auch nicht«, sagte ich. »Ich wollte dich nur informieren, höflichkeitshalber.«

Aaron brach in Gelächter aus. »Emily! Kapierst du denn nicht? Der Grund, dass es mir nichts ausmacht, ist, dass wir mitkommen!«

Ich starrte ihn an und zwang mich, keine besondere Reaktion zu zeigen, falls er mich wieder auf den Arm nahm.

»Ehrlich«, sagte er, denn er konnte meine Gedanken lesen, wie es sonst nur Shona konnte.

Ich nahm die Arme wieder auseinander, hörte mit der Schulterzuckerei auf und merkte, dass ich lächelte. »Wie kommt's?«, fragte ich.

»Deine Mutter ist gestern Abend zu uns gekommen und hat uns von euren Plänen erzählt, und meine Mum hat sofort entschieden, dass wir mit euch mitkommen.«

»Aber warum denn?«, fragte ich. »Seid ihr hier nicht glücklich?«

»Doch, klar sind wir das!«, sagte Aaron. »Wie könnte man hier nicht glücklich sein? Nur –« Er verstummte. Seine blassen Wangen wurden einen Hauch rot.

»Nur was?«, fragte ich.

»Na ja, weißt du …« Er sah zur Seite und pulte an einem lockeren Stückchen Holz an den Planken herum. »Nach allem, was ihr für uns getan habt. Für meine Mutter, um genau zu sein. Sie würde ohne deine Mutter nicht klarkommen.«

»Ach so, natürlich«, sagte ich. Also nur wegen seiner Mutter, die mit uns kommen wollte.

»Und außerdem«, nuschelte er, »ohne dich wäre es hier nicht das Gleiche.«

Ich grinste. »Echt?«

Er sah auf und grinste zurück. »Echt!«

Ich stand auf und hüpfte vom Deck zum Steg hinüber. »Komm mit«, sagte ich und ließ mich ins Wasser gleiten.

Sofort fingen meine Zehen zu kribbeln an, während sich der Nixenschwanz bildete. »Lass es uns Shona sagen. Wer als Erster am Strand ist!«

»Versprich, dass du bald zu Besuch kommst, ja?« Mum zerdrückte eine Träne und wischte sich mit dem Handrücken über die Augen.

Millie trompetete laut in ein riesiges Taschentuch, das sie dann wieder in ihre Tasche stopfte. Sie hatte beschlossen, auf der Rundum-Insel zu bleiben, um mit Archie zusammen zu sein. Sie sagte, zwei Wochen Trennung seien schon mehr als genug gewesen, das würde sie sich nicht mehr zumuten. Wenn er hier gebraucht wurde, dann musste sie eben an seiner Seite bleiben. Es war irgendwie richtig niedlich. »Ich komme so oft zu Besuch, dass es euch bald zum Hals raushängt«, sagte sie und versuchte zu lächeln. Ihre Lippen zuckten jedoch, und schwarze Maskara-Schmiere lief ihr über die Wangen.

»Du würdest uns niemals zum Hals raushängen!«, sagte Mum.

Millie drückte Mum noch einmal die Hand, dann packte sie mich. »Komm her, umarm mich mal fest.« Sie nahm mich in die Arme und drückte mich so fest, dass ich zu ersticken drohte.

In dem Moment rief Dad aus dem Wasser nach uns. Er und Mr Beeston würden zuerst neben dem Schiff her schwimmen, bis wir aus der Bucht und am Bermuda-Dreieck vorbei waren. Danach hatte Archie eine Schar von Neptuns Delphinen angeheuert, die uns mitsamt der *Fortuna* mitziehen würden.

Archie machte bereits die Leinen los. Er würde uns erst mal ein Stück begleiten. Er gab Millie einen Kuss und wischte ihr sanft die Wangen ab – so dass er den Maskara jetzt an der Hand hatte. »Bin ja bald wieder da«, sagte er.

Und dann ging es los. Wieder auf die offene See hinaus. Mit Kurs auf Brightport.

3

Ich wusste nicht, was ich erwarten sollte, als wir uns Brightport näherten. Einerseits fürchtete ich, dass es inzwischen total anders aussehen würde. Andererseits stellte ich es mir genauso wie früher vor. Es war über sechs Monate her, seit wir es verlassen hatten, und so viel war inzwischen geschehen. Ich konnte mir nur schwer vorstellen, überhaupt wieder zurückzukommen.

Aber das taten wir. Ich konnte die Stadt bereits in der Ferne liegen sehen, während uns die Delphine auf die Bucht zu zogen. Allmählich kam alles in Sicht: der Hafen, wo Mum und ich auf unserem Hausboot, der *King of the Sea*, gewohnt hatten; die Reihe von Läden und Gästehäusern entlang der Promenade; der Pier mit der Spielhalle am Ende, die von Mandy Rushtons Eltern betrieben wurde.

Mandy Rushton. An die hatte ich seit Ewigkeiten nicht gedacht, und ich konnte ein mulmiges Gefühl in der Magengrube nicht ganz unterdrücken, als sie mir jetzt in den Sinn kam. Jahrelang hatte sie mich gepiesackt und verhöhnt. Aber als wir uns zuletzt auf der Rundum-Insel begegnet waren, wurden wir wieder Freundinnen, wie am

Anfang, als wir uns kennenlernten. Das einzige Problem war, dass Neptun ihr und ihren Eltern eine Gedächtnisdroge verpasst hatte, als sie die Insel verließen, wegen der ganzen Ereignisse, die sie da gesehen hatten. Jetzt wusste ich natürlich nicht, ob sie sich erinnern konnte, dass wir wieder Freundinnen geworden waren, oder ob diese Erinnerung ausgelöscht war, zusammen mit der an die Nixen und das Seeungeheuer.

Das würde ich ja schon bald herausfinden.

Aaron kam zu mir aufs Deck. »Was ist das denn?«, fragte er und deutete auf eine Stelle in der Bucht, wo ein riesiges Gewirr von Schlingen in die Luft ragte. Ich hatte es zwar auch noch nie gesehen, aber Archie hatte davon berichtet.

»Das ist der Krake«, sagte ich.

Aaron erschrak.

»Natürlich nicht der echte Krake«, sagte ich lachend. »Es ist 'ne Achterbahn, die zu dem neuen Themenpark gehört, den Mandys Eltern dieses Jahr erbaut haben.«

»Cool!«, sagte Aaron mit einem verlegenen Seitenblick auf mich. Er hatte von mir und Shona Wörter wie *cool* und *zischig* aufgeschnappt – aber er hatte es noch nicht so recht drauf, dass sie bei ihm ganz natürlich klangen. Da er sein ganzes Leben lang in einem Schloss, das von der Welt abgeschieden war, gelebt hatte, gab es immer noch Dinge, die er noch nie gemacht hatte. Zum Beispiel mit anderen Kids irgendeinen dummen Unsinn anzustellen oder Achterbahn zu fahren. Deshalb fehlte ihm für solche Situationen teilweise noch die Sprache.

In dem Moment steckte Dad den Kopf aus dem Wasser. Er und Mr Beeston zogen uns in die Bucht. Wir waren alle übereingekommen, dass es so weniger auffiel, als wenn ein Schwarm von Zauberdelphinen eine große, seltsam aussehende Yacht hinter sich herzögen. Wir wollten nicht schon zu viel Aufmerksamkeit auf uns ziehen, ehe wir überhaupt einliefen.

»Gleich sind wir da«, rief er mir zu. »Sag Mum, dass sie sich bereitmachen soll zum Landen. Wir machen an einem der abgelegeneren Anleger jenseits vom Pier fest – ungefähr da, wo ihr auf der *King* gewohnt habt.«

Ich warf einen letzten Blick auf die näher kommende Küste und rannte hinein. Mein Bauch war inzwischen ein einziger Tummelplatz von Schmetterlingen. Was würde uns erwarten? Würde alles klappen, oder würde es in eine riesige Katastrophe ausarten?

Aber es gab jetzt kein Zurück mehr. So oder so, wir würden es bald genug herausfinden.

»Tja, Jake will natürlich, dass sie auf die Schiffriff-Schule geht, aber ich finde, sie sollte wieder auf die Highschool in Brightport gehen.« Mum schenkte sich und Aarons

Mutter eine Tasse Tee ein. Die beiden unterhielten sich über die Einzelheiten unseres neuen Lebens.
Aaron und ich saßen am Tisch und spielten Schach. Das hatte er mir kürzlich beigebracht. Er hatte es sich jahrelang selbst beigebracht, aber keinen gehabt, mit dem er spielen konnte. Er war dabei zu gewinnen. Er gewann immer – außer, wenn er so tat, als hätte er nicht bemerkt, dass er einen guten Zug machen konnte, um mich gewinnen zu lassen.
Er und seine Mutter wohnten in einem der Cottages an der Seepromenade. Das waren umgebaute Fischerhütten, daher waren sie winzig und rochen alle ein bisschen nach Fisch, aber während der Hauptsaison kosteten sie ein Vermögen an Miete. Mr Beeston hatte sich mit einem seiner alten Bekannten unter den Fischern verständigt und für ein paar Wochen einen günstigen Preis herausschlagen können, nur bis die Saison anfing.
»Ich weiß nicht, was ich mit ihm machen soll«, erwiderte Aarons Mutter. »Ich finde, dass in gewisser Hinsicht eine Meer-Schule sinnvoll wäre. Andererseits wäre es vielleicht auch nett für ihn, mal unter Jungen in seinem Alter zu kommen.«
Sie sah zu uns herüber. »Ich meine, menschliche Jungen«, setzte sie rasch hinzu.
Aaron setzte den Läufer wieder ab, den er schon in der Hand gehabt hatte. Ich war ziemlich erleichtert, denn ich glaube, er wollte gerade meine Dame damit schla-

gen. »Hat mal jemand daran gedacht, *uns* zu fragen, was wir wollen?«, sagte er und nahm mir die Frage aus dem Mund, die mir die ganze Zeit auf der Zunge gelegen hatte, als sie so redeten.

»Schließlich müssen wir ja hin«, sagte ich, »deshalb sollten wir doch auch mitreden dürfen.«

»Natürlich dürft ihr mitreden«, erwiderte Mum etwas unwirsch. »Aber wir sind es, die letztendlich entscheiden müssen.«

»Warum?«, fragte ich.

»Weil wir eure Eltern sind«, fuhr Mum mich an. Vielleicht hatte ich sie in eine peinliche Lage gebracht, indem ich ihr vor Aarons Mutter widersprochen hatte, aber das war mir egal. Es war schließlich *mein* Leben, um das es ging, meines und das von Aaron, und es war ungerecht, dass sie die Entscheidungen allein trafen.

»Seid ihr vielleicht diejenigen, die letztes Jahr in der Schule gepiesackt worden sind?«, fragte ich und bekam vor Ärger heiße Wangen. »Seid ihr es, die erst vor kurzem ein ganz neues Wesen in sich entdeckt haben, habt ihr zum ersten Mal im Leben die Gelegenheit gehabt, mit Gleichartigen zur Schule zu gehen? Seid ihr diejenigen, die unser Leben leben und wissen, was sie damit machen sollen?«

Alle drei starrten mich jetzt mit offenen Mündern und aufgerissenen Augen an. Ich hatte das Gefühl, den entscheidenden Punkt einer zündenden Rede erreicht zu ha-

ben, aber ich wusste nicht, wie ich weitermachen sollte. Zum Glück sprang Aaron mir bei.
»Hört mal, ihr habt ja recht«, sagte er zu den beiden. »Es handelt sich um eine wichtige Entscheidung. Warum gehen wir sie nicht nach und nach an?« Er sah uns alle nacheinander an. »Wie wär's mit einem Kompromiss? Warum gehen wir bis zum Ende des Schuljahrs nicht auf die Schiffriff-Schule, bis wir unsere Flossen in Brightport sortiert haben, und bereden die Lage in den Sommerferien dann noch mal neu?«
Mum und Aarons Mutter sahen sich an. »Schon richtig«, sagte Mum, »es sind nur noch ein paar Wochen bis zum Schuljahresende.«
»Und das würde uns doch Zeit lassen, darüber nachzudenken, was wir auf lange Sicht machen«, setzte Aarons Mutter hinzu.
Mum sah mich an. »Erst müssen wir hören, was Dad dazu meint.«
Ich lachte. Dass Dad sagen könnte, ich solle auf die Highschool gehen, war natürlich absurd. Das wäre also erledigt. Ich würde wieder auf die Nixenschule gehen! Und was noch besser war, Shona würde in ein paar Tagen auch hier sein! Ich spürte, wie die Anspannung aus meinem Körper wich, und merkte, wie sehr mich die Vorstellung bedrückt hatte, auf die Brightport High gehen zu müssen. Ich war noch nicht so weit, das Leben, das wir auf der Rundum-Insel gehabt hatten, gegen eines aus-

zutauschen, in dem ich gepiesackt und verspottet wurde – noch nicht.

Aaron setzte seinen Springer. »Schachmatt«, sagte er. »Du hast leider verloren.«

Aber da täuschte er sich. Ich hatte keineswegs verloren. Ich war zurück in Brightport und durfte wieder in die Nixenschule mit meinen beiden besten Freunden. »Nein, falsch«, sagte ich grinsend. »Ich habe gewonnen!«

Als wir in der Schiffriff-Schule eintrafen, kamen wir uns wie Stars vor. Es wirkte, als ob die halbe Schule sich um uns drängte. Die meisten steuerten direkt auf Shona zu – umarmten sie und quietschten vor Begeisterung, als sie berichtete, sie sei endgültig wieder da. Als sie erzählte, wer wir waren, fielen sie auch über uns her, bombardierten uns mit Fragen und hießen uns an der Schule willkommen. Eine Million Lichtjahre von dem entfernt, was ich beim Empfang an der Brightport High befürchtet hatte! Es war ganz klar, hier gehörten wir hin.

Die Schulglocke läutete, und wir stellten uns an, um hineinzugehen.

Ein paar Jungs zogen Aaron in die Jungenschlange.

»Bis zur Mittagspause!«, rief ich. Da er zwei Jahre älter war als Shona und ich, war er in einer anderen Klasse. Ich

deutete auf die gegenüberliegende Seite des Schulhofs. »Wir treffen uns am Schimmerfelsen.«
Aaron nickte und schwamm davon. Es war seltsam, ihn davonschwimmen zu sehen. Wir waren kaum einen Augenblick getrennt gewesen, seit wir wieder in Brightport waren.
»Komm schon, in ungefähr zwei Stunden siehst du ihn doch schon wieder.« Shona zog mich am Arm. »Meinst du, dass du das überlebst?«
»Na klar!«, erwiderte ich und zwang mich zu einem Lachen. »Ich bin doch nicht, ich meine, es ist nur –«
»Ist doch auch schön, mal wieder ein bisschen Zeit für uns beide allein zu haben«, sagte sie. »Kommt mir vor, als hätten wir das seit Ewigkeiten nicht gehabt.«
»Stimmt«, sagte ich. Aaron schwamm bis zum Eingang in einen Tunnel und sah sich um. Er winkte kurz, und ich winkte zurück, ehe er darin verschwand.
Shona stieß einen theatralischen Seufzer aus.
»Ich mach mir nur Sorgen um ihn«, sagte ich. »Er ist noch nie auf einer Schule gewesen, das ist alles.«
»Mhm, ja, klar. Was auch immer«, sagte Shona. Dann schwamm sie davon. »Ich geh jetzt auf jeden Fall in den Unterricht.«
»He! Warte auf mich!« Ich stieß mich mit der Schwanzflosse ab und schwamm los, um sie einzuholen und mich der Schlange für unsere Klasse anzuschließen. Wir jagten uns zwischen den Felsen hin und her und schossen durch

Schwärme weißer Fische, die um uns herumschwirrten. Sie waren so winzig, dass sie wie herabsinkende Schneeflocken aussahen. Den ganzen Weg über lachten wir und machten Unsinn, wie in alten Zeiten.
Nur, wie sich herausstellte, sollte es nicht mehr wie in alten Zeiten werden. Und schon bald sollten wir nichts mehr zu lachen haben.

Shona, Aaron und ich machten unsere Mittagspause am Schimmerfelsen und tauschten unsere Eindrücke über den ersten Morgen aus. Aarons Augen leuchteten vor Aufregung. Als erstes Fach hatte er *Schiffbrüche* gehabt, und alles, was er da gelernt hatte, sprudelte nur so aus ihm heraus.
Wir hatten *Schönheit und Haltung* gehabt – Shonas Lieblingsfach. Wir hatten Haarbürsten verziert, und Shona und ich hatten beide Mondsicheln und Sterne auf unsere Bürsten geklebt.
Shona mag alles, was etwas damit zu tun hat, sich wie eine Sirene zu geben. Wenn sie erwachsen ist, will sie eine werden. Das Schönste der Welt ist für sie Singen, und darum geht es ja bei Sirenen.
»Wohin führt denn dieser Fels?«, fragte Aaron und sah hinauf. Der Fels war hoch wie ein Obelisk, und er wurde

Schimmerfelsen genannt, weil er von Licht beschienen wurde und den hellsten Teil des Schulhofs bildete.
»Er geht bis ganz nach oben«, erwiderte Shona. »Das ist der einzige Teil der Schule, der die Wasseroberfläche durchbricht.«
»Zischig«, sagte Aaron, und Shona und ich lachten los, was er allerdings nicht weiter beachtete. »Können wir uns das ansehen?« Er begann nach oben zu schwimmen.
Shona warf einen Blick auf den Meeresboden unter uns. Nur hier im Schulhof, sonst nirgends in der Schule, konnte man die Zeit ablesen. Ein alter Schiffsanker, der die ganze Schulzeit über Sonne hatte, war zu einer Sonnenuhr umfunktioniert worden.
»Wir haben noch ungefähr 'ne halbe Stunde«, sagte sie. »Es ist allerdings verboten, hinaufzuschwimmen. Wir sollten lieber nicht –«
Ich sah mich um. »Keiner hier, der uns sieht«, sagte ich, stieß mich mit der Schwanzflosse ab und folgte Aaron nach oben. Seine Begeisterung hatte mich angesteckt. »Können wir nicht mal eben gucken? Nur ganz kurz.«
Shona schüttelte den Kopf und lächelte. »Du bist nicht gerade ein gutes Vorbild!«, sagte sie. »Na, denn mal los.«
Ich lächelte zurück. Shona kann einem Abenteuer genauso wenig widerstehen wie ich.
Wir schwammen ungefähr fünf Minuten aufwärts, indem wir uns an dem Felsturm entlangtasteten. Das Licht von oben wurde immer gleißender, so dass wir unsere Augen

beschatten mussten. Ein orangefarbener Fisch, der über jedem Auge einen leuchtend blauen Fleck wie Lidschatten hatte, starrte mit leerem Blick vor sich hin, als wir an ihm vorbeikamen. Ein langer grün-schwarzer Fisch begleitete uns, in kurzen stakkatoartigen Stößen bewegte er sich vorwärts. Endlich erreichten wir die Wasseroberfläche. Der Fels durchstieß sie wie eine Rakete, die durch Wolken bricht.

Über der Wasseroberfläche war der Fels zerklüftet und bergig aufragend. Es kam uns vor, als hätten wir die Mondoberfläche erreicht. Aaron zog sich aus dem Wasser und setzte sich auf einen Felsvorsprung. Dabei zuckte und zappelte sein Fischschwanz und löste sich allmählich auf. Er rieb sich die Beine, stand auf und reichte mir die Hand, um mich auf den Felsen zu ziehen.

Während ich mich neben ihn setzte und darauf wartete, dass meine Beine sich ebenfalls herausbildeten, kam Shona hinter uns hergeschwommen. »He, haut aber bloß nicht ab, ja? Ihr wisst doch, dass ich euch nicht folgen kann!«

»Keine Angst«, sagte ich, stand auf und kletterte den Felsen hinauf.

»Wir sehen uns nur mal rasch auf der anderen Seite um«, setzte Aaron hinzu. »Sind gleich wieder da.«

Was wir auch ganz ehrlich vorhatten, keine Minute länger – bis Aaron ausrutschte und sich den Fuß einklemmte.

»AUTSCH!«
Ich hörte ihn von der anderen Seite des zerklüfteten Gipfels aufschreien und kletterte zu ihm hinüber. Aaron lag am Boden und hielt sich das Bein.
»Hast du dir was getan?«
»Ich stecke fest und kann mich nicht bewegen.«
Ich kroch auf ihn zu. Sein Bein steckte in einer schmalen Spalte zwischen zwei überhängenden Felsplatten. »Bin ausgerutscht«, sagte er.
Ich versuchte, die Felsbrocken von seinem Bein fortzuschieben, aber sie rührten sich nicht. Dann zog ich an seinem Bein.
»Aua! Lass das!«
»Was sollen wir machen?«, fragte ich.
»Emily! Aaron!«, rief Shona von der anderen Seite des Felsens. »Wir müssen uns auf den Rückweg machen. Wir dürfen während der Schulzeit doch überhaupt nicht hier oben sein!«
»Geht ihr schon mal«, sagte Aaron. »Wir müssen doch nicht alle drei Ärger bekommen.«
Ich schüttelte den Kopf. »Ich lass dich nicht allein.«
»Emily?«, rief Shona erneut.
Ich rannte wieder auf die Spitze des Felsenturms. »Aaron ist eingeklemmt«, sagte ich. Gerade wollte ich ihr sagen, sie solle in die Schule zurückschwimmen, da hörten wir von unten Stimmen.
Ehe wir dazukamen, irgendwie zu reagieren, tauchte ne-

ben Shona ein Kopf auf. Oder, um genau zu sein, der Kopf der Direktorin. Mrs Haifischzahn. Ich hatte sie noch nicht kennengelernt, aber schon genug von ihr gehört, um zu wissen, dass man sie nicht auf der falschen Flosse erwischen durfte, falls ihr versteht, was ich meine. Wir hätten ihr am Morgen vorgestellt werden sollen, und zwar heute, aber sie hatte wichtige Besucher gehabt, so dass sie uns nicht hatte empfangen können.

Wie es aussah, waren diese wichtigen Besucher jetzt bei ihr. Zwei Meermänner und ein Meermädchen. Alle trugen elegante Sachen und verbissene Mienen zur Schau.

»Also, hier ist die Stelle, wo es einen leichten Erdrutsch gegeben hat«, sagte Mrs Haifischzahn gerade. »Vor ungefähr fünf Tagen. Ihr könnt sehen –« Plötzlich verstummte sie. Ich schaute hinunter. Sie hatte Shona gesehen!

»Shona Silkfin! Was um alles in der Welt machst du hier oben?«, sagte Mrs Haifischzahn ungehalten.

»Das ist meine Schuld«, fuhr ich schnell dazwischen. Ich konnte nicht zulassen, dass Shona an ihrem ersten Tag Ärger bekam, und das auch noch, wo sie doch versucht hatte, uns zum Umkehren zu bewegen. »Ich wollte hier heraufkommen. Shona war dagegen.«

Die Direktorin blinzelte zu mir herauf. »Du bist wohl die Neue, nehme ich an?«, fragte sie. Sie setzte an, noch etwas anderes zu sagen, doch plötzlich schlug sie sich entsetzt die Hand vor den Mund. Mit der anderen Hand deutete sie – auf meine Beine. »Was ist *das* denn?«, rief sie so angeekelt, als würden mir aus jeder Pore riesige Spinnen kriechen.

Ich hatte das Gefühl, dass wir jetzt den Ärger bekamen, den wir doch hatten meiden sollen.

»Äh. Das sind meine –« Ich suchte verzweifelt nach einem anderen Wort für *Beine*, eines, das ihr vielleicht weniger anstößig vorkam.

Ich musste mich nicht lange bemühen. Ehe ich meinen Satz beenden konnte, kam Aaron über den Gipfel des Felsens gerannt. »Ich hab mich befreien können!«, rief er und strahlte. Dann sah er Mrs Haifischzahn, und das Lächeln auf seinem Gesicht verschwand so schnell, als sei es von einer Flutwelle fortgespült worden.

Sie sah ihn an und schnappte wieder nach Luft. »Alle beide – in mein Büro, auf der Stelle!«, sagte sie nur, dann verschwand sie zusammen mit ihren Besuchern unter der Wasseroberfläche.

Aaron ließ sich wieder ins Wasser gleiten. »Was haben wir denn gemacht?«, fragte er.

»Abgesehen davon, dass wir hierhergekommen sind, meinst du?«, fragte ich.

Shona schüttelte den Kopf. »Ich glaube, es könnte mehr dahinterstecken«, sagte sie.

»Was?«, fragte ich.

»Es geht um diesen Ort. Die Bestimmungen. Die blöden Regeln.«

Ich sprang ins Wasser. Ich bemerkte kaum das Kribbeln,

als mein Nixenschwanz schimmerte und bebte und sich wieder bildete. Shonas beunruhigter Ton machte mir Sorgen. »Shona, was ist los?«, fragte ich. »Sag schon!«
»Menschenwesen dürfen nicht mehr in die Schule«, sagte sie nur.
»Aber wir sind doch nicht ganz Menschen«, entgegnete Aaron. »Im Wasser sind wir doch Meerleute.«
»Ich weiß. Und vor einer Weile war das vielleicht auch noch ganz in Ordnung. Aber hier hat sich einiges verändert. Das hat meine Tante mir gestern Abend erzählt. Ich weiß nicht, warum ich nicht daran gedacht habe.«
»An was gedacht?«, wollte ich wissen.
»Überall werden die Bestimmungen verschärft und richten sich mehr gegen die Menschen.«
»Aber wir sind doch –«, fing Aaron wieder an.
»Ich weiß schon«, sagte Shona erneut. »Aber ich wette, ich kann sagen, was sie gemacht haben. Mrs Haifischzahn hat das schon die ganze Zeit gewollt, die Schulverwaltung war nur immer dagegen. Man war der Ansicht, dass es nicht nötig wäre. Aber das, was in letzter Zeit gelaufen ist, war vielleicht genau das, was sie gebraucht hat, um sich durchzusetzen.«
»Sich mit *was* durchzusetzen?«, fragte Aaron.
»Mit ihren Plänen für strengere Bestimmungen«, erwiderte Shona düster. »Wenn ich recht habe, dann wette ich mit euch, dass die Schule kürzlich neue Regeln bekommen hat.«

»Was für Regeln?«, fragte ich, obwohl ich insgeheim schon wusste, was sie sagen würde. Trotzdem hoffte ich, falsch zu liegen.

Shona sah mich beinahe schuldbewusst an, dann bestätigte sie meinen Verdacht: »Keine Halbwesen mehr.«

»So, Kinder, ich möchte, dass ihr alle sehr genau zuhört und gut aufpasst.« Mrs Haifischzahn hatte die Nachmittagsstunden ausfallen lassen und die gesamte Schule im Hauptraum zu einer außerordentlichen Schulversammlung zusammenkommen lassen.

Ich vermutete mal, dass das *außerordentliche* uns betraf.

Ich sah mich um. Hundert Meermädchen und -jungen sahen mich an. Ich versuchte, ihren Blicken auszuweichen, und konzentrierte mich stattdessen auf die Säulen um uns, das Licht, das in schillerndem Grün und Lila auf dem Wasser schimmerte, auf die Felsen und Steinbrocken, die den Raum eingrenzten.

»Wie ihr alle wisst, ist dies eine traditionelle Meer-Schule«, fuhr Mrs Haifischzahn fort. »Wir haben traditionelle Regeln, und wir unterrichten euch, so gut wir können, in sämtlichen Meeresdingen, damit ihr alle zu wunderbar talentierten, fähigen und glücklichen Meerleuten heranwachst. Ist es nicht so, liebe Kollegen?«

Sie sah hinüber zu den Lehrern, die sich an einer Seite des Raumes aufgestellt hatten. Alle nickten ihr eifrig zu.
»Ich bin sicher, es ist euch allen klargeworden, dass unsere Gemeinde hier in Schiffriff seit einiger Zeit von den *Menschen* bedroht wird.«
Ich weiß nicht, ob ich mir das einbildete, aber ich hatte den Eindruck, dass sie das Wort *Menschen* so aussprach, als sei ihr etwas Ekliges im Hals steckengeblieben.
»Sie lauern an den Rändern von Schiffriff, machen sich in Gegenden breit, die ihnen nicht zustehen, und sind nur einen Schritt davon entfernt, wie Diebe über unsere Stadt herzufallen. In einer solchen Zeit ist es wichtiger denn je, unsere Gemeinschaft zu schützen. Möchte dem jemand widersprechen?«
So, wie sie es darstellte, war es für jedermann ziemlich schwierig, zu widersprechen. Aber sie ließ es so klingen, als würden die Menschen Schiffriff *absichtlich* zerstören wollen. Als wüssten sie, was sie da anstellten. Mr Beeston hatte inzwischen ein paar Informationen eingeholt. Der Punkt, in dem er sich absolut sicher war, war der, dass die Bauunternehmer nicht die geringste Ahnung hatten, dass sich unweit ihrer Baustellen eine Ansiedlung von Meerleuten befand.
Gestern Abend hatte er uns erläutert, was er seine *vorläufigen Erkenntnisse* nannte. Offenbar hatte die Gemeinde vor, neue Wohngebiete zu erschließen, dabei hatten sie unterhalb des Baulandes Schwachstellen entdeckt. Nach

genaueren Proben hatten sie herausgefunden, dass das Land, auf dem gebaut werden sollte, den oberen Abschluss eines imposanten Höhlen- und Tunnelsystems bildete.
Was sie nicht wussten, war, dass die Tunnel kilometerlang waren, und dass einer davon direkt nach Schiffriff führte.
Die Bauarbeiten waren vorerst eingestellt worden, während die Gemeinde über neue Maßnahmen nachdachte. Zwei Lösungen kamen in Frage: entweder, das Höhlensystem gänzlich aufzufüllen, damit der Boden stabil genug würde, um bei dem ursprünglichen Plan zu bleiben und Häuser zu bauen, oder den Kurs ganz und gar zu ändern, die Höhlen so weit wie möglich auszugraben und sie als Touristenattraktion zu öffnen.
Beide Möglichkeiten waren katastrophal für Schiffriff.
Die erste konnte bedeuten, dass es große Erdrutsche unter dem Wasser gab, die womöglich die ganze Meerstadt zerstören würden. Die zweite würde mit großer Wahrscheinlichkeit zur Entdeckung Schiffriffs führen – was für die Bewohner wiederum zwei Möglichkeiten bedeutete. Entweder sie wurden zu einer Monstrositäten-Show wie auf dem Rummel, oder sie mussten ihre Behausungen für immer verlassen.
Die vorläufigen Erkenntnisse waren also nicht erfreulich.
Daher hatte Mrs Haifischzahn sogar noch mehr Grund,

die Menschen zu hassen, als sie selbst wusste. Über die genauen Vorhaben von Brightport konnte sie zwar nichts wissen, aber sie konnte die Auswirkungen schon spüren – wie jedermann in Schiffriff.

»Gut«, fuhr Mrs Haifischzahn fort und sah sich mit ihrer Version eines Lächelns unter den Versammelten um. Es sah aus wie ein gezackter kleiner Strich, und die Mundwinkel waren nur ein winziges bisschen nach oben verzogen. »In diesem Fall versteht ihr bestimmt, warum wir die Schulregeln kürzlich verschärft haben.«

Shona hatte also recht. Aaron und ich waren offiziell regelwidrig.

Sie sprach weiter. »Und ihr werdet über die Entdeckung, die ich vorhin machen musste, zweifellos genauso entsetzt sein wie ich.« Sie kam ein paar Züge auf uns zugeschwommen.

Jeder Blick, der noch nicht auf uns gerichtet war, wandte sich nun Aaron und mir zu.

»Menschen!«, rief sie aus, und zwar mit einer Stimme, die nicht mehr Gift hätte verspritzen können, selbst wenn sie aus dem Maul einer Schlange gekommen wäre.

Ihre Anschuldigung wurde nur von einem winzigen Detail gemildert: von der Tatsache, dass Aaron und ich so meerwesenhaft wie alle anderen aussahen, die sich mit uns im Wasser befanden. Ich bemerkte, wie einige der Mädchen sich fragende Blicke zuwarfen.

»Nun, im Moment sehen sie tatsächlich nicht so aus«,

keifte Mrs Haifischzahn. »Aber vorhin. Halbwesen«, sagte sie mit demselben angeekelten Ton, der mir allmählich ein bisschen zum Hals raushing. »Man stelle sich vor – sie kommen in *meine* Schule, und ich habe nicht einmal etwas davon gewusst. Zum Glück für uns alle hat sich die Angelegenheit nun rasch bereinigen lassen.«

Die Angelegenheit hatte sich *bereinigen* lassen? Es war unser *Leben*, über das sie da redete! Wir waren doch nicht irgendein Problem, das man einfach so aus der Welt schaffen konnte. Ich hatte die Nase voll. Ich musste etwas sagen. Wenn ich mich Neptun gegenüber behaupten konnte, an seinem eigenen Hof, was ich gemacht hatte, als ich meinen Vater aus dem Gefängnis gerettet hatte, dann konnte ich doch auch ganz bestimmt hier den Mund aufmachen.

»Wir haben nichts verbrochen«, sagte ich, wobei ich viel kleinlauter klang, als ich gewollt hatte. Ich räusperte mich und versuchte es erneut. »Halbwesen sind nicht gegen das Gesetz. Neptun hat sogar die Gesetze für Mischehen geändert. Er will, dass Menschen und Meerleute sich verstehen.«

Mit einem minimalen Schlenker ihrer Schwanzflosse schoss Mrs Haifischzahn auf mich zu. »Habe ich dich etwas gefragt?«, zischte sie. Dann wandte sie sich wieder der Versammlung zu. »Natürlich sind Halbwesen strenggenommen nicht gegen das Gesetz«, sagte sie. »Wenn ich allerdings das Sagen hätte, wären sie das durchaus«, fügte sie halblaut hinzu. »Aber seit ein paar Wochen *sind* sie nun mal gegen unsere Schulregeln, und in Zeiten wie diesen, in denen unsere Lebensweise derart von den Menschen bedroht wird, ist es wichtiger denn je, *alle* unsere Regeln zu verschärfen.«

Sie drehte sich mir und Aaron wieder zu. »Ab sofort seid ihr beide in dieser Schule nicht mehr erwünscht.«

Sie sah uns scharf an. Wir starrten unbeirrt zurück. Aber für den Fall, dass wir nicht genau verstanden, wie unerwünscht wir in ihrer Schule waren, setzte sie mit einem bedrohlichen Unterton hinzu: »Verschwindet – und zwar sofort!«

Vom hinteren Teil der Halle kam ein Plätschern. Shona! Sie drängte sich durch ihre Klasse und kam auf uns zu. *Nein, Shona, lass es! Sonst bekommst du nur auch noch Ärger!*

Ich packte Aaron beim Arm. »Wir gehen«, sagte ich mit einem finsteren Blick in Mrs Haifischzahns glasige Augen. »Wir merken, wenn wir unerwünscht sind.« Na gut, nicht gerade die intelligenteste Erwiderung. Man musste schon ganz schön bescheuert sein, wenn man bis jetzt nicht gemerkt hatte, wie unerwünscht man war. Aber mir fiel nichts anderes ein.

Wir entfernten uns vom Podium und aus dem Raum, wobei uns die Blicke aller folgten. Ich glaube, nicht mal Mandy Rushton hatte es je geschafft, dass ich mir so erniedrigt vorkam. Und um die Sache noch schlimmer zu machen, ratet mal, was ich hörte, als wir davonschwammen? Beifall. Mrs Haifischzahn fing damit an. Ich sah mich nicht um. Ich wollte nicht sehen, wie viele unserer Mitschüler mitmachten.

»Was nun?« Aaron und ich hielten bei den Regenbogenfelsen, um nach Luft zu schnappen. Wir kamen an die Oberfläche und setzten uns auf einen Felsvorsprung.

Ich nahm mich sehr zusammen, um nicht in Tränen auszubrechen. Aaron sollte nicht denken, dass ich empfindlich war. Aber die Tränen waren da und saßen mir wie ein Kloß im Hals, so dass ich nicht antworten konnte. Ich schüttelte nur den Kopf.

»Also, ist das wirklich gerade passiert?«, fragte Aaron. Der Klang seiner Stimme löste die Tränen, die ich zurückgehalten hatte, und sie begannen mir über die Wangen zu rinnen.

»Hey, wein doch nicht«, sagte er mit so lieber Stimme, dass ich noch heftiger weinen musste. Er machte eine Bewegung, als wolle er mir die Tränen vom Gesicht wischen. Mitten in der Bewegung blieb seine Hand kurz hängen, dann schien er es sich anders zu überlegen und ließ sie sinken. Mir fiel auf, dass er etwas rot geworden war.

»Wir sollten die Welt der Menschen und der Meerleute doch einander näherbringen«, krächzte ich. »Was für eine Chance haben wir, wenn die Meerleute nicht mal was mit uns zu tun haben wollen?«
»Ich weiß«, sagte er. »Sieht so aus, als ob unsere Aufgabe schwieriger ist als gedacht.« Und dann machte er wieder eine Bewegung mit der Hand. Diesmal überlegte er es sich nicht anders. Er beugte sich herüber und legte mir ungeschickt den Arm um die Schultern. Ein seltsames Gefühl. Aber angenehm. Und auf einmal musste ich nicht mehr so sehr weinen.
»Komm«, sagte ich nach einer Weile. »Wir sollten wohl lieber nach Hause zurück und unseren Eltern erzählen, was passiert ist.«
Aaron ließ sich ins Wasser fallen, und ich folgte ihm. Während wir gemächlich nach Hause schwammen, konnte ich nur hoffen, dass Mum oder Dad einen Vorschlag hatten, was man als Nächstes tun könnte. Wenn nämlich nicht, dann würde das Leben in Brightport im Sturzflug nach unten gehen.

4

Auf dem Weg zurück nach Brightport wollte Aaron alles über Brightport High wissen. Was sollte ich sagen? Ich hätte ihm gerne gesagt, dass es eine nette Schule sei, aber als ich den Mund öffnete, um sie ihm zu beschreiben, fiel mir nur eines ein. Oder besser, *eine* – eine Person nämlich.

»Also, hör mal, wenn wir auf der Brightport High anfangen, sollte ich dir besser von jemandem erzählen«, sagte ich. »Du wirst ihr schon bald über den Weg laufen, also bereite ich dich lieber auf sie vor.«

Aaron schwamm mit langen, gemächlichen Zügen neben mir her. Ein Schwarm gelber und grüner Fische begleitete uns. Mit fast unmerklichem Schnipsen ihrer Flossen glitten sie dahin.

»Sag schon«, erwiderte Aaron.

»Mandy Rushton.«

Aarons Gesicht hellte sich auf. »Das Mädchen, das dir geholfen hat, alle vor dem Kraken zu retten. Ich erinnere mich, dass du von ihr erzählt hast. Hey, da wissen wir doch zumindest, dass uns ein freundliches Gesicht erwartet.«

Ich reagierte mit einer Mischung aus Lachen und Würgen, wobei ich fast einen Liter Meerwasser verschluckte. »Ähm, ganz so liegen die Dinge nicht«, sagte ich. Dann berichtete ich ihm, wie gemein Mandy in der Schule zu mir gewesen war. Wie sie mich beschimpft hatte und sich lustig gemacht hatte und mich bei den Lehrern schlechtgemacht hatte.

»Aber auf der Rundum-Insel seid ihr dann doch Freundinnen geworden, oder nicht?«

»Ja, schon, aber so einfach ist die Sache nicht.« Ich erzählte ihm von der Gedächtnisdroge, die Neptun allen Menschen verabreicht hatte, ehe sie die Insel verließen, damit sie sich nicht daran erinnerten, dass sie Meerleute und den Kraken gesehen hatten.

»Und jetzt meinst du, dass die Gedächtnisdroge auch die Erinnerung daran gelöscht hat, dass ihr Freundinnen geworden seid?«

»Genau.«

»Besteht vielleicht die Chance, dass die Gedächtnisdroge sich nicht auf den Teil erstreckt hat und dass Mandy immer noch deine Freundin ist?«

Das Gleiche hatte ich mich auch gefragt, aber viel Hoffnung hatte ich nicht. »Das werden wir früh genug rausfinden«, sagte ich. »Aber ich dachte einfach, ich sollte dich vorsichtshalber warnen.«

Den restlichen Weg schwammen wir schweigend dahin, begleitet von einem einzelnen silbernen Fisch, der wie ein Schwert aussah, das sich stumm und düster durch das Wasser pflügte.

»Jake, ich will, dass du schnurstracks zur Schiffriff-Schule schwimmst und ihnen die Meinung sagst!«
Wir waren auf dem Deck unseres Schiffes, und Mum befand sich auf dem Kriegspfad. »Unsere Kinder sind genauso gut wie andere und haben genauso viel Recht, die Schule zu besuchen, wie andere auch.«
Dad befand sich unterhalb von uns im Meer. Am Bug des Schiffes schwamm er hin und her. Trotz der ganzen Misere war es nett festzustellen, dass er nicht stillhalten konnte, wenn er ein Problem zu lösen versuchte. Ich kenne meinen Vater ja erst seit letztem Jahr, und es gab immer noch viele Dinge an ihm, die ich neu entdeckte.
»So einfach ist das nicht«, sagte er. »Schließlich haben sie ihre Bestimmungen und –«
»*Bestimmungen*? Seit wann hältst du dich denn an Bestimmungen, wenn sie absolut dämlich und ungerecht sind?«, schäumte Mum.
Dad schwamm an die Bordwand und griff nach ihrer Hand. Sie verschränkte die Arme.
»Penny, ich bin jetzt in Neptuns Diensten«, sagte er. »Die Dinge sind nicht mehr wie früher.«

»Nein«, sagte sie spitz. »Anscheinend nicht.«
Dad streckte sich weiter nach ihrer Hand aus. »Nun komm schon, sei doch nicht so«, sagte er. »Ich bin genauso empört wie du. Ich finde nur, dass wir diese Angelegenheit behutsam angehen müssen.«
Mum rückte weiter ab. »Falls du es vergessen haben solltest, dein neuer Boss ist der gleiche Neptun, der uns hierher geschickt hat, damit wir die Menschenwelt und die Meerwelt einander näherbringen. Er hat es sogar *angeordnet*! Er hat uns gesagt, das sei unsere erste Bewährungsprobe, schon vergessen? Und du willst die Hände in den Schoß legen und nichts tun, während unsere Tochter vor der ganzen Schule gedemütigt wird und man ihr unmissverständlich klarmacht, was die Meerwelt von der Menschenwelt hält. Das nennst du, deinem verehrten Neptun treu zu dienen?«
Mum war krebsrot angelaufen. Warum regte sie sich so auf? Sie hatte doch gar nicht gewollt, dass wir auf die Schiffriff-Schule gehen!
»Es geht hier ums Prinzip«, fauchte sie, als hätte sie meine Gedanken gelesen.
Dad war fast genauso rot wie Mum. *Bitte streitet nicht,* dachte ich stumm. Das würde ich nicht noch mal aushalten. Als wir neu auf der Rundum-Insel waren, hatten sie die ganze Zeit so gestritten, dass ich dachte, sie würden sich trennen.
»Hör mal, ich versteh ja, was du meinst«, sagte Dad ruhig.

»Aber wir müssen geschickt vorgehen. Ich werde nicht stillschweigend zusehen, wie Schiffriff ein Exempel an Emily statuiert.«

»Und an Aaron«, warf ich ein.

Dad nickte. »Und an Aaron. Ich unternehme schon was. Aber ich will sichergehen, dass es auch das Richtige ist, was immer wir unternehmen. Wenn wir die Kiemen aufplustern und rumschreien, wie soll denn das unserem Fall helfen?«

Mum trat von einem Fuß auf den anderen und wandte sich ab.

Dad versuchte es nochmals mit der ausgestreckten Hand. »Komm schon, Pen, wir müssen ein Team sein; wir müssen zusammen einen Plan schmieden. Auch das hat Neptun so von uns gewollt.«

Mum stieß einen langen Seufzer aus, dann setzte sie sich auf den Rand des Decks und nahm Dads Hand. »Hast ja wahrscheinlich recht«, sagte sie widerwillig. »Natürlich.«

»Natürlich? Warum natürlich?«, fragte Dad.

»Tja, sieh mich doch mal an. Wer bin ich, dass ich mir einbilden könnte, ich könnte Brücken zwischen den Leuten bauen? Wir sollten Neptun nahelegen, jemand anderen auszusuchen.«

»Mary Penelope, was um alles in der Welt meinst du?«

O-oh. Dad hatte sie beim vollen Namen genannt. Er nannte sie nur *Mary Penelope*, wenn es ihm ganz ernst war. Es war an der Zeit einzuschreiten.

»Hört mal, es macht mir doch gar nicht so viel aus, nachdem es jetzt vorbei ist«, sagte ich schnell. »Ich bin gerne bereit, auf die Brightport High zu gehen, und Aaron auch. Ich hab ihm schon davon erzählt. Warum vergessen wir die ganze Sache nicht und tun so, als sei nichts gewesen? Wir haben ja uns, und das ist doch das, was wirklich zählt, oder nicht?«

Mum sah auf das Deck hinunter. Sie schüttelte den Kopf und sagte: »Darum geht es nicht.«

Nun war es an Dad, einen tiefen Seufzer auszustoßen. »Wenn es nicht darum geht, worum dann?«

Sie murmelte etwas Unhörbares.

»Wie bitte?«, fragte Dad, und seine Stimme klang einen Tick ungeduldig.

Mum sah auf. Eine Träne löste sich aus ihrem Auge und rann ihr die Wange hinunter. »Meine Eltern«, sagte sie dumpf.

Dad reckte sich an der Bordwand hoch und streichelte ihr übers Bein. »Ach Penny«, sagte er. Sie schluckte ein Schluchzen hinunter.

»Ich versteh nur Bahnhof«, sagte ich. »Was ist mit ihnen? Ich dachte, du hättest sie seit Jahren nicht gesehen?«

»Genau!«, sagte Mum steif. »Das meine ich ja! Welche Chance habe ich, Brücken zu bauen zwischen zwei Welten, wenn seit über zehn Jahren nicht mal meine eigenen Eltern mit mir geredet haben? Neptun hat die falsche Person ausgesucht!«

Und dann umschlang sie ihre Knie mit den Armen und fing aus voller Seele und sehr laut zu weinen an.
Ich hielt es nicht aus, sie so weinen zu sehen. Das fühlte sich an, als ob mir jemand ein Messer ins Herz stieß und genüsslich darin herumstocherte. Ich strich ihr über den Arm. »Mum, so schlimm ist es doch nicht«, sagte ich und kam mir ganz hilflos vor.
Sie schüttelte den Kopf. »Doch, ist es wohl!«, schniefte sie in ihre Knie. »Es ist sehr schlimm. Um genau zu sein, es ist so wenig in Ordnung, wie man sich nur vorstellen kann.« Sie nahm meine Hand und versuchte schwach zu lächeln. »Aber ich danke dir, dass du mir helfen willst, Zuckerschnute.«
Ich glaube, Dad fühlte sich genauso hilflos wie ich, denn er sagte nichts Tröstendes. Er strich ihr einfach weiter über die Beine und wartete, dass sie sich ganz ausweinte.

Still aßen wir zusammen zu Abend. Es war nicht gerade die angenehmste Stille der Welt, aber wenigstens gab's keine Tränen mehr. Immerhin gelang es uns, so viel zur Lage zu sagen, dass wir zu einem Entschluss kamen: Ich sollte nicht überstürzt an der Brightport High anfangen.
Da es bis zu den Sommerferien nur noch ein paar Wochen waren, stimmten Mum und Dad überein, dass ich

bis September warten konnte. Das bedeutete zumindest, dass ich mir keine Sorgen machen musste, in Gefahr zu sein, dort genauso gedemütigt zu werden – wenigstens erst mal nicht.

Keiner von uns war noch mal auf meine Großeltern zurückgekommen, obwohl ich das unbedingt wollte. Nachdem Mum sie erwähnt hatte, war mir bewusst geworden, dass sie nie von ihnen redete und ich sie nie nach ihnen fragte. Außer dem einen Mal letztes Jahr draußen am Großen Seemeer-Riff, als Mum sich plötzlich an alles erinnert hatte. Damals hatte sie mir erzählt, was mit ihnen war. Sie hatten sie praktisch verstoßen wegen ihrer Beziehung zu einem Meermann. Aber das war's auch schon; mehr wusste ich nicht. Über sie persönlich wusste ich gar nichts, wie sie waren, wie es mit ihnen gewesen war, ehe alles schiefgelaufen war. Auf einmal wurde mir klar, dass ich alles über sie erfahren wollte. Aber nicht jetzt. Es war nicht der geeignete Zeitpunkt.

»Kann ich zu Aaron rüber?«, fragte ich stattdessen und trug meinen Teller zur Spüle. Ich wollte herausfinden, was seine Mutter gesagt hatte und was sie jetzt unternehmen wollten. Ich hoffte, dass sie das Gleiche beschlossen hatte wie Mum und Dad, und dass Aaron und ich die Zeit miteinander verbringen könnten, als zusätzliche Ferien. Dann fühlte es sich vielleicht nicht mehr so schlimm an, aus der Nixenschule geworfen worden zu sein.

Ein bisschen zwickten mich Schuldgefühle, als ich fest-

stellte, dass ich jetzt jedes Mal, wenn ich Zeit hatte, zuerst an Aaron dachte, mit dem ich zusammen sein wollte, nicht an Shona. War ich eine treulose Tomate? War ich eine schlechte beste Freundin?
Ich wusste auf beide Fragen keine Antwort, und jemand anderen wollte ich natürlich auch nicht danach fragen. Ich verdrängte die Schuldgefühle und ging.

Ich ging den Pier hinauf und die Seepromenade entlang auf die Cottages zu, wo Aaron und seine Mutter wohnten, als plötzlich eine vertraute Gestalt auf mich zukam. Mandy. Es war so weit: die Stunde der Wahrheit.
Sie sah zu Boden beim Gehen und hatte mich noch nicht entdeckt. Ich hielt den Atem an und wartete ab, bis sie mich sah. Oder würde sie einfach an mir vorübergehen, ohne mich zu bemerken?
Kurz bevor wir aneinander vorübergingen, sah sie plötzlich auf. Ihr Blick leuchtete ungefähr eine Millisekunde lang auf. Sie sah aus, als ob sie gleich lächeln würde. Ich verzog das Gesicht ebenfalls zu einem Lächeln. Sie konnte sich doch erinnern!
Doch dann verwandelte sich ihr Ausdruck ganz plötzlich in das spöttische Grinsen, das ich von ihr gewohnt war. »Sieh mal einer an, was da mit der Flut angeschwemmt

worden ist«, sagte sie und sah mich von oben bis unten an. Und mit diesen wenigen Worten versank die schwache Hoffnung, die ich gehegt hatte – dass sie sich an unsere Freundschaft erinnern könnte –, wie ein Stein im trüben Meer.

»Hi Mandy«, sagte ich niedergeschlagen und ging weiter. Ich hatte nicht die geringste Lust, stehen zu bleiben und mir ihre Sticheleien anzuhören. Ich dachte, sie würde hinter mir her rufen, das tat sie aber nicht. Ehe ich auf die Cottages zuging, sah ich mich kurz um. Sie war immer noch da und starrte mir nach. Dann schüttelte sie den Kopf und machte sich wieder zum Pier auf. Hätte wohl schlimmer kommen können. Wie schön wäre es, dachte ich, wenn endlich irgendwas mal gut für uns laufen würde.

Ich traf beim Cottage ein, und Aaron grinste, sobald er mich sah. »Rate mal, was!«, sagte er. »Mum hat gesagt, dass ich erst im neuen Schuljahr auf die Brightport High muss!«

»Ich auch!«

Jetzt war also doch mal was richtig gelaufen!

»Komm«, sagte Aaron und trat aus dem Haus. »Mum sieht fern. Lass uns ein bisschen rumlaufen.«

Ich lachte. »Ich hätte nicht gedacht, dass deine Mutter auf Fernsehen steht.«

»Wir haben doch nie Fernsehen gehabt, das ist eben ihr neues Spielzeug. Sie ist vor allem ganz versessen auf die

Quiz-Programme. Da erfährt sie so viel. Gerade hat *Wer wird Millionär* angefangen. Sie merkt bestimmt überhaupt nicht, dass ich weg bin!« Trotzdem streckte er noch mal den Kopf durch die Tür. »Ich geh ein bisschen raus mit Emily, Mum.«

»Quatsch, es ist Antwort B, Blödmann!«, rief sie dem Fernseher zu.

Aaron lächelte, während er die Tür schloss. »Hab ich's nicht gesagt?«

Die Sonne ging unter, während wir am Strand entlangschlenderten. Aaron ratterte munter drauflos, über alle möglichen und unmöglichen Sachen. Mein Kopf war zu sehr mit den Ereignissen des Tages beschäftigt, um mich richtig auf das zu konzentrieren, was er sagte.

»Macht es dir denn gar nichts aus?«, unterbrach ich ihn schließlich.

Er sah mich an. »Was?«

»Du weißt schon. Heute Morgen. Was da los war.«

Aaron zuckte die Schultern. »Ich weiß nicht«, sagte er. »Irgendwie schon, klar. Andrerseits, *so viel* macht es mir auch nicht aus. Zum einen ist mein Leben millionenfach besser als zu der Zeit, als ich nur in dem dunklen, unheimlichen Schloss rumlungern konnte und niemanden hatte als meine Mutter.«

»Und zum anderen?«, fragte ich.

Er stieß die Füße in den Sand und ging weiter. Den Blick auf den Boden gerichtet, sagte er: »Ach, weißt du, jetzt kann ich ein paar Wochen mit dir zusammen sein«, nuschelte er. Dann sah er auf. »Also, nicht dass du meinst, du musst die ganze Zeit mit mir verbringen. Du hast wahrscheinlich eine Menge Freundinnen und Freunde hier, die du endlich mal wiedersehen willst.«

Plötzlich wurde mir klar, dass ich genauso froh war wie Aaron. »Um ehrlich zu sein, dass ich mit dir zusammen sein kann, ist für mich auch das Beste an der Geschichte«, sagte ich verlegen. In meinem Bauch rumorte es ein bisschen. Was war eigentlich los mit mir? Mit anderen Freunden war mir das noch nie passiert. Was war denn an Aaron so anders?

»Los«, sagte ich. Ich streifte meine Sandalen ab und rannte den Strand entlang. »Wer zuerst am Pier ist.«

Da zog Aaron auch seine Sandalen aus, und wir rannten durch den Sand. Er war noch warm von der Sonne, die tagsüber geschienen hatte, und wenn wir auch nicht so damit verschmolzen wie an den Stränden der Rundum-Insel, bekam ich Lust, ewig weiterzulaufen, so weich war der Sand.

Nur, dass uns plötzlich etwas den Weg versperrte.

»So, so. Sieh mal einer an. Und sie hat auch einen kleinen Freund dabei.« Mandy stand mit verschränkten Armen unter dem Pier, das satte ironische Grinsen im Gesicht. Sie musste mich von weitem beobachtet und uns aufgelauert haben. Was wartete jetzt auf mich?

Aaron ging direkt auf sie zu und sah sie an. »Dann bist

du wohl Mandy«, sagte er und blickte ihr forsch in die Augen.
Einen kurzen Moment lang geriet Mandy aus der Fassung. So etwas hatte sie eindeutig nicht erwartet. Doch sie fasste sich ziemlich schnell wieder. »Ach nee, da hat dir unser Fischmädchen wohl alles Mögliche über die fiese, gemeine Mandy Rushton gepetzt?«, sagte sie mit gespielter Klein-Mädchen-Stimme.
»Nee, sie hat überhaupt nicht gepetzt«, erwiderte Aaron. »Um genau zu sein, sie hat sogar gemeint, dass du dich vielleicht erinnerst, wie ihr beide euch –«
»Lass es, Aaron«, sagte ich, trat zu ihm und zog ihn fort.
Er sah mich an. »Warum?«
Mandy sah mich ebenfalls an. Ihr Ausdruck hatte sich ein wenig verändert. In dem spöttischen Grinsen lag der Hauch eines Zweifels. »Wir hätten uns *was*?«, fragte sie etwas weniger abfällig.
»Nichts«, sagte ich. »Komm, Aaron, lass uns gehen. Sie ist es nicht wert.«
Einen Augenblick dachte ich, sie würde uns den Strand entlang folgen, damit sie uns weiter piesacken und ärgern konnte. Tat sie aber nicht. Sie blieb stehen. »Ja, lauft nur weg«, rief sie uns nach. »Feiglinge.« Wir drehten uns nicht um, und sie gab es endgültig auf.
»Ha, da sind wir ja noch mal glimpflich davongekommen, würde ich sagen«, meinte Aaron, während wir auf die andere Seite des Piers zugingen.

»Haben wir dir zu verdanken.«
»Sei nicht albern«, sagte er. »Aber jetzt weißt du wenigstens, wo du mit ihr stehst.«
Ich nickte. Genau. Das wusste ich zumindest.

Ich wachte auf und war irgendwie bedrückt. Was war los?
Dann erinnerte ich mich an die Ereignisse des gestrigen Tages. Ach so. Der ganze Mist.
Mum und Dad waren im Salon, der die größte Luke nach unten hat. Sie saßen gemeinsam am Rand, und Mum ließ die Beine im Wasser baumeln, während Dad seine Schwanzflosse hineinhängte.
»Morgen, Rübchen«, sagte Mum.
Dad sah auf. »Morgen, Kleines.«
Ich setzte mich zu ihnen. »Was gibt's?«
Mum schüttelte den Kopf.
»Das gleiche Thema wie gestern«, sagte Dad sanft. »Mum hat wieder an ihre Eltern denken müssen. Sie ist einfach ein bisschen traurig. Aber sie wird schon wieder, nicht, Liebling?« Er streichelte ihr das Knie.
Vielleicht hatte ich jetzt eine Gelegenheit, etwas mehr über meine Großeltern herauszufinden.
»Mum«, sagte ich zaghaft. »Wie waren die beiden?«

Mum sah mich traurig an. Sie wollte gerade etwas sagen, doch ehe sie antworten konnte, kam ein scharfes Klopfen von der Tür.

»Ich bin's nur!« Ein unwillkommener Kopf erschien in der Öffnung. Mr Beeston. »Kurzer Pflichtbesuch bei meinem Kollegen, ha-ha-ha«, sagte er und zwinkerte Dad zu. Nachdem die beiden jetzt zusammenarbeiteten, fühlte er sich anscheinend ständig bei uns eingeladen. Mum und Dad hatten wohl nichts mehr gegen ihn einzuwenden, aber ich war immer noch angespannt, wenn er in der Nähe war.

»Kommen Sie rein, Charles«, sagte Mum. »Das Wasser hat gerade gekocht. Machen Sie sich doch einen Tee, wenn Sie möchten.«

Mr Beeston rieb die Hände aneinander und suchte in unserem Schrank nach einem Teebeutel und einem Becher. »Gern«, sagte er. »Hätte nichts dagegen.«

Er brachte seinen Tee mit in den Salon und setzte sich auf das abgewetzte Sofa. »Ich platze doch nicht etwa in was rein?«, fragte er auf seine übliche unsensible Art.

Pah. Grr. Doch. In unser Leben.

»Mary P. hat gerade über ihre Eltern gesprochen«, sagte Dad.

Aus irgendeinem Grund rutschte Mr Beeston ungemütlich auf dem Sofa hin und her. Er musste sich wohl auf eine der kaputten Sprungfedern gesetzt haben. Es ist nicht das bequemste Sofa der Welt. »Oh. Äh. Ach, das ist dann wohl doch eher was Privates. Da hab ich ja wohl nichts verloren, nicht?«, sagte er und wollte schon aufstehen.

»Seien Sie doch nicht albern, Charles«, sagte Mum. »Sie gehören ja jetzt praktisch zur Familie. Setzen Sie sich wieder.«

Es war gut, dass ich mir noch nichts zu trinken geholt hatte, sonst hätte ich wahrscheinlich alles verschüttet. *Zur Familie?* Hoffentlich nicht!

»Ich wollte Emily gerade ein bisschen mehr von ihnen erzählen«, fuhr sie fort. »Sie können sich doch sicher auch noch an sie erinnern, oder? Vielleicht können Sie uns helfen?«

»Ich?«, stieß Mr Beeston aus und schüttete sich fast seinen Tee über den Schoß. »Was soll *ich* sagen können? Ich weiß *gar nichts*!« Sein Gesicht war nahezu dunkelrot angelaufen, und er wirkte noch viel unbehaglicher, als die Leute auf dem Sofa sonst aussahen. Wie war der denn drauf?

Mum zuckte die Schultern angesichts seiner Antwort und wandte sich mir zu. »Du weißt doch noch, was ich dir erzählt habe, oder? Warum sie fortgezogen sind?«

»Sie haben gedacht, jetzt wärst du verrückt geworden, weil du erzählt hast, dass du einen Meermann liebst.«

Mum nickte. »Genau. Sie wollten mich zu einem Spezialisten schicken, um mich von meinen Wahnvorstellungen kurieren zu lassen! Sie dachten, ich hätte das alles erfunden, weil ich nicht gestehen wollte, wer wirklich der Vater meines Kindes war.«

»Und wollten sie dich nicht überreden, Brightport zu verlassen und mit ihnen woanders hinzuziehen?«, fragte ich.

Mum nickte. »Das wollte ich aber nicht. Ich wusste nicht mal genau, warum – aber ich konnte einfach nicht weg. Die ganze Sache ist von so vielen Geheimnissen umgeben, die ich nie so recht verstanden habe.«

»Was für welche zum Beispiel?«, fragte ich.

»Also, zum einen, warum Grandad mir das Schiff dagelassen hat, als sie ohne mich wegzogen.«

»Warum verstehst du das nicht?«, fragte ich.

Mum schüttelte den Kopf. »Es hat da irgendwas gegeben, was nicht dazu gepasst hat. Ich habe mir immer eingeredet, es würde vielleicht bedeuten, dass er mir irgendwie vergeben hatte oder mir vielleicht sogar glaubte. Und dass sie beide, wenn die Dinge sich erst mal beruhigt hatten, vielleicht sogar wieder Kontakt aufnehmen würden.«

»Haben sie aber nicht?«, wollte ich wissen.

»Nein. Kein einziges Mal. Nichts. Außer den Karten, die sie zu den Geburtstagen und zu Weihnachten geschickt haben. Das war alles. Sie haben immer nur ihre Namen draufgeschrieben, sonst nichts. Nicht mal *viele Grüße*. Nur *Mum und Dad* oder *Nan und Grandad* auf die Karten an dich.« Sie lächelte traurig. »Das war so seltsam. Passte gar nicht zu ihnen. Sie waren immer so warm und liebevoll gewesen. So kannten sie alle. Aber was konnte ich machen? Sie wollten einfach nichts mehr mit mir zu tun haben.«

Mum verstummte. Wir anderen wussten nicht viel dazu zu sagen. Keiner von uns konnte so recht was sagen. Dad hielt weiter fest ihre Hand. Mr Beeston rutschte und zappelte immer noch herum. Die ganze Zeit, als Mum geredet hatte, saß er da, schaute sich im Raum um, zupfte an einem losen Faden an seinem Jackett und klopfte nervös mit dem Fuß auf den Boden. Als ob er nicht so recht hinhören wollte.

Entschuldigung, langweilen wir Sie vielleicht? Sein Leben war offenbar *viel* bedeutender als das von allen anderen.

Kaum hatte Mum zu reden aufgehört, da stürzte er mit einem letzten großen Schluck seinen Tee hinunter und sprang vom Sofa auf. Er schob den Ärmel hoch und sah auf seine Armbanduhr.

»Meine Güte, schon so spät?«, sagte er mit seiner Ich-hab-weiß-Gott-Wichtigeres-zu-tun-als-meine-Zeit-mit-euch-zu-vertrödeln-Stimme. »Ich mach mich mal lieber auf.«

Und ehe wir sagen konnten: *Ach, wirklich, schon? Wollen Sie nicht noch 'ne zweite Tasse Tee?* – pah! – war er zur Tür geschlurft, nickte uns kurz zu und verschwand.

»Huch, entschuldigen Sie, hab Sie gar nicht gesehen!«, hörten wir ihn ausrufen. »Großer Gott, was zum Kuckuck machen *Sie* denn hier? Aber ich kann nicht bleiben, muss noch einiges erledigen und so. Wir sehen uns.«

Mit wem redete er? Ich sprang auf und rannte zur Tür. Ich weiß nicht, wen ich erwartete, aber als ich sah, wer es war, da war es die willkommenste Überraschung für mich seit unserer Rückkehr.
Ich warf mich in die ausgebreiteten Arme.

5

»Millie!« Ich umarmte sie stürmisch, und sie lachte und drückte mich ebenfalls.

Dann ließ sie mich los und stieg durch die Tür. »Sieht ja so aus, als ob ich gerade rechtzeitig gekommen bin«, sagte sie, sah sich um und machte verwunderte Geräusche. »Könnt ihr keine fünf Minuten zubringen, ohne in irgendeinen Schlamassel zu geraten?«

Mum sprang auf. »Millie! Was machst *du* denn hier?«

Millie schlang die Arme um Mum. »Hab es ohne euch nicht ausgehalten«, sagte sie. »Archie hat mich für die größte Trauerflosse aller Zeiten gehalten. Ein weiteres Team hat sich aufgemacht, um zwei Wochen herzukommen, da hat er es gedeichselt, dass ich mitkommen konnte.«

»Ich dachte, du erträgst es nicht, von ihm getrennt zu sein«, sagte Dad mit schelmischem Grinsen.

»Stimmt. Aber nun hat sich rausgestellt, dass ich es noch weniger ohne euch aushalten kann.« Sie spitzte die Lippen. »Und wie es sich anhört, scheint es mir, dass es mit euch ohne mich auch nicht weit her ist.«

»*Wie es sich anhört?* Willst du sagen, dass du draußen an der Tür gelauscht hast?«, fragte ich.

Millie wurde ein wenig rot. »Ich hab auf den perfekten Augenblick für einen großen Auftritt gewartet«, gab sie zu. »Was Beeston mir aber gründlich verdorben hat, nicht? Typisch.« Sie steuerte auf die Kombüse zu. »So, was muss eine erschöpfte Reisende denn wohl anstellen, um hier mal 'ne Tasse Earl Grey zu kriegen?«

»Wenn du mich fragst, dann ist es endlich an der Zeit, damit aufzuhören, über deine Eltern zu jammern, und stattdessen was zu unternehmen«, sagte Millie auf ihre übliche unverblümte Weise. Sie hatte sich auf dasselbe Sofa gesetzt, wo Mr Beeston gesessen hatte. Mit ihr darauf sah es irgendwie viel kleiner aus.

»Was meinst du, Millie?«, fragte Mum mit angespannter und bekümmerter Stimme. »Wie soll ich denn was unternehmen? Ich weiß ja nicht mal, wo sie sind.«

Millie pustete in ihren Tee. »Doch, das weißt du«, sagte sie, dann schlürfte sie einen Schluck.

»Du weißt, wo sie sind?«, stieß ich hervor. »Aber ich dachte –«

»Ich weiß keineswegs, wo sie sind. Millie, was redest du da?«

»Poststempel«, erwiderte Millie nur.

»Poststempel?«, wiederholte ich.

Millie seufzte. »Komm schon, Mary P. Willst du behaupten, dass du nicht jede einzelne Karte und jeden Briefumschlag aufgehoben hast?«
Mum schüttelte den Kopf. »Tja, stimmt, das will ich behaupten. Nichts aufgehoben.« Ihre Stimme klang etwas verbittert. »Es stand ja nicht gerade was Anrührendes drauf.«
»Und du hast nie auf die Poststempel geguckt?«
Mum schwieg.
»Doch, das hast du, Mary P. Du hast sie mir nämlich sogar gezeigt. Wir haben darüber geredet. Wir haben sogar im Atlas nachgeschaut. Weißt du nicht mehr?«
Mum sah zu Boden. »Doch, ich weiß es noch«, sagte sie schließlich.
»Wie hieß das doch noch? Bridge- irgendwas, oder? Bridgehaven? Bridgemeadows?« Millie tippte sich auf den Mund und runzelte vor Konzentration die Stirn.
»Bridgefield«, sagte Mum knapp. »Aber es spielt keine Rolle.« Sie stand auf und ging in die Kombüse hinüber. »Wer möchte was essen? Ich bin am Verhungern.«
»Mum, warum spielt es keine Rolle?«, sagte ich und biss mir auf die Lippe, während ich auf eine Antwort wartete. Mum nimmt es nicht gut auf, wenn man sie zu einem Thema drängt, das sie als abgeschlossen ansieht.
»Weil ich nicht vorhabe, zu versuchen, mit ihnen in Kontakt zu treten.«
»Warum nicht?«, fragte ich bohrend.

Mum drehte sich um und sah mich an. »Sie haben eindeutig zu verstehen gegeben, dass sie nichts mehr mit mir zu tun haben wollen. Ich lauf ihnen doch nicht nach!«

»Aber Mum«, beharrte ich. »Wir sind doch diejenigen, denen aufgetragen worden ist, Meerwelt und menschliche Welt einander näherzubringen. Das wäre doch vielleicht ein Anfang?«

Mum holte Luft und schwieg so lange, dass ich schon Hoffnung schöpfte, sie könne ihre Meinung ändern.

Dann schüttelte sie den Kopf. »Nein, es ist beschlossene Sache. Wir finden einen anderen Weg, um unsere Aufgabe in Gang zu bringen. Wir müssen ja außerdem noch dieses ganze Bauvorhaben untersuchen. Und *dazu* ist uns noch überhaupt nichts Gutes eingefallen. Wenn wir nicht bald vorankommen, können wir auch gleich aufgeben und Neptun sagen, er soll eine andere Familie für die Aufgabe suchen.«

»Aber Mum –«

»Kein *aber*«, sagte Mum bestimmt. »Das mute ich mir nicht noch mal zu. Es hat lange genug gedauert, über ihr Verhalten hinwegzukommen. Ich habe nicht vor, ihnen die Gelegenheit zu bieten, es zu wiederholen. Ende des Themas. So, lasst uns was frühstücken.«

Und damit holte sie Brot aus dem Schrank und fing an, es aufzuschneiden.

Ich wollte schon wieder etwas entgegnen, doch Dad sah mich an und schüttelte den Kopf. »Lass es am besten«, sagte er leise. »Du weißt doch, wie Mum ist, wenn sie mal einen Entschluss gefasst hat.«

Ich sah zu Millie. Sie schrieb etwas in ein samtgebundenes Notizbuch, während Mum Frühstück machte. Dann steckte sie das Notizbuch in ihre Tasche und zwinkerte mir zu. »Keine Sorge, Schätzchen«, flüsterte sie mir zu. »Das kommt schon in Ordnung.«

Ich weiß nicht, wie sie glauben konnte, dass irgendwas in Ordnung kommen würde. Soweit ich sehen konnte, hatte sich alles, das sich seit unserer Rückkehr nach Brightport ereignet hatte, zum Schlechten entwickelt.

Aber im Moment konnte ich nichts machen. Ich beschloss, das Thema fallenzulassen, auch wenn es den Anschein hatte, als ob unsere Unterhaltung noch in der Luft hing und uns umhüllte wie ein dichter Nebel.

Plötzlich hatte ich Sehnsucht, die eine Person aufzusuchen, die mir guttun würde. Und zum ersten Mal seit einer Ewigkeit war es nicht Aaron. Es war die Person, die mich immer aufheiterte, mich immer die Sonnenseite des Lebens sehen ließ und mir immer half, eine Lösung zu finden, auch wenn alles hoffnungslos aussah.

»Kann ich nach dem Frühstück nach Schiffriff?«, fragte ich. Ich musste Shona sehen.

Es war noch früh genug, um Shona zu treffen, ehe sie in der Schule sein musste. Wir schwammen hinaus auf den Spielplatz, auf dem wir uns immer die Zeit vertrieben. Es ist im Grunde nur ein sandiges Stück Meerboden. Alle möglichen Wrackteile und Stücke von alten Tauen und Anker und Seetang waren so darauf verteilt, dass man auf ihnen herumklettern oder darunter durchkriechen konnte. Wir schwammen durch ein großes altes Bullauge und setzten uns auf eine lange Holzplanke. Neben uns streckte ein Hummer den Kopf aus einer Felsspalte und sah uns mit seinen schwarzen Knopfaugen an. Seine Scheren hingen wie ein breiter, geschwungener Schnauzbart heraus.

Beim Schwimmen brachte ich Shona auf den neuesten Stand der Dinge.

»Das klingt ja alles nicht so sonnig«, sagte sie. »Du Arme.«

»Find ich auch. Das einzig Gute ist, dass ich vor dem nächsten Schuljahr nicht mehr auf die Brightport High muss«, sagte ich. *Und dass ich mich immer mit Aaron treffen kann.* Ich hatte das Gefühl, dass es Shona ein bisschen leid war, mich ständig von Aaron reden zu hören, und im Moment wollte ich alles vermeiden, was sie ärgern konnte, daher sagte ich das nicht laut. Ich wollte nicht riskieren, zu allem Elend auch noch Shona zu brüskieren. Ich beschloss, das Thema zu wechseln.

»Wie war es denn hier?«, fragte ich.

»Ätzend! Die Schule macht ohne dich keinen Spaß«, sagte sie. »Nichts macht ohne dich Spaß«, fügte sie hinzu, so dass mein Gewissen noch lauter schlug, weil ich mich so freute, dass Aaron und ich so viel zusammen sein konnten. Bis heute Morgen hatte ich Shona nicht mal vermisst.

»Um genau zu sein, *nichts* ist so wie sonst«, fuhr sie fort. »Die Stimmung in der Schule ist schrecklich. Mrs Haifischzahn hat grässliche Laune, und alle haben Angst, sie könnten die Nächsten sein, die vor der ganzen Schule fertiggemacht werden.«

»So etwas wünsche ich keinem«, sagte ich und dachte an das beschämende Gefühl, wie alle mich angesehen hatten, als mir Mrs Haifischzahn das Gefühl gegeben hatte, ich sei das Ekligste, was auf dem Meeresboden herumkraucht.

»Außerhalb der Schule ist es nicht viel besser. Alle können nur über das reden, was drüben in Brightport los ist und wie es uns beeinträchtigen könnte. Gestern Abend bei meiner Tante haben wir gespürt, wie die Wände gewackelt haben – ganz schön unheimlich. Sie findet, dass wir packen und umziehen sollten, aber Dad meint, dass es sich schon wieder beruhigen wird und dass wir keine drastischen Maßnahmen ergreifen sollten. Das Schlimmste ist, dass wir nicht wissen, was los ist. Hast du irgendwas Neues gehört?«

»Mum hat im Waschsalon mit ein paar Leuten geredet«, sagte ich. »Sie haben berichtet, dass der Stadtrat beim

nächsten Planungstreffen entscheiden will, was geschieht.«
Shona nickte. »Dann können wir also nur abwarten?«
»Sieht so aus«, sagte ich. »Ich bin sicher, dass sich alle unsere Rückkehr hierher schöner vorgestellt haben.«
»Ganz sicher. Das einzig Gute ist der Sirenenunterricht. Wir haben eine neue Lehrerin. Sie hat uns ein paar schöne Sirenengeschichten erzählt, die wir noch gar nicht kannten.« Shonas Augen leuchteten so auf, wie sie es nur dann tun, wenn von Sirenen die Rede ist.
»Zum Beispiel?«
»Von den verschwundenen Sirenen!« Shona erhob sich von der Planke und schwamm zu dem Anker auf der anderen Seite des Spielplatzes. Sie flitzte im Zickzack um ihn herum, so dass ein kleiner Schwarm violetter Fische kehrtmachte und im Verbund davonstob.
»Eine Gruppe von Sirenen ist vor vielen Jahren verschwunden. Eine davon war über alle Meere für ihren Gesang berühmt. Fischer ließen ihre Boote im Stich und warfen sich in die Wellen, um sie zu finden.«
Shona zögerte. Ehe wir uns kennenlernten, hatte sie nichts dabei gefunden, Fischer in ihr feuchtes Grab zu locken. Seit wir uns kannten und sie gemerkt hatte, dass Menschen ganz in Ordnung sein konnten, fand sie diesen Teil der Aufgaben einer Sirene doch nicht mehr ganz so toll. Und mit etwas Glück würde es bald keine Nixe mehr als Teil ihrer Aufgabe ansehen, wenn Neptun es mit der

Zusammenführung der Welten ernst meinte – und wenn wir das hinbekamen!

»Wie dem auch sei«, fuhr sie rasch fort, »sie war eine der besten Sirenen, und dann verschwand sie eines Tages – einfach so. Spurlos. Und mit ihr eine ganze Gruppe. Sie und ihre Freundinnen haben ab und zu zusammen gesungen, und über Nacht waren auf einmal alle verschwunden.«

»Bis zum heutigen Tag?«, fragte ich.

Shona nickte. Sie schwamm zu mir zurück, schaukelte an einem liegen gebliebenen Tau und wischte damit bei jeder Bewegung über den Meeresgrund. Ein Schwarm leuchtend blauer Fische tauchte auf und flitzte in Zickzacklinien von uns fort. »Keine ist je wieder gesehen worden.« Ihre Augen funkelten. »Der Legende nach sind sie an einem magischen Ort, der so gut versteckt ist, dass er praktisch unsichtbar ist! Und rate mal, was noch?«

»Was?«

»Miss Merlin hat sich eingehend damit beschäftigt. Sie liebt Sirenenlegenden und Sirenengeheimnisse, und sie weiß besser darüber Bescheid als sonst einer im ganzen Ozean! Sie hat uns erzählt, wo man sie angeblich zuletzt gesehen hat.«

»Und?«

Shona sah aus, als würde sie gleich vor Aufregung platzen. »Und es ist hier in der Nähe!«

Ich wusste sofort, was sie dachte. Ehe Shona mich kennenlernte, hatte sie praktisch noch nie ein Abenteuer gehabt. Seit wir beste Freundinnen waren, hatten wir fast nur noch welche!

»Du willst sehen, ob wir sie finden können?«

Shona nickte aufgeregt. »Hör mal, ich muss jetzt in die Schule. Aber denk doch drüber nach. Vielleicht könnten wir am Wochenende los? Das lenkt dich vielleicht ein bisschen von allem anderen ab, was bei euch los ist.«

Da hatte sie nicht ganz unrecht. Und außerdem klang es ja wirklich ganz interessant. Eine Gruppe von Sirenen, die sich über Nacht in Luft aufgelöst hatte und fortan weder gehört noch gesehen worden war. Wir konnten zumindest so tun, als ob wir sie suchen würden. Alles war besser, als herumzusitzen und immer trübsinniger zu werden wegen – tja, wegen fast allem.

»Abgemacht«, sagte ich grinsend. Ich hatte ja gewusst, dass Shona mich wieder aufheitern würde. Das kann sie immer.

»Zischig!« Sie grinste ebenfalls. »Ich versuche, noch mehr von Miss Merlin herauszufinden. Wir könnten am Sonntag anfangen.«

»Das machen wir!«

Damit machten wir uns auf den Rückweg. Ein wenig schmerzte es, dass wir verschiedene Wege nehmen mussten und sie in Richtung Schule schwamm. Ich weiß nicht mal genau, was da schmerzte. Es kam wohl alles Mögliche zusammen. Ein bisschen Traurigkeit darüber, dass

sie allein zur Schule schwamm, ohne dass ich dabei sein konnte. Ein bisschen Eifersucht, dass sie weiter in die Nixenschule durfte und von Dingen wie Sirenen lernen konnte, die in unsichtbaren Verstecken verschwanden, während ich demnächst wieder Französisch und Bruchrechnen lernen musste.
Und außerdem, wenn ich ehrlich bin, auch ein gewisses Schuldgefühl angesichts der Tatsache, dass ich nach Brightport zurück und den restlichen Tag mit Aaron verbringen konnte.
Ich wartete, bis Shona anhielt und winkte, ehe sie um eine Ecke verschwand, dann machte ich kehrt und schwamm nach Brightport. Ein Schwarm länglicher schwarzer Fische begleitete mich, als würden sie ein Wettschwimmen mit mir machen. Vor mir kreuzte ein blau-rosa-gestreifter Fisch meinen Weg. Unter mir wiegten sich Seealgen, und gefiederte Farne strichen mir um die Schwanzflosse, als ich darüber schwamm. Ich wurde von einem friedlichen Gefühl ergriffen und lächelte, während ich auf dem Heimweg war. Alles würde in Ordnung kommen, das wusste ich.

Die ganze Woche über ging es mir ziemlich gut. Mum war wieder in dem Buchladen, in dem sie früher gearbei-

tet hatte. Eines Tages war sie reingegangen, um hallo zu sagen, und da stellte sich heraus, dass eine der neuen Verkäuferinnen gerade gekündigt hatte. Deshalb behielt man sie gleich da, und sie wurde wieder eingestellt. Sie schien jetzt weniger niedergeschlagen. Millie hatte viele Freunde in Brightport und kein Problem, irgendwo unterzukommen. Mrs Swindale, die eine der Pensionen an der Strandpromenade unterhielt, lud sie ein, kostenlos zu bleiben, solange sie wollte. Dafür musste sie ihr einmal täglich ein Tarot legen, ab und zu Reiki-Sessions abhalten und ein-, zweimal eine spirituelle Chakra-Reinigung vornehmen.
Dad war mit Mr Beeston unterwegs, und Mum hatte sogar für Aarons Mutter einen Teilzeitjob in einem Eine-Welt-Laden an der Promenade organisiert – so dass nur Aaron und ich blieben.
Ich zeigte ihm meine Lieblingsplätze in Brightport. Die abgelegeneren Straßen und Gässchen, in denen man sich verirren konnte, wenn man sich nicht auskannte. Den Weg am Strand, wo man den Sonnenuntergang über dem Meer so schön sehen konnte. Wir besuchten sogar den neuen Vergnügungspark der Rushtons, sahen aber nur von draußen hinein. Ich hatte keine Lust, auf Mr und Mrs Rushton zu stoßen. Nach dem, was mit Mandy passiert war, brachte ich das nicht fertig.
Nachdem ich Aaron die Stadt gezeigt hatte, beschloss ich, ihm den anderen Teil von Brightport zu zeigen, den Teil, den ich auch erst kannte, seit ich entdeckt hatte, dass ich

ein Meermädchen war. Vor allem die Regenbogenfelsen. Gemeinsam schwammen wir hinaus. Ich erzählte ihm, dass ich hier Shona kennengelernt hatte und dass meine Mutter sich hier von meinem Vater verabschiedet hatte, als ich gerade geboren war. Es war das letzte Mal, dass sie ihn gesehen hatte, bis zum vergangenen Jahr.

»Das ist also ein ganz besonderer Ort, nicht wahr?«, sagte Aaron und schwamm langsam um die Felsen. Das Wasser war so klar, dass wir jeden Kieselstein und jeden Fisch unter uns sehen konnten, sogar Fische, die fast durchsichtig waren, kleine streichholzdünne Dinger, die wie Pfeile durchs Wasser schossen.

Ich freute mich, dass er es auch spürte. Die Regenbogenfelsen waren mir wahrscheinlich der liebste Ort auf Erden. Zumindest der liebste Ort in Brightport.

Die Woche war wie verzaubert. Wir wollten nicht, dass sie aufhörte. Bald würden alle Schüler Ferien haben, und dann fühlte es sich nicht mehr so an, als würde uns alles alleine gehören.

Aber die Woche endete doch.

Und damit auch die wunderbare, verzauberte Stimmung.

Freitagmorgen war ich allein zu Hause, als ein *plumps* auf dem Deck ankündigte, dass jemand gekommen war. Und da das Boot so heftig schaukelte, konnte ich mir ziemlich gut denken, wer es war.

»Wo ist sie?« Millie stürmte zur Tür herein, außer Atem und puterrot. »Wo ist deine Mutter?«

»Bei der Arbeit«, sagte ich. »Warum?«

Millie schüttelte den Kopf. »Da ist sie nicht.«

»Vielleicht ist sie zum Discounter«, sagte ich. »Millie, was ist denn los? Alles in Ordnung?«

Millie nickte und versuchte, zu Atem zu kommen. »Disko- was? Ach, vergiss es, wir holen sie, sobald sie wieder da ist. Ich kann es nicht abwarten – ich muss dich eben alleine mitnehmen. Komm!«

»Wohin denn?«, fragte ich.

Millie packte meine Hand. »Du darfst kein Wort verraten. Wir bringen sie her, wenn deine Mutter wieder da ist, okay?«

Ich beschloss, die Tatsache zu übersehen, dass Millie in Rätseln redete. »Okay«, sagte ich und folgte ihr.

Millie marschierte mit aufgeblähtem Cape den Steg entlang. Ich stolperte hinter ihr her. »Millie, kannst du mir vielleicht sagen, was das alles soll?«, fragte ich, als ich sie einholte.

»Das wirst du früh genug sehen«, erwiderte sie auf ihre geheimnistuerische Art, die sie fast immer an sich hatte.

Wir bogen zu den Strandhäuschen ab, wo Aaron und seine Mutter wohnten. »Geht es um Aaron?«, fragte ich. »Ist ihm was passiert?«

»Keinem ist irgendwas passiert. Komm schon. Wir sind gleich da.« Sie bog scharf nach links ab, eilte auf das letzte Häuschen der Reihe zu und hielt an. »Das ist es«, sagte sie. Dann wischte sie sich die Handflächen am Kleid ab, zupfte sich eine Haarsträhne aus dem Gesicht und schluckte hörbar.

Sie drehte sich nach mir um. »Bereit?« Ihre Stimme hatte ein atemloses Beben. Sie war eindeutig nervös – aber warum nur? Was war in dem Häuschen? Wofür sollte ich *bereit* sein?

»Ich glaube schon«, sagte ich. Dann folgte ich Millie den Gartenweg entlang. Sie holte tief Luft. Und dann klopfte sie an die Tür.

6

Die Tür ging auf. Eine Frau stand in der Diele. Sie war spindeldürr, hatte graue Haare und eine Brille, die an einer Kette um ihren Hals hing. Sie sah zwar etwas älter aus, aber gleichzeitig noch ganz fit.
Hinter ihr tauchte ein Mann auf, ungefähr im gleichen Alter, größer als sie und ebenfalls dünn und grauhaarig. Beide starrten uns an.
»Ja bitte?«, sagte die Frau mit einem freundlichen Lächeln. Ihre Augen bildeten Fältchen und wurden ganz grün und leuchtend, wenn sie lächelte. Irgendwas an ihrem Lächeln kam mir vertraut vor, wenn ich auch nicht sagen konnte, was es war. Sie konnte mir ja nicht vertraut sein. Ich hatte beide noch nie gesehen.
»Ich – es ist – wissen Sie –«, begann Millie. Sie war noch nervöser als vorhin.
Der Mann trat unter die Tür. »Sie müssen die Dame von dem Preisausschreiben sein«, sagte er.
Preisausschreiben? Was für ein *Preisausschreiben*?
»Kommen Sie doch rein. Wir freuen uns ja so, Sie kennenzulernen. Was für eine wunderbare Überraschung, so etwas völlig unverhofft zu gewinnen. Alles ist so schnell

gegangen; zum Glück hatten wir Zeit! Und das Ferienhaus ist entzückend.«

Von was um alles in der Welt redete er? Verwechselte er uns mit jemand anderem? Ich drehte mich zu Millie um. Sie nickte mir jedoch nur kurz zu und schob mich hinein.

Der Mann sah mich erst jetzt. »Ah, Sie haben Ihre Tochter mitgebracht.« Er bückte sich etwas, um mir die Hand zu schütteln. »Nun, herein mit Ihnen. Kommen Sie doch alle beide herein.«

Ich warf Millie einen finsteren Blick zu. *Tochter?,* sagte ich mit stummer Lippenbewegung. Sie schüttelte den Kopf und deutete ein stummes *Pscht* an.

Wir standen zu viert etwas verlegen im Wohnzimmer herum und sahen uns an.

»Nun?«, sagte Millie und grinste das Paar breit an. »Jetzt, wo ihr Zeit zum Gucken habt, erkennt ihr mich doch sicher?«

Die beiden Fremden starrten Millie verständnislos an.

»Das hier ist Emily!«, sagte sie.

Sie richteten ihre verständnislosen Blicke auf mich. Ich starrte ebenso zurück.

Jetzt hatte ich genug. »Millie, könntest du vielleicht erklären, was hier los ist?«

Plötzlich blickte Millie genauso verunsichert drein wie wir anderen. »Nicht mal mich wollt ihr wiedererkennen?«, fragte sie. Ihre Stimme überschlug sich fast beim Sprechen. Ich dachte, sie würde gleich zu weinen anfangen. »Also, ich hab ja gewusst, dass ihr entschiedene Ansichten bezüglich der ganzen Angelegenheit gehabt habt, aber ich hätte nie gedacht, dass ihr es so weit treibt!«

Das Paar starrte sie weiter an, mit offenen Mündern und völlig perplexen Gesichtern. Dann ergriff die Frau das Wort. »Hören Sie, es war äußerst nett von Ihnen, uns mitzuteilen, dass wir gewonnen hatten, und wir sind wirklich dankbar, aber ich weiß ehrlich gesagt nicht, was –«

»Hallo?«, kam eine Stimme von der Haustür, die wir hinter uns offen gelassen hatten. Eine Sekunde später erschien Aarons Gesicht. Er blickte im Zimmer umher und grinste, als er mich sah. »Hey – hab doch gedacht, dass du das bist. Ich bin gerade vorbeigegangen«, sagte er. »Was machst du hier?«

Gute Frage!

»Darf ich reinkommen?«, fragte er und trat in das kleine Zimmer, ehe ich irgendwas antworten konnte.

»Das ist mein Freund Aaron«, sagte ich, während er sich neben mich drängte – was aber keinen zu interessieren schien. Sie waren immer noch damit beschäftigt, sich alle wie belämmert anzustarren. Ich spürte, wie Aarons Hand meine berührte. Auf der Stelle bekam ich ein heißes Gesicht, und mein Herz fing so laut zu hämmern an, dass ich sicher war, die anderen könnten es hören, vor allem, da wir alle in dieser stillen Schockstarre dastanden.

Und dann geschah noch etwas. Das Gefühl, als seine Hand meine berührte – also, es klingt bestimmt lächerlich und kitschig und dämlich, aber durch meinen Arm lief ein Kribbeln und Vibrieren. Ich warf ihm einen Blick zu, um festzustellen, ob es ihm genauso ging. Er sah mich an, rückte aber nicht ab. Im Gegenteil, er spreizte die Handfläche und ergriff meine Hand.

Was ungefähr im selben Moment passierte, als das Gesicht der Frau so grau wurde wie ihr Haar.

»Emily?«, flüsterte sie. Sie drehte sich nach ihrem Mann um.

Er klammerte sich an ihren Arm und kam einen Schritt auf mich zu. »Bist du's wirklich? Unsere Emily?«, sagte er.

Ich sah Millie hilfesuchend an.

»Na endlich!«, rief sie mit breitem Lachen.

»Das ist doch Mary P's Freundin Millie!«, rief der Mann aus. »Herrje, das muss ja, wie viel – zwölf Jahre?«

»So ungefähr«, sagte Millie. »Mehr oder weniger ein Leben lang«, fügte sie kaum hörbar hinzu und warf mir einen vielsagenden Blick zu.

»Ach Gott – Mary Penelope – ist sie hier? Weißt du, wo sie ist?«, stieß die Frau hervor.

»Äh, hört mal, kann mir mal jemand erklären, was hier los ist?«, sagte ich. »Oder wer die beiden da sind?«

Die Frau legte mir die Hand auf die Wange. »Emily, Liebling«, sagte sie sanft, »wir sind deine Großeltern.«

Ich starrte die beiden entgeistert an. »Meine –«
Der Mann lächelte mir zu. »Es ist wahr«, sagte er. »Wir sind deine Großeltern.«
»Aber warum – wie kommt das – ich meine, wer –«
Die Frau lachte. »Das mit dem Preisausschreiben war Unsinn, nicht?«, sagte sie zu Millie.
Millie nickte stolz. »Ich konnte mir nicht vorstellen, dass eine einfache Einladung reichen würde, und weil mir jemand noch was geschuldet hat, habe ich dieses Cottage für ein paar Tage gemietet und zu dieser kleinen List gegriffen.«
»Aber wie hast du sie gefunden?«, fragte ich.
»Also, den Ort wussten wir ja schon. Ich habe einfach ein bisschen im Internetz gestöbert.«
»Internet«, korrigierte ich sie nachsichtig.
»Ja, genau«, fuhr sie fort. »Und das war übrigens gar nicht so schwer. Im wahren Leben sind solche Dinge meistens nicht schwer. Ganz oft bilden wir uns die Hinderungsgründe nämlich nur ein«, sagte sie obenhin und warf sich mit großer Geste das Cape um die Schulter.
»Und was hast du gemacht, als du rausgefunden hattest, wo sie wohnen?«, fragte ich.
Millie senkte die Stimme. »Mit der Hilfe spiritueller Erkenntnisse, mit einer Portion mystischen Geschicks und mit ein paar sorgfältig gesetzten Meilensteinen entlang der Kraftlinien ist alles möglich«, sagte sie theatralisch.
»Sie hat uns angerufen«, sagte die Frau.

Millie zupfte ein unsichtbares Stäubchen von ihrem Umhang. »Nun, ja, so kann man es auch ausdrücken, nehme ich an.«
Die Frau fuhr fort. »Sie hat behauptet, wir hätten ein Wochenende am Meer gewonnen – und zwar dieses Wochenende!«
»Nun, es hat doch geklappt, oder nicht?«, sagte Millie.
Ich starrte sie immer noch ungläubig an. »Und ihr seid wirklich meine Großeltern?«, fragte ich. Sie nickten und strahlten mich dabei an.
Ich wandte mich Millie zu. »Komm schnell – wir müssen es Mum erzählen!« Ich sah auf die Uhr. »Es ist schon nach zwölf. Sie ist bestimmt zurück für ihre Mittagspause.«
Die Frau – Nan – schlug sich die Hand vor den Mund und griff mit der anderen Hand nach Grandads Arm. »Passiert das alles wirklich?«, fragte sie ihn. »Sehen wir gleich unsere Tochter wieder?«
Er legte seine Hand auf ihre. Ein Knoten in seinem Hals hüpfte auf und ab, und es sah aus, als wolle er etwas sagen. Doch dann drückte er sie nur und nickte.
»Einen Moment noch.« Millie kramte in ihrer Tasche. »Wo steckt er nur? Ich hab ihn extra dafür mitgebracht. Ich bin sicher, er ist irgendwo – ah!« Sie zog einen kleinen Wegwerf-Fotoapparat aus der Tasche. »So, stellt euch alle eng zusammen. Sagt *cheese*!«
Aaron und ich standen verlegen vor meinen Großeltern und versuchten zu lächeln, während Millie knipste.

»Reizend!«, sagte sie und strahlte. »Gut, dann mal los. Lasst uns Mary P. sagen, dass ihr hier seid.«
Das alte Paar schloss die Tür hinter sich und folgte Millie aus dem Cottage auf den Weg in Richtung Pier. Ich kam mit Aaron hinterher. Wir hielten uns immer noch bei den Händen. Das Kribbeln hatte nicht nachgelassen – und mein Puls ging immer noch schnell. Es fühlte sich komisch an, seine Hand zu halten, aber gleichzeitig auch wie die natürlichste Sache der Welt. Irgendwie seltsam, aber auch echt gut.
Wir gingen den Anleger entlang bis zu unserem Schiff. Millie drehte sich nach meinen Großeltern um. Meine Großeltern! Der Gedanke war so ungewöhnlich! »Bereit?«, fragte sie.
Sie nickten erwartungsvoll. »Ganz und gar!«, erwiderte mein Großvater.
»Gut, dann kommt rein.« Millie trat durch die Tür und rief dabei nach Mum. »Juhu! Mary P. – du errätst nie, wen ich mitgebracht habe!«
Während meine Großeltern ihr hineinfolgten, blieben Aaron und ich stehen. »Ich finde, du solltest allein reingehen. Das ist 'ne Familiensache.« Und mit verlegenem Nuscheln setzte er hinzu: »Aber ich komm später noch mal vorbei, okay?«
»Auf jeden Fall!«, sagte ich.
Er ließ meine Hand los und lächelte. Meine Handfläche fühlte sich von seiner noch ganz warm an. »Bis später«,

sagte ich. Und dann machte er kehrt und ging, und ich war gespannt auf das glückliche Wiedersehen.

Nur, dass es nicht ganz das wurde, was man ein glückliches Wiedersehen nennt.

Meine Großeltern hatten wieder diesen verständnislosen Blick.

»Was ist los?«, fragte ich.

Millie stand mitten im Raum und gestikulierte wild. Mum stand mit verschränkten Armen und verschlossenem Gesicht hinter ihr. »Wir haben doch gerade darüber geredet, drüben im Cottage! Wieso könnt ihr euch nicht erinnern?«, rief Millie.

»In dem Cottage, in dem wir das Wochenende verbringen, das wir gewonnen haben?«, fragte die Frau.

»Ihr habt kein Preisausschreiben gewonnen!«, sagte Millie seufzend. »Das war doch nur eine Finte! Eine Täuschung. Das habe ich doch gerade alles erklärt!«

»Sie meinen, wir sollten gar nicht hier sein?«, fragte der Mann. »Müssen wir abreisen?«

Ich stellte mich vor das Paar. »Nan? Grandad?«, sagte ich.

Genauso gut hätte ich ein Marsmensch sein können, der auf der Erde gelandet war, so wenig erkannten sie mich.

»Wer bist du?«, fragte die Frau schließlich.
Ich schluckte meine Tränen zurück, die mir im Hals aufstiegen. »Emily«, sagte ich. »Eure Enkelin. Ich bin doch mit euch hierhergekommen.«
Das Paar sah sich völlig entgeistert an. Was ging da vor sich?
»Geht wieder.« Mums Stimme war bestimmt und kalt. »Ihr habt euren Spaß gehabt und mich zum Narren gehalten. Jetzt geht wieder.« Sie hatte die Arme immer noch fest verschränkt. Und ihr Gesicht war absolut verschlossen.
Millie schob das Paar auf die Tür zu. »Ich verstehe es nicht«, sagte sie. »Ich begreife es einfach nicht.« Sie folgte ihnen nach draußen und wies ihnen den Weg zum Cottage. Dann kam sie zurück und schloss die Tür hinter sich.
Mum stützte sich auf den Tisch. »Ach Millie«, sagte sie, »was um Himmels willen hast du da wieder gemacht?«
»Ich – ich hab gedacht, dass es eine wunderbare Überraschung wird. Ein glückliches Wiedersehen. Ich dachte, es könnte der fulminante Beginn des Friedensprozesses sein, der hier losgehen soll.«
»Wie konnten sie sich nur so grausam verhalten?«, jammerte Mum. »So zu tun, als würden sie mich gar nicht kennen oder wissen, wer ich bin. Ich hätte nie gedacht, dass sie so niederträchtig sein könnten. Meine eigenen Eltern.«
Ich ging zu ihr und nahm sie in den Arm. Ich wollte etwas

Tröstliches sagen, aber mir fiel nichts ein. Was hätte ich auch sagen können, das sie über das hinwegtröstete, was da gerade gelaufen war?
Was *war* da eigentlich gelaufen?
Sie hatten so glücklich gewirkt, mich zu sehen, so begeistert, mitzukommen und Mum zu treffen – und dann hatten sie uns einfach nur angestarrt, als hätten sie uns noch nie im Leben gesehen. Das ergab doch keinen Sinn. Hatten sie das nur gespielt? War das alles nur Theater, um Mum zu demütigen? Aber warum sollten sie ihr denn so weh tun wollen? Gab es tatsächlich so grausame Menschen?
Mein Kopf drehte sich vor Fragen, die ich mir nicht beantworten konnte.
Doch dann fiel mir eine Person ein, die das vielleicht konnte.
Eine Person, die schon in der Nähe gewesen war, als meine Großeltern noch hier wohnten. Und wenn ich es mir recht überlegte, eine Person, die sich kürzlich sehr seltsam benommen hatte, als wir über Mums Eltern geredet hatten. Eine Person, die uns eine Antwort schuldig war – wie üblich.
Mum lehnte den Kopf an meine Schulter. Ich machte mich behutsam frei und schob sie zu Millie hinüber. Millie nahm sie in ihre rundlichen Arme.
»Ich geh mal kurz weg«, flüsterte ich Millie zu. Sie nickte und streichelte Mum über den Kopf.

Ich ballte die Hände zu Fäusten, wie um mich für einen Kampf zu rüsten, und machte mich zum Leuchtturm auf.

Ich polterte an die Tür. »Aufmachen!«, rief ich. »Lassen Sie mich rein, ich will mit Ihnen reden!«
Eine Sekunde später ging die Tür auf, und Mr Beeston erschien. »Was ist denn nur los, Kind? Etwas mit deiner Mutter? Ist ihr was passiert?« Er war schon fast aus der Tür, doch ich hielt ihn auf.
»Mum geht es gut«, sagte ich. »Oder besser, es ist ihr nichts Schlimmes passiert.« Ich machte eine Pause. »Es sei denn, dass man es als schlimm bezeichnet, wenn einem jemand das Leben zerstört hat und die Familie zerrüttet ist.« Ich verschränkte die Arme.
Mr Beeston starrte mich an. »Was um alles in der Welt meinst du? Was ist denn passiert?«
»Meine Großeltern«, sagte ich nur. Bei diesem Wort veränderte sich sein Ausdruck. Als ob jemand mit einem unsichtbaren Strohhalm die Farbe aus ihm rausgesaugt hätte.
Er stieß die Tür wieder auf. »Komm mal lieber mit rein«, sagte er mit einer Geste.
Der Wohnbereich in dem Leuchtturm war karg. Nicht, dass ich erwartet hatte, eine Wohnung voll Leben und

Wärme vorzufinden. Schließlich war es die Wohnung von Mr Beeston. In einer Ecke türmten sich eine Menge Kisten. In einer anderen ein Stapel mit Akten. Als ich ihn sah, überlegte ich, ob Mr Beeston wohl immer noch Daten über uns sammelte.

Er bemerkte, dass ich mich umsah. »Ich bin noch nicht so richtig eingezogen«, sagte er und machte eine Handbewegung zu den Kisten.

»Erzählen Sie mir von meinen Großeltern«, sagte ich direkt. Mr Beeston sah mich kurz mit geöffnetem Mund an, als ob er gleich mit einem Packen Lügen loslegen wollte.

»Und zwar die Wahrheit«, setzte ich hinzu, und er klappte den Mund zu und ließ den Kopf hängen.

»Eines musst du verstehen«, sagte er, und ich wollte schon sagen, dass ich *nichts* verstehen musste, was er sagte. Und ich musste auch nichts *machen*, was er verlangte. Aber ich biss mir auf die Zunge und wartete auf Weiteres.

»Das war alles vor langer Zeit. Lange vor den derzeitigen Regelungen und dergleichen und den kürzlich geschlossenen Freundschaften.« Er sah mich nervös an. *Freundschaften*? Ha! Als ob dieser Mann das Wort je verstehen würde. Aber ich hielt wieder den Mund, und er fuhr fort.

»Dein Großvater war ein Seemann und ein ganz ordentlicher Fischer. Er verbrachte viel Zeit draußen auf dem Meer. Und da sah er eines Tages etwas, was er nicht hätte sehen dürfen.«

Ich blieb stumm.
Mr Beeston räusperte sich. »Er sah eine Nixe. Er war so aufgeregt darüber, dass er direkt zu mir kam und mir davon erzählte. Damals verstanden wir uns gut, musst du wissen.«
»Sie meinen, Sie haben sich bei ihm eingeschmeichelt, genauso, wie Sie es bei meiner Mutter und mir getan haben?«, sagte ich gepresst.
Er überging meine Bemerkung und fuhr fort. »Ich konnte es nicht zulassen. Nicht in der Rolle, die ich damals innehatte. Wir wussten schon Bescheid über deine Mutter und deinen Vater, und es war abgesprochen, wie wir damit verfahren sollten. Deine Großeltern wussten natürlich nichts davon, und dass dein Großvater jetzt auf einmal mit dieser Neuigkeit ankam – tja, das machte die Dinge komplizierter. Wir mussten einen Riegel vorschieben.«
»Wie?«
»Zum einen mussten wir sein Gedächtnis löschen.« Er brach ab.
Natürlich. Die Gedächtnisdroge. Das hätte ich mir ja denken können. »Und zum anderen?«, fragte ich.
Immerhin besaß er den Anstand, sich zu quälen. Vielleicht hatte er ja doch ein Gewissen. »Wir mussten ihn daran hindern, weiterhin aufs Meer zu fahren«, sagte er und schlurfte noch mehr hin und her als sonst.
»Damit er nicht noch mehr sah«, sagte ich.
Er nickte. »Nachdem ich sein Gedächtnis gelöscht hat-

te, machte ich ihm klar, dass er und seine Frau gehen müssten. Er hat das nie hinterfragt – auch dafür hat die Droge gesorgt. So sind wir damals normalerweise vorgegangen.«

»Und meine Mutter?«

»Unglücklicherweise passierte das alles genau zur selben Zeit, als deine Mutter feststellte, dass sie schwanger war und beschlossen hatte, ihren Eltern alles zu erzählen.«

»Und meine Großeltern dachten, sie sei verrückt, weil Sie ihr Gedächtnis bereits gelöscht hatten.« Allmählich passten die Einzelteile zusammen.

Mr Beeston blies die Backen auf. »Versteh das bitte, die Bedingungen waren damals völlig andere. Die Vorschriften waren streng; Neptun bestand entschieden auf diesen Gesetzen. Das weißt du doch.«

Ich schwieg.

»Ich bin nicht stolz auf das, was ich getan habe«, sagte er leise.

»Und was ist mit meiner Mutter? Warum ist sie nicht mit ihnen gegangen?«

Er schüttelte den Kopf. »Ich habe ihr die Droge mehrfach verabreicht, um sie dazu zu bringen zuzustimmen, aber sie wirkte nicht. Selbst als ich deinem Vater das Gedächtnis gelöscht hatte, konnte ich sie nicht überreden zu gehen. Sie weigerte sich schlicht.«

»Dann sind also meine Großeltern fortgezogen und konnten sich an nichts erinnern?«, fragte ich dumpf.

»Richtig.«
Ich versuchte, den Kloß in meinem Hals hinunterzuschlucken. Was mir jedoch nicht gelang. Ein Leben voller Verletzungen und Wut hatten ihn so fest verankert.
»Und die Postkarten?«, fragte ich. »Die Geburtstags- und Weihnachtskarten jedes Jahr?«
Mr Beeston fummelte an einem seiner Jackenknöpfe herum. »Die habe ich geschickt.«
»*Sie?* Aber wie denn?«
»Ich musste sie regelmäßig aufsuchen, um sicherzustellen, dass die Gedächtnisdroge noch wirkte.«
Das klang logisch. Er hatte ja auch meine Mutter jede Woche unter Drogen gesetzt, mit glasierten Brötchen und Donuts – im Zuckerguss war die Gedächtnisdroge drin gewesen.
»Die Karten hatte ich selbst geschrieben und schickte sie ab, wenn ich bei ihnen war – damit sie den richtigen Poststempel hatten.« Er warf mir einen nervösen Blick zu. »Damit deine Mutter wenigstens etwas hatte«, setzte er hinzu.
Ich hätte fast gelacht. Er glaubte, dass er uns damit einen *Gefallen* getan hatte, indem er zweimal im Jahr ein paar mickrige, verlogene Worte auf eine Karte gekritzelt hatte?
»Es war meine Art, wenigstens etwas für euch zu tun«, fuhr er fort. »Verstehst du, deine Mutter und ich waren damals tatsächlich Freunde –«

»Sie wollen sagen, dass sie nicht mal selbst unterschrieben hatten?«, unterbrach ich ihn. Ich wollte nichts davon hören, dass er sich für unseren Freund ansah, während er uns jahrelang ins Gesicht gelogen hatte!

»Wir konnten das Risiko nicht eingehen, dass ihr Gedächtnis zurückkehrte.« Mr Beeston hatte tatsächlich den Anstand, beschämt dreinzuschauen. Er hatte den Kopf tief gesenkt, und seine Arme hingen schlaff herunter. »Es tut mir leid, Emily«, sagte er. »Die Dinge stehen jetzt anders. Nie im Leben würde ich jetzt etwas machen, was dir oder deiner Familie Schmerzen zufügen könnte. Du glaubst mir doch, oder?«

Ich erwiderte nichts.

Mr Beeston streckte verlegen die Hand aus. Er zupfte an meinem Ärmel. »Emily, ich weiß, dass ich euch Unrecht getan habe und dass ich deshalb in eurer Schuld stehe«, sagte er mit seinem üblichen Pathos. »Um meine Aufrichtigkeit unter Beweis zu stellen, sage ich dir jetzt, dass ich euch helfen will, so gut ich kann, wann immer ihr es nötig habt. Ich schulde euch einen Gefallen.«

Fast hätte ich wieder losgelacht. »*Einen* Gefallen? Was Sie uns schulden, können Sie niemals zurückzahlen, selbst wenn Sie sich Ihr restliches Leben lang anstrengen!«

Er nickte. »Ich weiß. Es tut mir leid. Ich schulde euch mehr, als ich mit Worten ausdrücken kann. Aber denk daran, die Dinge liegen jetzt anders. Wir haben einen gemeinsamen Auftrag – und ich habe vor, alles in meiner Macht Stehende zu tun, um ihn durchzuführen.«

Ich merkte, wie ich ein bisschen nachsichtig wurde. Konnten Menschen sich tatsächlich ändern? War das möglich? Neptun hatte ja in letzter Zeit seine Haltung sehr geändert – und seine Gesetze. Vielleicht konnte also auch Mr Beeston sich ändern. Ich war überzeugt, dass ich ihm nie mehr vertrauen würde, aber was er da gesagt hatte, von wegen *Gefallen, die er uns schuldete* – tja, diese Zusage konnte eines Tages vielleicht von Nutzen sein.

»Und falls es dich interessiert, dieser Vorfall hat mich zu einem Entschluss kommen lassen.«

»Zu was für einem?«

Mr Beeston schwieg lange. Als er wieder sprach, schien er einen Frosch im Hals zu haben, und seine Worte klangen, als müssten sie über einen steinigen Berg klettern, um aus seinem Mund zu kommen. »Es geht um meine Mutter«, sagte er.

»Ihre Mutter? Was ist mit ihr?«

Mr Beeston hatte seine Familie fast nie erwähnt. Das einzige Mal, das ich ihn je von seinen Eltern hatte reden hören, war, als er mir mit dem Motorboot nachgefahren war, als ich zum Großen Seemeer-Riff geschwommen war, um Dad zu retten. Ich versuchte, mich zu erinnern, was er damals gesagt hatte. Irgendwas davon, dass sein Vater so glücklich gewesen sei, eine Nixe als Freundin zu haben, dass er dann aber verschwunden sei, kaum dass er auf der Welt war.

»Unsere Unterhaltung neulich hat mich nachdenken lassen. Ich will sie besuchen«, sagte er. »Verstehst du, deine Mutter und ich haben etwas gemeinsam«, fuhr er fort. »Meine Eltern und ich sind ebenfalls entfremdet.«

»Ihr Vater hat Sie verlassen, als Sie ein Baby waren, nicht?«, fragte ich so behutsam wie möglich. Ich weiß, es war ja nur Mr Beeston, aber trotzdem, das war etwas, was man einem anderen nicht einfach so sorglos ins Gesicht warf.

Er nickte. »Auf und davon ohne einen Blick zurück«, sagte er verbittert.

»Dann hat Sie also Ihre Mutter großgezogen?«

»Ha! So kann man es auch nennen!«

»Was meinen Sie?«

»Meine Mutter – also, sie war eine Schönheit. Eine perfekte Sirene. Aber distanzierter als der entfernteste Horizont. Oder lass es uns mal milde ausdrücken: Als Mutter Natur den Mutterinstinkt verteilte, stand meine Mutter am Ende der Schlange, wenn du verstehst, was ich damit sagen will. Ich musste mich von einem sehr jungen Alter an alleine durchschlagen. Von daheim fortzugehen war praktisch eine Bedeutungslosigkeit – für uns beide. Im Herzen hatten wir uns schon viele Jahre zuvor auseinandergelebt.«

Ich dachte an meine eigene Kindheit bis zum letzten

Jahr. Ohne meinen Vater aufzuwachsen, war nicht leicht gewesen. Aber an Mums Liebe hatte ich keine Sekunde lang zweifeln müssen. Ich konnte mir nicht vorstellen, wie es ohne diese Liebe gewesen wäre. Zum ersten Mal im Leben tat mir Mr Beeston ganz ehrlich und wahrhaftig leid.

»Warum wollen Sie sie dann jetzt sehen?«, fragte ich.

Mr Beeston schüttelte sich. Er räusperte sich und schien wieder in die Gegenwart zurückzukehren. »Ich nehme meine Arbeit ernst. Das weißt du doch.«

Das wusste ich wahrscheinlich besser als jeder andere auf Erden!

»Wir haben den Auftrag bekommen, Frieden zu schließen. Es ist genau wie bei deiner Mutter: Wenn ich mich nicht mit meinen eigenen Leuten aussöhnen kann, wie kann man von mir erwarten, dass ich im größeren Maßstab erfolgreich bin? Die Antwort ist, man kann es nicht, und ich würde nicht erwarten, dass mich jemand ernst nimmt, auch wenn ich wollte. Eine Aufgabe wie diese fängt in der Familie an. Ich habe den Entschluss gefasst. Ich werde meine Mutter aufsuchen – und zwar heute noch!«

Allmählich war ich ein ganz kleines bisschen bereit, ihm zu vergeben, aber etwas nagte da noch an mir. »Warten Sie«, sagte ich. »Die Geschichte mit meinen Großeltern – die verstehe ich immer noch nicht.«

»Was verstehst du nicht?«

»Na ja, Sie haben doch gesagt, dass sie unter dem Einfluss der Gedächtnisdroge stehen.«

»Was auch zutrifft.«

»Wie kommt es denn dann, dass sie sich zuerst an mich erinnert haben?«

»Was haben sie? Was zum Kuckuck meinst du?«

Ich berichtete ihm, dass Millie meine Großeltern nach Brightport geholt hatte und was dann geschehen war.

»Diese törichte Frau«, knurrte er wie in alten Tagen. »Sie sollte sich nicht in Dinge einmischen, von denen sie nichts versteht.«

»Sie hat nur versucht, meiner Mutter zu helfen! Sie wissen schon, der Frau, der Sie gerade ewige Freundschaft geschworen haben.«

»Hmm«, machte er naserümpfend und zog sein Jackett zurecht.

»Wie kommt es also, dass sie sich zuerst erinnert und dann wieder alles vergessen haben?«, fragte ich. »Hatten Sie da die Finger im Spiel?«

Er schüttelte den Kopf. »Ich kann die Wirkung der Gedächtnisdroge inzwischen nicht mehr aufheben. Das kann nur Neptun.«

Neptun? Die Vorstellung, ihn zu Hilfe zu holen, behagte mir keineswegs. Fast immer, wenn ich mit Neptun zu tun gehabt hatte, waren irgendwelche Katastrophen mit im Spiel. »Tja, aber irgendjemand muss in der Lage sein, die Wirkung aufzuheben, es ist nämlich gerade passiert!

Hören Sie, vor zwei Minuten haben Sie noch gesagt, Sie würden alles tun, um uns zu helfen, und darum bitte ich Sie jetzt. Wie machen wir die Gedächtnisdroge unwirksam?«

Mr Beestons Gesicht rötete sich. »Ich sage dir doch, Kind, das ist unmöglich. Hast du Neptuns Urteil zu dieser Angelegenheit nicht gehört?«

Ich schüttelte den Kopf.

»Nur was mächtiger ist als meine Hand, kann erlösen, was ich einst gebannt«, zitierte er. »Und wie wir alle wissen, gibt es keinen Mächtigeren als Neptun.«

»Es geht also nicht?«

»Leider nicht.«

»Aber warum haben sie sich dann ganz kurz erinnert – oder so hat es zumindest ausgesehen?«

Er schüttelte den Kopf. »Muss sich um einen kurzen Aussetzer gehandelt haben. Das kommt schon manchmal vor, vor allem, da sie gerade an einen Ort zurückgekehrt waren, in dessen Nähe sich Meermädchen aufhalten.«

Mr Beeston trat unbehaglich von einem Fuß auf den anderen. »Aber jetzt musst du mich entschuldigen«, sagte er, »ich muss mich um wichtige Aufgaben kümmern.«

Ich überließ ihn seinen wichtigen Aufgaben und irrte wie benommen davon. Der Kopf schwirrte mir vor offenen Fragen. Vor allem – wie sollten wir diese Geschichte je lösen? Nicht nur die mit meinen Großeltern, sondern die ganze Angelegenheit. Neptun hatte uns gesagt – *befoh-*

len –, Menschen und Meerleute zu versöhnen, und wir schafften es nicht mal, die Familie dazu zu bekommen, miteinander zu reden.

Was würde er tun, wenn er herausfand, dass wir auf der ganzen Linie versagten?

Ich hatte genug Erfahrung darin, was Neptun machte, wenn er nicht zufrieden war; ich kannte die Art von Strafen, die er dann auf uns niederprasseln ließ. Und ich wusste eines: So etwas wollte ich nicht noch einmal erleben. Nein, wir mussten es schaffen. Unbedingt.

Jetzt mussten wir nur noch rausfinden, *wie*.

7

Mit hängenden Schultern ging ich zu Aaron, zu verwirrt und bedrückt, um noch zu versuchen, selbst auf Antworten zu kommen.

»Los, lass uns rausgehen«, sagte er. Seine Mutter hatte einen ganzen Fernsehkanal mit Quiz-Shows entdeckt, und es war unmöglich, neben dem Programm miteinander zu reden.

Wir schwammen zu den Regenbogenfelsen, und ich berichtete Aaron alles, was geschehen war. Als ich so neben ihm herschwamm und meine Schwanzflosse durch die seidigen Wellen schlug und um uns herum Fischschwärme zielstrebig in alle Richtungen schossen, merkte ich, wie meine Stimmung allmählich wieder besser wurde.

»Wer zuerst am hintersten Felsen ist«, sagte Aaron. Er tauchte tief ins Wasser, wirbelte herum und kam mit einer Riesenfontäne noch mal durch die Wasseroberfläche. Einen Augenblick später war er weg.

»Wie kommt's eigentlich, dass du jedes Mal, wenn wir um die Wette schwimmen, vor mir losschießt?«, fragte ich, als ich ihn schließlich bei den Felsen einholte.

Er grinste und spritzte mich voll, statt zu antworten.

»He!« Ich spritzte zurück.
Er lachte und drehte sich auf den Rücken. »Komm, lass uns weiterschwimmen«, sagte er und schnellte in die Luft wie ein Delphin, dann tauchte er wieder mit lautem Platschen unter.
Ich folgte ihm um die Felsen herum und aufs offene Meer zu. Wir unterhielten uns beim Schwimmen und versuchten, die ganzen Fragen zu lösen – aber wir kamen nicht weiter.
Aaron hielt plötzlich an. »Wow!«, sagte er.
»Was?« Ich hielt neben ihm an. Vor uns versperrte uns eine unregelmäßige Felslinie den Weg. In der Mitte der Felsen war eine Lücke – doch das Wasser in dieser Lücke war anders als um uns herum. Es sah wie ein Hexenkessel aus, so schäumte und blubberte es. Wir kamen näher und bemerkten, dass es ein wilder Strudel war.
»Ein Whirlpool«, sagte ich und wandte mich ab, um zurückzuschwimmen.
»Lass uns doch durchschwimmen«, meinte Aaron, und seine Augen glitzerten wie Sonnenflecken auf dem Wasser.
»Durch einen Whirlpool kann man nicht schwimmen!«
»Warum nicht?«
»Ich hab in der Schule alles darüber gelernt. Das ist einer der Pools von Neptun.« Ich deutete auf einen der Felsen am Rand des Beckens. Es war etwas in den Stein eingeritzt. »Schau her.«

Aaron sah es sich an. »Ein Dreizack?«
Ich nickte. »Das bedeutet, dass dieses Becken hier von ihm stammt. Er war über irgendwas erbost – oder über irgendjemanden.« Ich erschauerte, denn ich erinnerte mich daran, wie ich in einen Wasserwirbel gesaugt worden war, den einer von Neptuns Wutausbrüchen ausgelöst hatte. Wir hatten schon genug Ärger. Ich wollte nicht unbedingt in etwas hineinschwimmen, was noch mehr brachte. »Komm, lass uns umkehren.«
Doch Aaron blieb störrisch. »Schau mal da hinüber.« Hinter den Felsen sah das Meer durchscheinender als sonst aus. Die Sonne strahlte herab und brach sich auf den tanzenden Wellen, dass es aussah, als ob ein unsichtbarer Riese Brillanten darübergestreut hätte.
Um hinzukommen, musste man durch den Kessel. Er war von schroffen Felsen umgeben, so weit das Auge reichte.
»Nimm meine Hand«, sagte Aaron. »Wir schwimmen gemeinsam durch. Ich pass schon auf dich auf.«
Ich hatte mich schon gefragt, ob wir uns noch mal bei den Händen halten würden; ob er das wollte, oder ob es heute Morgen Zufall gewesen war; ob er auch dieses Kribbeln verspürt hatte wie ich.
Ich streckte die Hand aus.
Aaron lächelte und packte sie. »Bereit?«
Ich nickte, und wir schwammen auf das Becken zu. Das Wasser schäumte und strudelte wild. Was machten wir

da? Aarons Art, sich kopfüber in verrückte Situationen zu stürzen, glich allmählich meiner eigenen.

Aaron sah mich an. »Dann mal los.«

Ich hielt seine Hand fest in meiner, und wir schwammen über die Reihe niederer Felsen auf die uns zugewandte Seite des Kessels zu. Auf der Stelle wurden wir unter Wasser gesaugt, auseinandergerissen und so schnell herumgewirbelt, dass ich nicht mehr wusste, wo oben und unten war. Ich kam mir wie ein Stück Stoff in einem Wäschetrockner vor.

»Emily!«

Durch das wirbelnde, herabstürzende Wasser hörte ich Aaron nach mir rufen. Ich suchte nach ihm, sah aber nichts als Schaum und Gischt. Dann spürte ich, wie er auf mich zugewirbelt kam, und wir stießen aneinander und drehten uns gemeinsam.

»Nimm meine Hand!«, rief er. »Dann schlagen wir nicht mehr so aneinander.«

Suchend und rudernd tastete ich herum und fand schließlich seine Hand. Ich packte sie, umschloss sie fest und fragte mich, wie lange wir wohl überleben würden und warum ich mich überhaupt auf diese verrückte Idee eingelassen hatte.

Und dann geschah etwas echt Seltsames.

Es hörte auf.

Einfach so.

Plötzlich war der Whirlpool kein Hexenkessel mehr. Es

war das ruhigste stille Becken, das man je erlebt hatte, so glatt und sanft, dass man meinte, es habe hier seit Jahren leer und unentdeckt gelegen.

Wir kamen an die Wasseroberfläche, immer noch händchenhaltend, beide völlig gebeutelt und außer Atem.

»Was – was ist passiert?«, fragte ich.

Aaron schüttelte den Kopf. »Es hat aufgehört«, sagte er, was ja offensichtlich war.

»Neptuns Whirlpools hören nicht einfach auf«, sagte ich und sah mich um, ob jemand in der Nähe war. Vielleicht sogar Neptun selbst, der uns beobachtete und uns gleich ausschimpfen würde, weil wir in verbotenes Gebiet eingedrungen waren, und dann den Whirlpool wieder anstellen würde.

»Aber dieser *hat* aufgehört«, sagte Aaron. »Womöglich ist er gar nicht immer so machtvoll, wie du denkst.«

Fast musste ich lachen. »Neptun soll gar nicht so machtvoll sein? Machst du Witze?«

Aaron schüttelte nur den Kopf. »Ich weiß nicht«, sagte er. »Aber sonst fällt mir keine andere Erklärung ein.« Er wollte mich loslassen und schwamm auf den Rand des Beckens zu.

Und da ging mir plötzlich ein Licht auf.

»Nein!« Ich hielt seine Hand fest.

Er sah sich nach mir um. »Was ist?«

»Warte! Lass meine Hand nicht los.« *Konnte das sein? War es das?*

Aaron lächelte. »Okay«, sagte er und wurde leicht rot. Das passierte ihm in letzter Zeit öfter.

»Was du da gesagt hast, dass Neptun nicht so machtvoll ist«, sagte ich. »Ich weiß, es klingt verrückt, aber – also, wir beide, du und ich, wir waren doch beide mit einem Fluch belegt, nicht?«

»*Waren,* stimmt. Sind wir aber nicht mehr.«

»Ich weiß. Aber wie haben wir Neptuns Fluch aufgelöst?«

»Wir haben die Ringe gefunden, die er und seine Frau sich geschenkt hatten. Was willst du –«

»Wir haben sie nicht nur *gefunden*«, fuhr ich fort. »Wir haben sie getragen, und was haben wir dann gemacht?«

»Wir haben die Ringe vereint«, sagte Aaron. »Emily, ich verstehe nicht, was das –«

»Unsere Hände! Wir haben uns an den Händen gehalten! Wir haben uns die Hände gegeben und Neptuns Fluch aufgehoben!«

Aaron machte große Augen. Ich merkte, dass er meinen Gedanken allmählich folgte. Ich versuchte, mich an das zu erinnern, was Mr Beeston mir gesagt hatte. Wie hatte es doch genau gelautet? *»Nur was mächtiger ist als meine Hand …«*, begann ich.

»… kann erlösen, was ich einst gebannt!«, beendete Aaron den Satz.

»Das ist es!« Ich starrte unsere Hände an, die fest ineinander verschlungen waren. »Wir haben den Bann gebrochen, als wir uns an den Händen hielten.«

»Mit anderen Worten, unsere vereinten Hände waren machtvoller als er«, sagte Aaron.

»Genau! Und das heißt, dass wir seine Macht vielleicht brechen können.«

»Solange wir uns an den Händen halten.«

Es passte. Es funktionierte. Nur – ach, es kam mir einfach so unglaublich vor! Wir konnten Neptuns Macht brechen?

»Aaron – das ist doch verrückt«, sagte ich. »Das kann doch nicht möglich sein!«

»Ich weiß, was du meinst. Hört sich zwar gut an, aber so ein Quatsch! Dass der Whirlpool zu tosen aufgehört hat, muss Zufall gewesen sein.«

Er hatte ja recht. Ich wollte ihn schon loslassen und auf den Rand des Beckens zuschwimmen. Wir mussten hier raus, ehe es wieder anfing. Aber dann fiel mir noch etwas anderes ein. »Nein!«, stieß ich hervor. »Es war kein Zufall. Wir waren es doch!«

Aaron sah mich stirnrunzelnd an. »Was macht dich da so sicher?«

»Meine Großeltern! Wir haben uns bei den Händen gehalten, als sie sich an alles erinnert haben.«

Sein Ausdruck glättete sich wieder. Aarons Augen sahen aus, als ob sie von innen leuchteten. »Na klar! Da hat die Gedächtnisdroge ausgesetzt.«

»Und dann bist du gegangen – und sie haben alles wieder vergessen.«

Wir blickten beide auf unsere Hände hinunter, dann sahen wir uns an.

»Wir können es tatsächlich bewirken«, flüsterte ich. Wenn ich es zu laut sagte, würde es vielleicht nicht wahr bleiben. »Wir können Neptuns Macht tatsächlich brechen.«

»Und das heißt …«

»Das heißt, dass mit meinen Großeltern vielleicht doch nicht alles verloren ist«, sagte ich.

»Und mit der Friedensmission auch nicht!«

Unsere Blicke trafen sich, und wir schlossen einen stummen Pakt.

»Komm«, sagte Aaron.

Wir schwammen so schnell wie möglich nach Brightport zurück. Wir wussten beide, was wir tun mussten.

»Hallo?«, rief ich durch den Briefschlitz.

Aaron klopfte schon zum dritten Mal an die Tür. Nichts.

»Wo sind sie?«, fragte ich.

»Ausgegangen?«

»Versuch es noch einmal«, sagte ich.

Aaron hob die Faust, um zu klopfen, hielt jedoch mitten in der Bewegung inne. »Warte«, sagte er. »Sieh mal.« Er drückte gegen die Tür. Sie ging auf. »Sollen wir …?«

Ich streckte den Kopf durch den Türspalt. »Nan?«, rief ich. »Grandad?« Keine Antwort. Ich drehte mich zu Aaron um. »Komm.«

Wir traten ein. Wie Einbrecher schlichen wir von Zimmer zu Zimmer. Was ja nicht lange dauerte. Es gibt insgesamt nur vier Räume in diesen Cottages. Und jeder war leer.

»Sie sind abgereist«, sagte ich und ließ mich in einen der Sessel fallen.

»Alle ihre Sachen sind weg.«

»Und sie wollten so schnell von hier weg, dass sie die Tür nicht mal richtig zugemacht haben.«

Aaron zog mich aus dem Sessel. »Dann komm«, sagte er, »lass uns zu euch gehen.«

Am Strand entlang gingen wir auf den Pier zu, jeder in seine Gedanken versunken. Ich hoffte, dass seine nicht so trübselig waren wie meine. Mit anderen Worten, ich hoffte, er grübelte nicht über die Tatsache nach, dass alles, was ich versucht hatte, um die Situation zu verbessern, sie nur noch schlimmer machte. Und dass er sich nicht zu sehr darüber sorgte, wie viel Ärger wir mit Neptun bekommen würden, wenn wir uns nicht beeilten und den Friedensprozess hier in der Gegend in Gang setzten.

»Na super«, sagte Aaron mit einem tiefen Seufzer.

Ich blickte auf und sah eine vertraute Gestalt auf uns zukommen. Mandy Rushton. Die hatte uns gerade noch gefehlt.

Direkt vor uns blieb sie mit eingestemmten Händen

stehen. Ganz kurz flog ein seltsamer Ausdruck über ihr Gesicht. Er war verblüfft und verzerrt, als ob in ihr zwei Empfindungen miteinander kämpften. Habt ihr je einen Film oder ein Comic gesehen, in dem sich jemand zwischen Gut und Böse zu entscheiden versucht und auf der einen Schulter einen kleinen Engel und auf der anderen einen Teufel sitzen hat, die beide zugleich auf ihn einreden? In Mandys Ausdruck lag etwas, das mich an so eine Szene erinnerte.

Aber dann musste sie wohl doch auf den kleinen Teufel gehört haben, denn sie sah mich direkt an und grinste höhnisch. »Sieh einer an«, sagte sie, »da hat ja mal wieder jemand einen Dreckhaufen am Strand liegen lassen.« Dann wandte sie sich mit dem gleichen Ausdruck an Aaron. »Oder besser, zwei Dreckhaufen.«

Tja, auf Mandy Rushtons Schulter hatte natürlich überhaupt kein Engel gesessen!

»Entschuldige«, sagte ich und versuchte, an ihr vorbeizugehen, aber sie wich in dieselbe Richtung aus, so dass sie mir wieder im Weg stand.

»Musst wohl dringend wohin, was?«, spottete sie. »Ach du Arme, dass dir die fiese Mandy Rushton den Weg versperrt? Tja, wie's der Zufall will, muss ich auch dringend irgendwo hin.« Sie trat einen Schritt näher auf mich zu. Ihr Gesicht war nur ein paar Zentimeter von meinem entfernt.

Ich wollte sie bitten, damit aufzuhören. Ich wollte sie daran erinnern, dass wir uns doch angefreundet hatten, und fragen, ob wir nicht wieder Freundinnen sein könnten. Aber ich verkniff es mir. Ich würde sie nicht anbetteln. Ich würde ihr nicht noch mehr Zündstoff liefern, den sie auf mich zurückfeuern konnte. Mandy würde sich bestimmt nie wieder mit mir anfreunden. Dafür hatte die Gedächtnisdroge gesorgt.

Warte mal!

Die Gedächtnisdroge.

Ich wandte mich an Aaron. »Nimm meine Hand!«, sagte ich.

Mandy brach in Gelächter aus. »Ei-tei-tei«, sagte sie, schob die Unterlippe vor und zupfte mit dem Finger daran herum. »Arme tleine Emily, muss sich an ihrem neuen Freund festhalten.«

»Er ist nicht mein –«, fing ich an. Oder doch? Woran erkannte ein Mädchen, ob ein Junge *ihr Freund* war? Ich hatte ja noch nie einen *festen Freund* gehabt, deshalb war ich mir nicht sicher. Musste man es einander sagen? Musste einer den anderen fragen, wie bei einem Heiratsantrag? *Willst du, Emily, mich, Aaron, zum Freund nehmen?* Woher sollte man es denn wissen? Und überhaupt, warum klärte einen niemand über solche Sachen auf?

Ich schüttelte mich. Wie auch immer, das war im Augenblick nicht so wichtig. Ich streckte ihm die Hand hin. »Aaron, deine Hand«, sagte ich bestimmt.

Seine Augen leuchteten wieder auf, und ich merkte,

dass er verstand. Er streckte die Hand aus. Ich ergriff sie und drückte sie, so fest ich konnte. *Los, lass es klappen,* sagte ich stumm. *Funktioniere! Lösche die Gedächtnisdroge. Und zwar nicht nur, solange wir Hände halten. Für immer!*

Mandy lachte immer noch. »Hach, wie süß. Geht's dir jetzt besser? Hast so viel Angst vor Mandy-Pandy, dass du die Hand von deinem Freund halten musst. Jammerlappen!« Sie kam so nahe mit dem Gesicht, dass unsere Nasen sich fast berührten.

Warum klappte es nicht? Hatten wir uns doch geirrt? War die Geschichte mit dem Whirlpool doch ein Zufall gewesen? Und dass meine Großeltern sich erinnert hatten, war nur ein kurzer Aussetzer gewesen, wie Mr Beeston gesagt hatte?

Aber dann spürte ich es. Das Kribbeln im Arm. Als ob er eingeschlafen wäre, nur – na ja, schon irgendwie angenehmer. Es fühlte sich ein bisschen an, als ob mir weicher, feiner Sand über die Finger und den Arm rann. Bald breitete sich das Gefühl im ganzen Körper aus. Es funktionierte. Es passierte etwas.

Mandy trat einen Schritt zurück.

Ich sah Aaron an. Er spürte es auch, das konnte ich ihm an den Augen ansehen.

Mandy öffnete den Mund, um etwas zu sagen. Sie verzog das Gesicht zu einer spöttischen Grimasse. Oder sie versuchte es zumindest, aber mittendrin hörte sie auf, so dass sie jetzt halb spöttisch und halb verblüfft aussah. Ich musste an etwas denken, was Mum immer zu mir sagte, wenn ich Grimassen schnitt: »Pass bloß auf, Rübchen«, sagte sie dann immer, »wenn der Wind dreht, bleibt die Fratze stehen.«

Mandys Gesicht schien sich jetzt zeitlupenartig zu verändern. Ich konnte fast sehen, wie die Rädchen in ihrem Kopf sich drehten, die Gedächtnisdroge entsorgten und wie ihr Gedächtnis zur Rundum-Insel zurückkehrte. Sie erinnerte sich. *Bitte erinnere dich!* Ich umfasste Aarons Hand noch fester.

»Wir sind doch Freundinnen«, sagte sie mit leiser Stimme, die sich so von der Stimme unterschied, die sie gerade noch gehabt hatte. Wie ein anderer Mensch.

Ich hielt den Atem an und schwieg beharrlich. Ich wollte nichts verderben.

»Wir sind Freundinnen geworden«, wiederholte Mandy. »Wir waren auf einer Insel. Du hast einen Nixenschwanz gehabt, und mein Vater wollte dich für eine Tierschau fangen.« Ihre Stimme war leise und benommen. Sie hörte sich an, als würde sie im Traum sprechen. »Und da war so ein großer Dampfer.« Plötzlich hörte sie auf und trat noch einen Schritt zurück. Ihr Blick verdüsterte sich. »Und so ein Ungeheuer«, sagte sie langsam. »Wir haben viele Menschen gerettet, du und ich, stimmt's?«

Endlich sah sie mich an. Sie fing meinen Blick auf, und ich nickte.

»Es war schön, dass wir Freundinnen waren«, fuhr Mandy fort.
Ich lächelte. »Ja, das war es.«
Eine Weile sagte niemand etwas. Dann holte Mandy Luft und sagte: »Vielleicht sollten wir das dann fortsetzen. Sollen wir?«
Wir hatten es geschafft! Wir hatten die Gedächtnisdroge rückgängig gemacht! Ich grinste sie an. »Ja, gerne!«
Sie grinste zurück. Ich wagte es immer noch nicht, Aarons Hand loszulassen, glaubte noch nicht ganz daran, dass wir es geschafft hatten oder dass es auch anhalten würde. Aber ich hatte ja den entsprechenden Befehl gegeben. Wir hatten jetzt die Kontrolle über unsere Macht, und ich ahnte, dass der Effekt sich nicht so schnell verflüchtigen würde wie bei meinen Großeltern, als wir noch nicht gewusst hatten, was wir taten. Diesmal würde es halten: So hatten wir es angeordnet.
Mandy drehte sich zu Aaron um. »Das bedeutet, dass wir auch Freunde sind, wenn du willst«, sagte sie.
»Soll mir recht sein«, sagte Aaron und umfasste meine Hand noch fester. Das Kribbeln rann wieder durch mich hindurch.
»Entschuldigt«, sagte Mandy zu uns beiden. »Neuanfang?« Sie hielt uns als Friedensgeste die Hand hin.
Was nun? Wenn ich keine Notiz von ihrer Hand nahm, verwandelte sie sich vielleicht blitzartig wieder in die alte Mandy. Wenn ich sie jedoch nahm, würde das den Bann

dann brechen? Nein. Ich musste an den Zauber glauben, daran, dass wir Kontrolle über unsere Macht hatten.

Ich ließ Aarons Hand los.

Mandy streckte mir immer noch ihre Hand hin. Geschafft! Es würde halten! Wir hatten die Wirkung der Gedächtnisdroge gelöscht!

Ich nahm Mandys Hand und schüttelte sie. »Neuanfang«, sagte ich. Dann machten sie und Aaron das Gleiche.

Keiner von uns wusste so recht, was wir jetzt machen sollten, und ich kickte verlegen den Sand herum und suchte nach etwas, das ich sagen könnte.

Aaron rettete uns. »Los«, sagte er, »gehen wir zu dem Themenpark!« Wir waren immer noch nicht drin gewesen, um nicht auf Mandy zu stoßen, aber ich wusste, dass er ihn unbedingt sehen wollte.

Mandy machte ein erleichtertes Gesicht. »Cool«, sagte sie. »Ich führe euch herum.«

Zusammen gingen wir den Strand entlang. »Und du kannst Mandy alles erzählen, was inzwischen passiert ist«, sagte Aaron.

Ich war nicht sicher, ob ich ihr jetzt schon *alles* anvertrauen konnte, aber dann erzählte ich ihr auf dem Weg doch, wie wir die Insel verlassen und nach Brightport zurückgekommen waren. Sie erzählte, was an der Brightport High los war.

Nichts Ungewöhnliches. Keine riesigen Geheimnisse. Einfach genug, um die Zeit zwischen dem Strand und den Vergnügungsständen zu füllen und auch, um damit anzufangen, den Abstand zwischen uns zu verringern.

Sonntagmorgen wachte ich mit einem breiten Grinsen auf dem Gesicht auf. Zuerst konnte ich mich nicht daran erinnern, warum ich so guter Laune war. Dann fiel es mir wieder ein. Wir hatten die Gedächtnisdroge außer Kraft gesetzt! Mandy und ich waren Freundinnen!

Das war doch bestimmt ein guter Anfang? Zum ersten Mal glaubte ich wirklich, dass wir Neptuns Befehl ausführen könnten. Wir würden eine neue Welt erschaffen, so wie er gesagt hatte. Eine Welt, in der Menschen und Meerleute in Harmonie miteinander lebten, Seite an Seite. Und das alles würde in Brightport seinen Anfang nehmen! Wir würden Neptuns Test bestehen!

Ich sprang aus dem Bett. Es war noch früh, und ich konnte Mum in ihrer Kajüte schnaufen hören. Ich beschloss, sie zu verwöhnen und ihr vom Laden eine Zeitung und frisches Brot zu holen.

Leise verließ ich das Schiff. Dad hatte sich schon nach Schiffriff aufgemacht. Er und Mr Beeston trafen sich heute mit dem dortigen Meer-Bürgermeister. Sie wollten ihm berichten, was los war, und sehen, wie sie zusammenarbeiten könnten, um die Situation in den Griff zu bekommen. Ich lächelte vor mich hin. Die *Situation* würde nicht mehr lange ein Problem sein. Das wusste ich einfach. Wir würden Barrieren einreißen und die beiden Welten vereinen. Alles würde gut.

Während ich den Pier entlangging, grinste ich immer noch vor mich hin.

Und als ich die Tür zum Spar-Markt öffnete und ein Brot holte, grinste ich auch noch vor mich hin.

Ich grinste sogar noch vor mich hin, als ich zum Zeitungsstand ging.

Dann jedoch nahm mein Grinsen ein abruptes Ende.

»Ich – kann ich bitte –« Ich deutete auf den Stapel Sonntagszeitungen auf dem Ladentisch und kam mir vor wie jemand im Ausland, der mit fünf Wörtern und vielen Gesten auskommen muss.

»Du willst die *Brightport Times*, Schätzchen?«, fragte die Frau hinter dem Ladentisch.

Ich nickte.

»Geht heute weg wie warme Semmeln«, sagte sie. »So was liest man nicht oft auf der Titelseite.«

Ich wollte etwas antworten. Ich öffnete den Mund; ich bewegte sogar etwas die Lippen und klappte sie mehrmals auf und zu, aber es kam nichts heraus. Schließlich nickte ich nur.

Die Frau warf mir einen mitfühlenden Blick zu und gab mir zu dem Brot die Zeitung. »Einsdreiundfünfzig«, sagte sie laut, als ob ich ein bisschen behindert oder beschränkt sei. Ich reichte ihr das Geld, packte die Sachen und rannte davon.

Vor dem Laden sah ich mich in alle Richtungen um, ehe ich mich zur Promenade begab. Ich konnte nicht direkt nach Hause. Noch nicht. Ich musste die ganze Geschichte lesen; ich musste mich wappnen; ich musste allein sein.

Ich setzte mich auf eine Bank und klappte die Zeitung auseinander. Die Titelseite trug eine große, fette Schlagzeile, bei der mir übel wurde.

NIXENJAGD!

Unter der Schlagzeile stand in wenigen Abschnitten die dazugehörige Geschichte.

Während der letzten vierundzwanzig Stunden ist unsere Zeitung, die *Brightport Times*, mit Anrufen überschwemmt worden, Anrufen von Anwohnern, die behaupten, *MEERMÄDCHEN* gesehen zu haben!

Die Angaben zu den Erscheinungen sind von erstaunlich übereinstimmendem Wortlaut: Alle behaupten, dass ihre Beobachtungen HUNDERT PROZENT ECHT sind.

Was unbegreiflich ist, nicht nur für uns hier von der *Brightport Times*, sondern auch für die Anrufer selbst, ist die Tatsache, warum sie sich gerade jetzt erinnern. Viele der Erscheinungen liegen nämlich schon Wochen oder gar Monate zurück.

Daniel Sykes gehört zu denjenigen, die in der Redaktion angerufen haben.

»Ich weiß nicht, warum es mir gerade jetzt wieder eingefallen ist«, berichtete er der

Brightport Times, »aber ich sage Ihnen, ich sehe sie vor mir, ganz eindeutig. Ein Meermädchen im Meer, mit glänzendem blauen Nixenschwanz.«

Mr Sykes ist nur einer von über zwanzig Personen, die sich inzwischen in der Redaktion gemeldet haben. Jeder der Anrufer hat sich aber erst seit der Mittagszeit gestern wieder an die Erscheinungen erinnert.

Nehmen Sie teil an unserer Nixenjagd! Rufen Sie uns an und berichten Sie uns von Ihren Nixenerlebnissen! Preise für alle Nixengeschichten und Nixenbilder. Fangen Sie eine Nixe, und werden Sie zum Lokalhelden!

Weitere Informationen auf Seite 2.

Ich lehnte mich auf der Bank zurück und blickte über die Bucht. Diesmal dachte ich wirklich, mir würde schlecht.

Fangen Sie eine Nixe, und werden Sie zum Lokalhelden? Ich war plötzlich wieder auf der Rundum-Insel in einem Fischernetz von Mr Rushton, der vor Mandy und ihrer Mutter damit prahlte, dass sie ein Vermögen damit machen würden, mich vor aller Welt auszustellen.

Das war's. Der Albtraum wurde nun doch Wirklichkeit.

Meine Finger krümmten sich so, dass meine Fingernägel sich in die Handflächen bohrten. Mandy! Sie hatte so getan, als sei sie meine Freundin, damit sie mir endlich ihren schlimmsten Streich spielen konnte!

Aber ich verstand das nicht! Wie konnte sie alle Welt dazu bringen anzurufen? Sie hatte ja vielleicht einen fiesen Zug, aber doch bestimmt nicht so viel Macht – oder?

Ich sah wieder in die Zeitung und blätterte wie in Trance um.

Und da sah ich es.
Ein Foto. Es war verwackelt und verschwommen. Man konnte eigentlich nur Umrisse sehen, aber es war eindeutig, was die Umrisse zeigten.
Ein Meermädchen.
Ich sah genauer hin, und das Herz fiel mir so tief in die Kniekehlen, dass ich fast schwören konnte, es gleich auf dem Boden aufplumpsen zu hören. Das Foto – ja, es war verschwommen, ja, es war verwackelt, ja, für die meisten sah es wahrscheinlich nur wie ein Umriss aus. Aber ich konnte genau erkennen, was es war. Der Nixenschwanz. Das Haar, sogar der Gesichtsausdruck. Für mich war es so eindeutig, dass sie auch gleich den Namen in Großbuchstaben hätten drucken können.
Es war ein Foto von mir.

8

Ich stand von der Bank auf, stopfte die Zeitung in meine Tasche, damit man sie nicht sah, und stolperte los.

Was sollte ich machen? Wohin sollte ich gehen? Ich konnte nicht in Brightport bleiben. Früher oder später würde mich jemand auf dem Foto erkennen und mich wegen der Belohnung einfangen. So wurde mein schlimmster Albtraum tatsächlich Wirklichkeit.

Wie betäubt ging ich die Promenade entlang, überzeugt, dass mich jeder, an dem ich vorbeiging, anstarrte. Hatten sie schon die Morgenzeitung gekauft? Wie lange würde es dauern, bis ich gefangen und in einem Netz ausgestellt würde, zur Unterhaltung der gesamten Stadt?

Es gab nur eine Antwort auf meine Fragen: Ich musste weg. Ich musste ins Meer.

Ich ging auf den Strand zu. Im Moment war mir danach, nie wieder Fuß auf trockenen Boden zu setzen. Von wegen, die zwei Welten zusammenbringen!

Ich eilte zum Strand hinunter, sah mich rasch um und rannte zu der Stelle unter dem Pier, wo ich unbeobachtet ins Wasser gleiten konnte.

Nur, dass schon jemand dort war.

»Emily!«

Ich fuhr herum. Mandy! Sie wollte mich bestimmt auslachen. Jetzt war ich mir sicher, dass sie diejenige war, die das ausgelöst hatte. Ich wusste nicht wie, aber es gab keine andere Erklärung. Sie musste es gewesen sein.

»Was machst du denn hier?«, fuhr ich sie an. »Dich an meinem Unglück weiden, was? Hast deinen Spaß mit mir gehabt und willst jetzt sehen, wie er gewirkt hat? Herzlichen Glückwunsch! Das hast du diesmal wirklich super hingekriegt!«

Mandy starrte mich erstaunt an. »Ich weiß nicht, was du meinst«, sagte sie.

»Aber sicher weißt du das nicht! Die ganzen Leute, die Meermädchen gesehen haben – seltsamerweise seit unserem Gespräch gestern.« Ich zog die Zeitung aus der Tasche und hielt sie ihr unter die Nase. Mandy überflog die Titelseite.

Sie sah mich an. »Emily, ich weiß nicht –«

»Und ein Foto – von mir! Seite zwei«, sagte ich. Mandy schlug die Zeitung auf und starrte das Bild an. »Woher weißt du überhaupt, dass du das bist?«, fragte sie. »Emily, kein Mensch kann erkennen, wer das ist. Man kann ja kaum sehen, dass es eine –«

»Also, *ich* weiß, wer es ist. Und *du* weißt, wer es ist. Und schon bald wird es die ganze *Stadt* wissen.«

Mandy faltete die Zeitung zu und starrte sie an. »Emily, ich habe nichts damit zu tun«, sagte sie. »Du und ich –

wir sind doch gestern Freundinnen geworden. Äh, wir sind sogar schon viel früher Freundinnen geworden. Aber gestern ist es mir wieder eingefallen. Kannst du dir vorstellen, wie glücklich ich war, als ich heute Morgen aufgewacht bin?«

Ich musste daran denken, wie glücklich *ich* beim Aufwachen gewesen war, in der kurzen Zeitspanne, ehe alles wieder schiefging.

»Nicht nur, weil wir beide wieder Freundinnen sind«, fuhr Mandy fort. »Das war nur eine Sache, an die ich mich wieder erinnern konnte. Ich konnte mich auch an das Gefühl erinnern, als wir die vielen Leute vor dem Kraken gerettet haben. Ich wusste auf einmal wieder, wie es sich anfühlt, *nett* zu sein. *Gutes* zu tun, die Leute *glücklich* zu machen!«

Ich sah sie an. Sie lächelte. Nicht ihr höhnisches, abfälliges Grinsen. Ihr richtiges Lächeln. Von dem ich jahrelang nicht viel gesehen hatte.

»Du hast also wirklich nichts mit der Sache zu tun?«, fragte ich.

»Ehrlich nicht«, sagte sie und malte sich symbolisch ein Kreuz auf die Brust. »Ich gelobe es.«

Ich ließ mich in den Sand sacken. »Aber warum ist es dann passiert?«

Mandy setzte sich neben mich. Sie nahm eine Handvoll Sand auf und ließ ihn durch die Finger rinnen. »Vielleicht hat es ja was mit dir und Aaron zu tun.«

Ich stieß die Füße in den Sand. »Wie meinst du das? Aaron würde so etwas nie machen.«
»Das hab ich auch nicht gemeint.« Mandy setzte sich so, dass sie mich ansehen konnte. »Die Leute haben sich auf einmal alle erinnert, seit wir beide uns wieder angefreundet haben, stimmt's?«
»Stimmt«, räumte ich ein.
»Und wie hast du uns dazu gekriegt? Gestern hast du irgendwas von besonderen Kräften oder so gesagt.«
Ich sah hinunter. Die Einzelheiten hatte ich sie ja nicht wissen lassen. Ich wusste immer noch nicht, ob ich ihr trauen konnte, aber jetzt hatte ich ja nicht mehr viel zu verlieren.
»Neptun besitzt etwas, das eine Gedächtnisdroge ist«, fing ich an. Dann erzählte ich ihr von dem Spruch und warum er bedeutete, dass Aaron und ich Neptuns Zaubermacht brechen konnten.
»Aber das ist es ja!« Mandy kniete sich hin. Ihre Augen waren aufgerissen vor Aufregung. Was sie allerdings so aufregend fand, war mir nicht ganz klar.
»Das ist *was*?«, fragte ich unwirsch.
»Ihr habt die Gedächtnisdroge unwirksam gemacht!«
»Das hab ich dir doch gerade gesagt. Deshalb hast du dich daran erinnert, dass wir Freundinnen sind«, sagte ich.
»Nicht nur bei mir! Ihr habt die Gedächtnisdroge für ganz Brightport unwirksam gemacht!«
»Ich – wir –«, fing ich an. Dann verstummte ich und starr-

te sie an. Natürlich! Jetzt, wo sie es gesagt hatte, wurde mir klar, dass es total offensichtlich war. So offensichtlich, dass es mir gar nicht aufgefallen war.

Aaron und ich hatten wohl noch mächtigere Kräfte, als uns überhaupt klar gewesen war. Wir hatten uns so darauf konzentriert, die Gedächtnisdroge unwirksam zu machen, dass sich die Kraft auf die ganze Stadt ausgedehnt hatte. Sie hatte recht. Es war die einzige Antwort, die logisch war.

»Da ist nur eins, was ich nicht verstehe. Wie kommt's, dass hier so viele Meermädchen in der Gegend sind?«, fragte Mandy.

»Schiffriff«, sagte ich nur.

»Schiff-*was*?«

»Das ist eine Stadt von Meerleuten«, sagte ich. »Es gibt nicht viele Siedlungen mit Meerleuten so nahe bei Menschen, aber diese liegt ganz in der Nähe, es kann also leicht was passieren. Ich nehme mal an, dass im Lauf der Jahre versehentlich viele Nixen gesichtet worden sind.«

Mandy sah aus, als wolle sie etwas sagen. Einen Augenblick dachte ich schon, die alte Mandy würde zurückkommen und mich auslachen. Tat sie aber nicht. Sie nickte nur.

»Was hast du vor?«, fragte sie nach einer Weile.

Tja, was hatte ich vor? Ich wusste nur eins, ich musste aus Brightport verschwinden. Mein erster Gedanke war, mich nach Schiffriff aufzumachen, aber selbst dort war ich ja nicht mehr willkommen! Dann fiel mir ein, dass ich heute doch Shona treffen sollte. Es war Sonntag – der Tag, an dem wir nach den verschwundenen Sirenen suchen wollten.

Ich sprang auf. Das war's! Die verschwundenen Sirenen! Vielleicht konnte ich mich ja bei denen verstecken! Wir mussten sie finden.

Ich schüttelte den Sand von meinen Sachen und ging ans Ufer. Mandy kam mir nach. »Was hast du vor?«, fragte sie noch mal. »Wo gehst du hin?«

»Hör mal, kannst du bitte für mich einspringen? Sag meiner Mutter einfach, ich hätte vergessen, ihr zu sagen, dass ich den Tag mit Shona verbringe. Ich hätte wegmüssen und sie nicht wecken wollen.«

Mandy nickte. »Dann bist du also den ganzen Tag weg?«, fragte sie. Sie klang enttäuscht. Ich bin *mindestens* den ganzen Tag weg, dachte ich. Dieses Problem verschwand nicht einfach bis morgen. Aber darüber würde ich mir später Gedanken machen. Erst mal wollte ich mich einfach verstecken.

»Ja«, sagte ich.

»Was ist mit Aaron?«

»Sag ihm, dass ich Shona besuchen gegangen bin und ihn bald sehe, okay?«

»Okay.« Sie machte kehrt.

»Ach, Mandy?«

Sie drehte sich noch mal um. »Was?«

Ich lächelte ihr zu. »Danke. Ich find's schön, dass wir wieder Freundinnen sind.«

Sie sah mich an und nickte. »Ja, ich auch«, sagte sie.

Und nachdem ich mich ein letztes Mal umgesehen hatte, streifte ich die Sandalen ab und glitt ins Meer.

»Was, die ganze Stadt weiß über dich Bescheid?«, fragte Shona, als wir dahinschwammen.

»Also, nicht direkt über *mich*«, erwiderte ich. »Zumindest hoffe ich das nicht.« Vielleicht würde es sich ja auch bald wieder verziehen. In ein paar Tagen würden die Leute ihre Zeitungen wegwerfen und alles wieder vergessen. Das Foto war immerhin tatsächlich ziemlich verwackelt. Wenn ich in ein paar Wochen zurückkäme, wäre ich vielleicht wieder sicher.

Na klar, und Haifische würden über den Mond springen.

Ich konnte mich schon mal ruhig an den Gedanken gewöhnen, als Einsiedlerin zu leben.

Wir schwammen dahin, über blass rosafarbene Meerespflanzen und lindgrüne Steine. Seeigel bedeckten den Meeresgrund, bewegungslos und stachelig wie abgefallene Kastanien. Gewellte schwarze Rochen mit Flossen, die an Draculas Umhang erinnerten, zogen an uns vorbei und wirbelten den Sand unter sich auf.

»Miss Merlin hat uns noch ein bisschen von den verschwundenen Sirenen erzählt«, sagte Shona auf einmal.
»Was hat sie euch erzählt?«, fragte ich, dankbar über den Themenwechsel.
»Sie glaubt, dass sie ungefähr weiß, wo man sie zuletzt gesichtet hat. Nach der Stunde letzte Woche hat sie sich gründlicher damit beschäftigt, und sie glaubt, dass sie ein paar Koordinaten entdeckt hat, auf die bisher noch nie jemand gekommen ist. Kann sein, dass sie Quatsch sind, aber ich hab sie auf alle Fälle mal in meinen Splischometer aufgenommen.«
»Und? Was ist dabei rausgekommen?«
»Die Stelle liegt ungefähr acht Kilometer weit weg – das ist ja praktisch gar nichts«, sagte sie. Vor lauter Aufregung fielen ihr die Augen fast aus dem Kopf.
Ich dachte an Brightport – wie die Leute herumliefen und sich die Sonntagszeitung kauften und alle ganz versessen darauf waren, eine Nixe zu fangen und eine Belohnung zu ergattern. An mein Foto auf Seite zwei. Ich schauderte und schwamm schneller. »Komm«, sagte ich. »Auf was wartest du noch?«

Wir waren stundenlang geschwommen. Das Meer war kälter und tiefer und dunkler geworden. Einsame schlanke graue Fische glitten vorüber und schlängelten sich durch die Meeresalgen, die vom Meeresgrund aufstiegen. Schwärme platter, runder Fische kamen auf uns zu und verschwanden wieder. Sie glitzerten wie Spiegel im Sonnenlicht, wenn sie vorbeistoben.

Vor uns, unter uns, um uns herum ging das Leben im Ozean vonstatten. Die Wesen beachteten die beiden Eindringlinge nicht, die umherschwammen und nach etwas suchten, das vielleicht nichts als ein Seemärchen war.

Ein Rotfeuerfisch mit einem kunstvollen Muster unter den Augen sah durch uns hindurch, als wir vorüberschwammen. Ein tänzelnder Krebs mit streichholzdünnen Beinen kreuzte unseren Weg im Seitwärtsgang. Seefarne öffneten und schlossen sich mit dem Rhythmus der Wellen. Wir schwammen weiter.

»Bist du sicher, dass du die richtigen Zahlen eingegeben hast?«, fragte ich. »Wir sind doch schon mehr als acht Kilometer geschwommen.«

»Es muss hier irgendwo sein«, sagte Shona und warf einen Blick auf ihren Splischometer. »Es sei denn, Miss Merlin hat sich getäuscht.«

Was mir allmählich wahrscheinlich vorkam. Aber ich sagte nichts. Shona liebt Abenteuer mehr als alles andere, und ich wollte ihr dieses nicht verderben. Und außerdem hatte ich ja nichts Besseres vor. Ich konnte auf keinen Fall schon nach Brightport zurückkehren, und in Schiffriff war ich ja auch nicht gerade willkommen. Das Beste, was ich tun konnte, war, die verschwundenen Sirenen zu finden und sie anzuflehen, mich bei ihnen verstecken zu dürfen.

»Wie wär's, sollen wir uns trennen?«, schlug ich vor. »Du nimmst den Weg.« Ich deutete nach rechts. Lange, fleischige Algen wuchsen wie dicke Seile nach oben. »Und ich den hier.« Zu meiner Linken streckten sich rosige schwammartige Finger nach oben, wie ausgestreckte Hände, die stumm beteten. Um uns lagen überall hohe zerklüftete Felsen, aus deren Spalten lila und grüne Zweige und Stängel ragten. »Für zehn Minuten, dann treffen wir uns wieder hier«, sagte ich.

Shona deutete auf einen moosbewachsenen Felsen, aus dem waagrecht ein Baum wuchs. »Dort treffen wir uns wieder«, sagte sie.

»Zehn Minuten«, wiederholte ich.

Shona nickte. »Viel Glück.«

Dann wandte Shona sich nach rechts und ich mich in die andere Richtung.

Bitte lass sie mich finden, bitte lass sie mich finden, wünschte ich mir beim Schwimmen und suchte jeden Felsen, jede Meeresalge ab, die ich sehen konnte, falls dahinter ein geheimer Eingang versteckt war. *Bitte schickt mich nicht wieder heim nach Brightport, ehe es dort sicher ist.*

Ich schwamm über Schilfpflanzen, die wie dicke gebündelte Spaghetti aussahen; über großblättrige Pflanzen wie riesige Kohlköpfe; über leuchtend rote Felsen, die wie melierter Marmor aussahen. Ein langer Aal, grün mit weißen Tupfen, glitt durch das Schilf, steckte den Kopf in Löcher, schlängelte sich wieder heraus und glitt davon. Zwei runde Fische schwammen in perfektem Gleichtakt vorbei, als würden sie miteinander tanzen. Alle bewegten sich langsam. Hier unten war niemand in Eile.

Und verschwundene Sirenen gab es auch nicht.

Gerade wollte ich umkehren und zu Shona zurückschwimmen, als mich etwas aufhielt.

Eine Strömung zog an mir. Es erinnerte mich daran, was auf der Rundum-Insel passierte, wenn man zu weit hinausschwamm und vom Bermuda-Dreieck erwischt wurde. Ein Schauer durchlief meinen Körper, als würde ein quirliger Fisch durch mich hindurchschwimmen. Was war das? Wohin zog es mich?

Der Schauer ging vorüber. Die Strömung war doch anders. Sie zog mich nicht hinaus; sie zog eigentlich fast gar nicht. Es fühlte sich eher so an, als würde sie mich leiten, mir die Richtung zeigen, mir helfen. Ich *wollte* ihr folgen.

Ich wehrte mich also nicht dagegen und ließ mich von der Strömung treiben. Auf einmal schoss ich durchs Wasser, rempelte einen schwarz-gelb gestreiften Fisch an und zischte an Farnwedeln und Algen vorbei.

Dann wurde die Strömung wieder langsamer. Das Meer war dunkler und kälter geworden. Ich war in tieferem Wasser als zuvor. Wieder durchrieselte es mich. Was machte ich da, mit einer Strömung zu schwimmen, die mich so weit hinuntergeführt hatte? Ich hatte mir nicht mal den Weg gemerkt. Wie sollte ich jemals zu Shona zurückfinden?

Und wo war ich überhaupt?

Ich sah mich um. Die Strömung hatte mich an den oberen Rand eines Kreises aus hohen Felsen getragen. Ich konnte den Grund nicht sehen, aber sie gruppierten sich um ein dunkles Loch, das wie ein riesiger Brunnen aussah. Ich schwamm an den Rand des Brunnens und blickte hinunter. Darin schäumte und sprudelte das Wasser, dass es aussah, als ob es einen Unterwasser-Wasserfall bildete. Das war doch sicher unmöglich?

Ich konnte die Strömung wieder spüren. Sie hob mich und brachte mich näher an den Rand des Brunnens. Es war, als wolle sie mich reizen oder herausfordern hinzuschwimmen. Sollte ich? *Konnte* ich?

Ehe ich Zeit hatte, einen Entschluss zu fassen, drückte die Strömung mich bis an den Brunnenrand. Einen Augenblick später war ich darüber und stürzte in den Wasserfall hinab.

Wasser toste um mich herum, wirbelte mich im Kreis, zog mich immer tiefer, näher zum Grund des Meeres. Ich versuchte dagegen anzukämpfen, ich versuchte, wieder nach oben zu schwimmen, aber es war unmöglich. Die Strömung zog mich immer mehr nach unten, drückte mich mit einer Schnelligkeit hinab, die ich noch nie

erlebt hatte. Als sei ich eine Rakete, die allerdings nach unten sauste, zum Meeresgrund.
Schließlich gab ich auf und ließ mich treiben. Und auf einmal hörte es auf. Der Wasserfall ließ mich aus seinen Klauen.
Zerzaust, außer Atem und völlig durcheinander war ich gelandet – in einem dunklen, geschlossenen felsigen Loch auf dem Grund des Ozeans.

9

Während meine Augen sich allmählich an die Dunkelheit gewöhnten, sah ich mich um. Rund um mich nichts als Felsen. Ich saß auf dem Grund eines Brunnens. Das Seltsame war, dass das herabstürzende Wasser aufgehört hatte. Alles, was ich sehen konnte, war klares Wasser bis nach oben – so klar, dass ich ganz hinaufsehen konnte. Oben war sehr weit weg.

Wo war der Wasserfall geblieben?

Ich versuchte wieder nach oben zu schwimmen, aber ein starker Druck hielt mich davon ab. Immer wieder landete ich am selben Fleck und wurde zurückgedrückt. Es war, als ob die Kraft des Wasserfalls noch da war, aber ohne das wilde Brodeln. Unmöglich – aber so war es. Wie ein Zaubertrick.

Ein Zaubertrick? Ein magischer Ort? Hatte ich die Stelle gefunden, wo die Sirenen lebten?

Ich musste nicht lange darüber nachdenken.

In der Nähe gab es ein Geräusch, als ob sich etwas bewegte. Ich sauste herum und suchte, woher das kam. Erst jetzt sah ich, dass eine Wand des Brunnens ein Loch hatte, gerade groß genug, um hindurchzuschwimmen.

Ein Büschel Seealgen hing vom oberen Rand des Loches herab wie dicke Schnüre. Ich schob mich durch und schwamm aus dem Brunnen hinaus.

Ich befand mich in einer größeren Höhle. Die Decke über mir war aus glattem braunen Stein. Der sandige Boden unter mir neigte sich sanft nach unten. Die Wände um mich herum bestanden aus steinernen, kantigen Säulen und Bögen und Nischen. Da und dort hingen wie Weihnachtsgirlanden Wedel bunter Seealgen. Dahinter hörte ich wieder das Plätschern. Im heller werdenden Licht sah ich das Schnalzen einer Schwanzflosse.

»Shona!«, rief ich erleichtert und schwamm auf die Flosse zu.

Aber es war nicht Shona.

»Wer bist du?«, fragten das Meermädchen und ich gleichzeitig.

Sie schwamm auf mich zu. »Wie bist du hier reingekommen?«, fragte die Nixe. »Hier kommt nie jemand rein – niemals.«

»Ich – ich – ich bin geschwommen«, stotterte ich. »Wo bin ich denn überhaupt? Und wer bist du?«

Das Meermädchen kam näher, sah mich direkt an, schwamm um mich herum und hielt mir gegenüber an. Ihr Gesicht war von Falten durchzogen und blass. Sie wirkte alt, aber gleichzeitig fast alterslos und seltsam schön. Ihr silbernes Haar war so lang, dass es ganz über ihren Rücken floss und ihre Schwanzflosse streifte. Ihr Fischschwanz war von einer dumpfen, schmuddeligen Mischung aus Braun und Rosa. Sie sah aus wie jemand, dem man gerade einen ziemlich seltenen und nicht besonders angenehmen geologischen Fund gezeigt hatte.

Sie beantwortete meine Frage nicht. »Komm mit«, sagte sie und zog mich am Arm.

Ich zuckte zurück. »Erst, wenn du mir sagst, wer du bist«, erwiderte ich. Ich hoffte, dass ich mutiger klang, als ich mich fühlte.

Statt einer Antwort packte sie meinen Arm noch fester und zog mich hinter sich her.

Wir schwammen durch Tunnel, um Stränge von Algen, durch Kanäle mit hohen Wänden, unter Felsen hindurch und um Ecken, bis wir in eine große sandige offene Lichtung mit einem riesigen Pfeiler in der Mitte kamen, von der nach allen Seiten Höhlen und Bogengänge abgingen. Vier Meermädchen befanden sich in dieser Lichtung. Eine bürstete sich das Haar mit einer provisorischen Bürste, die aussah, als sei sie aus Zweigen gemacht. Eine andere schnappte sich einen vorbeigleitenden glänzenden Fisch und starrte auf sein Schuppenkleid wie in einen Spiegel. Die anderen beiden saßen auf dem sandigen Grund; eine machte anscheinend etwas aus Schilf, die andere schien eine Art Spiel mit Steinen im Sand zu spielen.

»Ich habe etwas gefunden«, rief das Meermädchen den anderen zu. Alle sahen auf – und auf allen Gesichtern war eine Mischung aus Erschrecken und Fassungslosigkeit zu sehen. Eine Minute später umringten sie mich alle, sahen mir ins Gesicht, untersuchten meinen Nixenschwanz und berührten mich.

»Ist sie echt?«, fragte eine von ihnen.

»Natürlich bin ich echt!«, stieß ich hervor, und sie fuhr zurück.

»Wie ist sie reingekommen?«, fragte eine andere.

»Hört mal, ich kann auch selbst reden«, sagte ich. »Warum redet ihr nicht *mit* mir statt *über* mich?«

Das Meermädchen, das etwas aus Schilf gebastelt hatte, drängte sich vor die anderen und sah mich so unverwandt an, dass ich wünschte, ich hätte lieber ein einziges Mal den Mund gehalten.

»Lass sie in Ruhe, Nerin«, sagte sie. »Sie ist ein Gast. Reicht das nicht? Und siehst du nicht – das Kind hat ja Angst. Lass ihr Zeit.«

Ihre Stimme war sanft und freundlich. Sie schien jünger zu sein als die anderen, doch als ich mir ihr Gesicht genauer ansah, konnte ich erkennen, dass sie, wie die anderen, kleine runzelige Linien auf der Stirn und kleine Krähenfüßchen um die Augen hatte. Auch ihr Haar war silbern, wenn auch kürzer als das der ersten Nixe.

Die anderen nickten zustimmend. »Morvena hat recht«, sagte eine der anderen und lächelte mir zu. Ihr Lächeln fühlte sich an wie warmer Sirup, der mich umhüllte. Ich spürte, wie meine Angst und mein Ärger verflogen. »Wir sollten dankbar sein«, fuhr sie fort. »Wir sollten sie mit offenen Armen empfangen.«

Nerin, die Nixe, die mich hereingebracht hatte, ließ mich endlich los. Sie strich mir über den Arm, wo sie mich gepackt hatte. »Natürlich«, sagte sie sanft. »Es tut mir leid. Ich war einfach so überrascht. Weißt du, wir haben hier keine Besucher. Niemals! Die ganzen Jahre nicht, seit wir –«

Eine der anderen Meerfrauen stieß sie an. *»Selten«,* verbesserte sie die andere. »Sag nicht niemals. Das Mädchen bekommt ja einen schlechten Eindruck.« Sie strich mir über die Haare. »Und seht euch das kleine Juwel nur an, das heute hereingespült worden ist. Mädels, lasst uns dankbar sein. Das ist vielleicht unsere Rettung.«

»Du hast recht, Merissa«, sagte Nerin. Sie schwamm um mich herum. »So eine hübsche kleine Sirene«, murmelte sie.

»Ich bin – äh, ich bin eigentlich keine Sirene«, sagte ich nervös.

Die Nixe, die sich die Haare gebürstet hatte, drängte sich jetzt vor die anderen und legte ihren dürren Arm um mich. »Doch, doch, natürlich bist du das, Liebes«, sagte sie. »Solche Sachen solltest du nicht sagen. Sein Licht unter den Scheffel zu stellen ist etwas Furchtbares – vor allem, wenn man so jung und hübsch ist.« Sie hob mein Kinn an. »Hör auf die gute Tante Lorelei«, sagte sie sanft. »Du bist eine schöne junge Sirene. Richtig?«

»Richtig, okay«, sagte ich. Inzwischen hätte ich wahrscheinlich fast allem zugestimmt, was sie sagte. Sie waren alle so freundlich! Und sie hatten alle etwas an sich, das so – ja, was nur? Tröstlich war. Friedlich. Es machte mich glücklich, und ich wollte für immer hier bleiben. In dem Moment hatte ich alles andere vergessen. Ich konnte nur daran denken, dass ich hier war, bei diesen Meerfrauen, und das warme, friedliche Gefühl spüren.

»Nun, wie wär's mit einem kleinen Lied?«, schlug Lorelei mit derselben süßen Stimme vor, und sie lächelte immer noch breit und warm und einladend. Die anderen Nixen erstarrten und sahen erst sie und dann mich an.

»Ein Lied?«, fragte ich und lachte nervös.

Die anderen Meerfrauen hatten mich im Nu umringt. Alle sahen mich mit ermutigendem Lächeln an. Loreleis Arm lag immer noch um meine Schulter. »Ein Lied«, wiederholte sie, und ihre Stimme wurde ein wenig schärfer. »Ein schönes Sirenenlied, um dich hier willkommen zu heißen. Wir singen mit.« Noch lag ihr Arm leicht auf meiner Schulter.

»Du fängst an«, sagte Merissa zuckersüß.

Ich brach in Gelächter aus. »Ihr habt mich noch nie singen gehört!«, sagte ich.

Der Arm um meine Schulter packte mich fester.

»Was meinst du nur?«, fragte Lorelei. Sie lächelte noch, wenn das Lächeln inzwischen auch eindeutig etwas angespannter wirkte. Es sah allmählich so aus, als sei es aufgemalt, nicht, als ob es ganz natürlich sei.

»Ich – ich meine, also, ich kann eigentlich nicht singen«, sagte ich. »Um genau zu sein, ich habe eine furchtbare Singstimme.«

Die Nixen starrten mich an und sahen auf einmal finster und bedrohlich aus. Sie schienen plötzlich viel näher gerückt zu sein, ganz dicht, und ihre Gesichter sahen hässlich aus, ihr Lächeln falsch und schroff.

»Furchtbar?«, sagte eine von ihnen. Dann lachte sie gekünstelt los. »Du bist nur bescheiden.«

Ich lachte ebenfalls – allerdings war mein Lachen eher ein nervöses Gackern. »Bin ich nicht«, sagte ich. »Sogar meine Mutter sagt, dass ich aufhören soll, und ihre Stimme ist schlimm genug!«

Der Arm um meine Schulter wurde zum Schraubstock. Loreleis Finger bohrten sich in meinen Arm. »Was – willst – du – damit – sagen?«, raunte sie heiser.

»Aua!« Ich versuchte mich aus ihrem Griff zu lösen. Meine Schulter fühlte sich an, als würde sie von einem Skorpion gebissen. »Ich meine, dass ich *nicht singen kann*!«, sagte ich. »Ich bin keine Sirene, und ich kann nicht singen. Wenn ihr schönen Gesang wollt, dann müsst ihr Shona bitten!«

Shona. Beim Gedanken an sie bekam ich einen Schreck. Wo war sie jetzt? Wie lange war ich schon hier? Wartete sie noch auf mich?

Eine der Meerfrauen drängte sich an Lorelei vorbei und löste ihre Hand von meiner Schulter. Sanft ergriff sie meinen Arm und zog mich von den anderen fort.

»Hallo, Kleines«, sagte sie. »Ich bin Amara. So. Nun erzähl mir von Shona«, sagte sie leise. »Eine Freundin von dir, ja?«

Ich nickte. »Meine beste Freundin«, sagte ich und schluckte einen felsengroßen Kloß hinunter, der mir in der Kehle saß.

»Und diese Shona«, fuhr sie fort, »ist eine gute Sängerin?«

»Die beste in ihrer Schule!«, sagte ich stolz.

Amara lächelte. »Und wo finden wir sie?«

»Sagt ihr mir das lieber!«, rief ich. »Wir sind zusammen hergekommen. Wir waren auf der Suche nach –« Ich verstummte und sah in die Runde. Alle starrten mich an. Ich hatte vorhin also doch recht gehabt. *Ein geheimnisvoller Ort, versteckt in den Tiefen des Ozeans, meilenweit von allem anderen entfernt.* Ich schluckte eine Mischung aus Angst und Erregung hinunter. »Ich glaube, wir haben nach euch gesucht«, sagte ich.

Nerin, die erste Nixe, gesellte sich zu mir und Amara. »Das ist ja jetzt egal«, sagte sie. »Erzähle uns mehr von Shona.« Ich merkte, dass sie zwar freundlich und nett klingen wollte, aber ihre Stimme hörte sich verzweifelt und krächzend an. »Wo ist sie? Wo können wir sie finden?«

»Das weiß ich nicht! Hab ich doch gesagt. Wir sind zusammen hergekommen. Wir waren auf der Suche nach den –« Ich merkte, wie mir heiß wurde, und brach ab.

Nerin stieß mich an. »Nach wem?«

»Wir haben nach den verschwundenen Sirenen gesucht«, sagte ich und blickte in den Sand hinunter, damit ich ihre entsetzten Gesichter nicht sehen musste. Außerdem konnte ich so tun, als hätte ich nicht gehört, wie sie scharf die Luft einzogen, als ich das sagte. Wahrscheinlich wussten sie nicht, dass sie ein berühmtes Seemärchen waren, das die Meermädchen in der Schule lernten.

Zwei lange, dünne, leuchtend gelbe Fische schwammen zwischen uns hindurch, als würden sie eine Slalomjagd machen. »Wir haben beschlossen, in verschiedene Richtungen zu schwimmen und uns nach zehn Minuten wieder zu treffen«, fuhr ich fort. »Aber dann bin ich von so einem unterirdischen Wasserfall angesaugt worden und konnte nicht mehr hinaus.« Ich sah Nerin an. »Dann hast du mich gefunden und hierhergebracht.«

Nerin wandte sich an die anderen. »Wir müssen diese Shona finden«, sagte sie grimmig. Das nette Getue war ein für alle Mal vorbei. »Wir *müssen* sie haben!«

Amara spitzte die Lippen und verzog das Gesicht. Sie sah mich finster an. »Versuche es trotzdem«, sagte sie.

»Was soll ich versuchen?«, fragte ich.
»Zu singen«, sagte sie knapp. »Los.« Sie drehte sich den anderen zu. »Man kann nie wissen, sie ist vielleicht doch nur extrem bescheiden. Einen Versuch ist es wert.« Sie sah Nerin an. »Geh an die Stelle«, sagte sie. »Schnell. Und komm sofort zurück, wenn eine Veränderung eintritt.«
Nerin eilte fort, und wir warteten schweigend.
Wovon redete sie? Was für eine Stelle? Und worauf warteten wir?
Ehe ich jedoch fragen konnte, wandte sie sich wieder mir zu. Diesmal ohne den Hauch eines Lächelns. Sie wartete eine oder zwei Minuten, dann fletschte sie die Zähne und knurrte: »Nun fang an, Kind. Sing.«
Mir blieb keine Wahl. Außerdem, was konnte es denn schaden? Mein Kopf war allerdings plötzlich wie entleert. Mir fiel kein einziges Lied ein.
»Sing!«, wiederholte Amara ungeduldig. »Worauf wartest du?«
Das Einzige, was mir einfiel, war ein Kinderlied.
»Großer Stern und kleiner Stern«, fing ich an. Es kam nicht so raus, wie ich gehofft hatte. Ich räusperte mich. *»Abenddämmern nah und fern.«*
Ich brach ab. Die Meerfrauen sahen mich alle mit den gleichen entsetzten Gesichtern an.
Amara sagte als Erste etwas. »Was beim tiefen Ozean war denn das?«, fauchte sie.

»Ich hab ja gesagt, dass ich nicht singen kann«, verteidigte ich mich.
Kurz darauf kam Nerin wieder in die Lichtung geschwommen und hielt neben Amara an. »Nichts«, sagte sie. »Die Kraft hat sich nicht verändert. Wir müssen die andere finden. Diese Shona. Wenn die beiden zusammen gekommen sind, muss sie ja in der Nähe sein.«
»Und wenn sie wirklich so gute Freundinnen sind, dann wird sie ja bestimmt nach ihr suchen, wenn sie merkt, dass ihre beste Freundin verschwunden ist«, setzte Amara hinzu. »Wir müssen sie finden.«
»Ihr habt recht«, sagte Merissa mit einer Stimme, die triefte vor Verzweiflung. »Sie kann nicht weit sein. Wir sollten uns aufteilen und nach ihr suchen.«
Die fünf berieten sich und heckten einen Plan aus, wie sie Shona finden könnten. Ich bekam Fetzen der Unterhaltung mit, aber konnte nichts Sinnvolles daraus schließen.
»Wir *müssen* sie finden!«, sagte eine von ihnen. »Vielleicht hat sie ja die Stimme, die uns hier rausholt. Sie muss uns was vorsingen.«
»Das ist die beste Chance seit Jahren«, erwiderte eine andere.
»Unsere beste Chance, seit wir hier sind, meinst du wohl«, setzte eine Dritte hinzu. »Wenn wir diese Sirene finden, ist vielleicht alles vorüber.«
»Falls sie auch hereingekommen ist.«

»Du *weißt*, dass sie reinkommen muss, wenn sie es bis hierher geschafft haben. Sie könnte sich nicht gegen die Kraft wehren. Das schafft niemand. Das Problem mit der Kraft ist nur, dass niemand mehr rauskann. Das wisst ihr auch. Wir wissen es alle. Wir brauchen diese Sirene, damit wir hier rauskommen.«

Ich schwamm zu ihnen hinüber. »Wovon redet ihr eigentlich?«, fragte ich. »Ich habe das Recht, es zu wissen!«

Amara warf den Kopf zurück und lachte. »Das *Recht*? Du willst über *Recht* reden? Ha!« Sie kam dicht auf mich zu und starrte mir in die Augen. »Ich sag dir, wovon wir reden, du nutzloses, schändliches Meerwesen.«

Ich zuckte, als ob ihre Worte mich geschlagen hätten, sagte jedoch nichts, sondern wartete darauf, dass sie fortfuhr.

»Wir stecken hier fest. So viel hast du inzwischen vielleicht selbst begriffen. Wir wissen nicht, warum und wie es kommt. Und nach so einer Ewigkeit wissen wir nicht mal mehr, wie lange schon.«

Morvena schwamm zu Amara. »Lass mal, das Mädchen kann doch nichts dafür«, sagte sie. »Lass uns –«

Amara schüttelte sie ab. »Und nicht nur das. Jede von uns hat ihre Singstimme verloren«, fuhr sie fort. »Weißt du, was das für eine Sirene bedeutet? Für die besten Sirenen, die im Umkreis von vielen Meilen bekannt sind?«

»Amara, du weißt, dass wir nicht die Besten waren«, sagte Morvena. »Melody war die Beste. Wir haben sie nur unterstützt. Es ist nicht –«

»Nur zu. Stell dich hinter Melody, wie du das immer machst. Dabei tritt sie inzwischen ja nicht mal mehr für sich selbst ein.«

»Sie zeigt sich ja nicht mal mehr!«, setzte Nerin hinzu.

»Ist sich zu gut für uns, nicht?«, sagte Amara abfällig.

»Kommt schon, lasst uns nicht streiten«, sagte Morvena. »Ich dachte, ihr wolltet die junge Sirene suchen.«

Amara wandte sich mit einem Flossenschlag ab, der so heftig war, dass er wie eine Sichel durchs Wasser fuhr. »Du hast recht. Wir verschwenden Zeit«, sagte sie. »Lass uns den anderen helfen.«

»Was ist mit dem Mädchen?«, fragte Nerin.

Morvena löste sich aus der Gruppe. »Ich kümmere mich um sie«, sagte sie schnell. »Geht ihr schon mal voraus. Ich komme dann nach.«

Die Sirenen wechselten rasch Blicke. »Also gut«, sagte Amara schließlich. »Steck die Kleine irgendwo hin, wo sie sicher ist. Um sie können wir uns dann später kümmern.« Damit verschwanden die drei. Morvena schubste mich in die entgegengesetzte Richtung. »Komm«, sagte sie.

»Was meint ihr, dass ihr euch später um mich kümmert?«, fragte ich, während wir ans Ende der Lichtung schwammen, entlang an einem dunklen Felsvorsprung, der an der ganzen Wand entlanglief.

»Keine Sorge, ich tu dir nichts«, sagte Morvena. Schweigend schwammen wir weiter an dem Vorsprung entlang, vorbei an vielen dunklen Löchern und Höhlen.

Dann kamen wir an einer niedrigen Höhle vorbei, vor deren Eingang zerklüftete Felsnadeln aufragten, so dass sie wie ein Verlies aussah. Grüne Steinwände waren mit rosafarbenen Farnen geschmückt, die wie gefiederte Vorhänge herabhingen. Rechts und links des Eingangs standen dicke Säulen auf kleinen Podesten; steinige Klüfte fielen von hier ab, umgeben von Säulen und Felsen in hundert verschiedenen Formen und Größen.
Morvena machte vor einer großen Öffnung halt. »Wir sind da«, sagte sie. »Komm mit.« Sie schwamm in die Vertiefung. Ich folgte ihr zum Eingang und sah mich um. Riesige violettfarbene Blätter hingen fächerartig an den Seiten. In einer Ecke standen Sitze aus buschigem grünen Moos. Ein gallertartiges Bett stand an einer anderen Wand. Auf einem hohen Felsblock lagen Dinge herum, die wie handgefertigter Schmuck aus Treibholz und Steinen aussah.
Morvena winkte mir zu hereinzuschwimmen. »Das ist mein Zimmer«, sagte sie und ließ den Blick herumschweifen. »Bleib hier.« Dann lächelte sie mir zu. Nicht so, wie die anderen gelächelt hatten. Sie verzog das Gesicht nicht zu einem abfälligen Grinsen. »Mach dir keine Sorgen«, sagte sie. »Warte einfach hier.«
»Und was ist, wenn ich hier nicht bleiben will?«
Morvena lächelte immer noch. »Dann nicht«, sagte sie freundlich. »Aber ich fürchte, dass du nicht rauskommst. Dieser Ort ist so angenehm wie jeder andere, um zu war-

ten, bis du uns verlassen kannst.« Sie sah hinunter, und ihre Schwanzflosse zuckte nervös über den Sandboden. »*Falls* du uns wieder verlassen kannst«, setzte sie noch hinzu.

Ich erwiderte nichts, aber während sie fortschwamm, begriff ich allmählich, was sie da gesagt hatte. Falls ich sie je verlassen könnte? Was meinte sie?

Je mehr ich darüber nachdachte, desto schlimmer sah die Lage aus. Die verschwundenen Sirenen waren Jahre über Jahre hier gewesen, wenn man Shonas Lehrerin glauben konnte, und nun war ich auch bei ihnen. Ein kalter Schauer durchfuhr mich, als mir klarwurde, was ich gemacht hatte.

Ich hatte den Weg zu ihnen gefunden, aber soweit ich aus ihrer Unterhaltung hatte entnehmen können und aufgrund meiner eigenen Erfahrung schien es unmöglich, wieder hinauszugelangen. Und falls Shona es nicht schaffte, eine Art Singwunder zu veranstalten, sah es aus, als ob es nur einen Schluss gab.

Ich würde auf ewig hier mit ihnen festsitzen.

10

Mein Magen knurrte. Wie lange war ich schon hier? Wenn ich doch wenigstens etwas gefrühstückt hätte, ehe ich losgeschwommen war! Ich bezweifelte sehr, dass mir meine neuen Freundinnen ein Bankett zum Mittag servieren würden.

Ich schwamm in Morvenas Raum herum und sah in die größeren Höhlen hinter dem Eingang. Was war das hier eigentlich?

Überall waren Felsvorsprünge und Wände, auf denen sich verrückte Formen türmten – ein Kirchturm auf einem Hügel, eine große umgedrehte Qualle, ein Hochzeitskuchen, ein Elefantenrüssel – all das und noch mehr lag überall herum, als ob die Höhlen Hunderte von Sachen gesammelt und in Stein verwandelt hätten.

Weiter hinten in der trüben Dunkelheit sah ich eine Schwanzflosse. Schnell stob ich vom Eingang fort.

Die Nixen! Ich versteckte mich in einer Nische und spähte hinaus, während ich wartete, dass sie weiterschwammen.

Das taten sie auch. Es war jedoch nur eine. Ich konnte sehen, wie sie an mir vorbeizischte.

Halt mal! Das war ja gar keine von den Sirenen; das war –

»Shona!« Ich schoss aus der Nische hervor und kam zu ihr auf den Felsvorsprung.

»Emily!«

»Du hast mich gefunden!«, sagte ich. Dann fiel mir ein, dass die Sirenen ja nach ihr suchten. Ich packte sie und zog sie herein. »Oje – oder sie haben *dich* gefunden!«

Shona legte den Kopf zur Seite und starrte mich an. »Wer soll mich gefunden haben?«, fragte sie. »Was redest du da?«

»Dann haben sie dich doch nicht gefunden?«

»Wer hat mich nicht gefunden? Em, du benimmst dich echt merkwürdig. Ich bin gerade –«

»Wie bist du reingekommen?«

Shona bekam große Augen, wie immer, wenn sie irgendein Abenteuer erlebte. »Also, das war wirklich seltsam«, sagte sie. »Ich hab es ja nicht mal versucht. Ich hab nur so eine starke Strömung gespürt, die mich mit sich gezogen hat. Das war zischig! Plötzlich bin ich nach unten gesaust, und um mich herum brausendes Wasser.«

»Wie ein Unterwasser-Wasserfall?«, sagte ich. »In einem Brunnen?«

»Ganz genau! Zuerst hab ich ziemlich Schiss gehabt, aber als ich dann unten angekommen bin, hab ich hinaufgeschaut, und er war weg. Ich schätze, wenn ich die Stelle wiederfinden kann, können wir einfach wieder hinausschwimmen, wenn wir wollen.«

»Hast du es versucht?«, fragte ich düster.

Shona schüttelte den Kopf. Gerade wollte ich ihr erklären, dass die Sache nicht ganz so einfach war, wie sie dachte, als von draußen wieder ein Geräusch kam. Jemand näherte sich.

Ich packte Shona und schwamm hinüber zu den lilafarbenen Farnen in der Ecke. »Schnell. Hinter die Dinger«, sagte ich. Das Plätschern kam näher.

»Warum?«, fragte Shona. »Em, was ist hier los?«

»Sag ich dir gleich«, flüsterte ich. »Komm –«

Aber es war zu spät. Die Sirenen kamen um eine Ecke in den Raum geschwommen. Es waren Amara und Lorelei.

Sie entdeckten mich sofort und kamen herbei. »Kein Glück bisher«, zeterte Amara. »Was sollen wir solange mit dieser hier machen?«

Dann wandte Lorelei den Kopf und entdeckte Shona. »Halt mal«, sagte sie. »Wen haben wir denn hier?«

Amara schaute herüber und sah sie auch. Ganz plötzlich war der boshafte Ausdruck verschwunden, und sie lächelte mit der Herzlichkeit, die sie auch schon an mich verschwendet hatte. *Es ist nicht echt, Shona,* sagte ich stumm vor mich hin, in der Hoffnung, Shona würde meine Gedanken empfangen und mir vertrauen. *Lass dich nicht täuschen.*

Amara kam auf Shona zu und hielt neben ihr an. Spielerisch wedelte sie mit der Schwanzflosse. Sie sah Shona von oben bis unten an. »Hallo, meine Hübsche«, sagte sie mit honigtriefender Stimme. »Du musst Shona sein.«

Shona lächelte Amara zu und sah sie mit unschuldigem Blick und ziemlicher Begeisterung an. »Woher weißt du das?«, fragte sie.

Amara nickte in meine Richtung. »Von deiner Freundin«, sagte sie.

Lorelei kam ebenfalls angeschwommen und streckte Shona die Hand hin. »Wir haben ja so viel über dich gehört«, sagte sie genauso zuckersüß wie Amara, als ob Shona eine verloren geglaubte Freundin sei. Verlegen reichte Shona Lorelei die Hand, um sie zu schütteln, doch stattdessen ergriff Lorelei ihre Hand und drehte sie herum, um den Handrücken anzusehen. »Ach, sieh doch nur die zarten Finger«, sagte sie. »Ich finde, du hast die hübschesten Nägel, die ich je an einer Sirene gesehen habe!«

Shona wurde rot. »Wir haben diese Woche in S und H Nagelpflege gehabt«, sagte sie. Dann wurde sie noch tiefer rot und fügte hinzu: »Ich hab übrigens die beste Note bekommen.«

»Schönheit und Haltung – ach, das war mein Lieblingsfach in der Schule«, sagte Lorelei. Ihr sehnsüchtiger Seufzer klang für mich wie ein verbittertes Gackern.

»Meins auch!«, rief Shona. »Und mein bestes Fach.«

»Na so was; schon so viele Gemeinsamkeiten. Aber Sin-

gen, das war mein anderes Lieblingsfach in der Schule.« Lorelei leckte sich über die Lippen, als ob sie erwog, Shona zu verspeisen.
»Ach, Singen ist auch mein –«
»Shona!«, rief ich aus. Ich hielt es nicht mehr aus. »Erzähl ihnen nichts mehr!«
Shona starrte mich an. »Was meinst du, Em? Warum beim Neptun denn nicht?«
»Sie spielen dir was vor! Sie sind böse und gemein, und sie wollen dich für ihre Ziele ausnutzen.«
»Was für Ziele?«
Ich zögerte. »Das weiß ich nicht«, gab ich zu und senkte den Kopf. »Aber glaub mir. Du kannst ihnen nicht trauen!«
Amara stieß ein leises Lachen aus. »Ach je – haben wir da jemanden eifersüchtig gemacht?« Dann streckte sie einen ihrer spindeldürren Finger aus und strich Shona übers Haar. »So hübsch«, sagte sie. »Wenn dein Singen nur halb so schön ist wie dein Äußeres, dann bin ich sicher, dass wir alle es *unbedingt* hören wollen.«
Shona strahlte Amara an.
»Shona, *bitte,* trau ihnen nicht«, flehte ich sie an. »Lass dich nicht täuschen.«
Shona wandte sich nach mir um. »Sie hat recht«, sagte sie und deutete mit dem Daumen auf Amara. »Du bist eifersüchtig. Du willst einfach nicht, dass man mir so viel Aufmerksamkeit schenkt, stimmt's? Meistens stehst ja du

im Mittelpunkt, und jetzt, wo ich mal dran bin, gefällt es dir nicht!«

»Shona, das ist überhaupt nicht so!«, sagte ich. »Warum um Himmels willen sollte ich –«

»Schluss jetzt!«, mischte Lorelei sich plötzlich ein. »Lasst uns zu den anderen gehen und erzählen, dass wir die kleine Sirene gefunden haben.«

Shona war so geschmeichelt, als Sirene bezeichnet zu werden, dass man hätte meinen können, sie sei soeben zur Königin der Meere gekrönt worden.

Amara und Lorelei nahmen Shona ins Schlepptau und schwammen davon. Ehe sie den Raum verließen, packte ich Shona am Arm.

»Shona, wann habe ich dich je angelogen?«, fragte ich. »Wann habe ich zu verhindern versucht, dass du beachtet wirst?«

Sie hielt kurz inne, und sie runzelte die Stirn. »Ich weiß nicht«, sagte sie. »Wahrscheinlich nie.«

»Dann glaub mir«, flehte ich sie an. »Man kann ihnen nicht trauen!«

Amara nahm eine Bürste von einem Steinblock in Morvenas Raum. Mit langen, fließenden Bewegungen bürstete sie Shona damit das Haar. »So seidig«, sagte sie sanft. »Ich glaube nicht, dass ich jemals Haare gesehen habe, die so weich und perfekt waren.« Während sie Shona anlächelte, war ihr Gesicht so voller Staunen und Bewunderung, dass selbst ich mich fast täuschen ließ.

»Du musst dich irren, Em«, sagte Shona leise. »Es tut mir leid. Ich weiß, dass du mich niemals absichtlich daran hindern würdest, etwas Schönes zu erleben; ich hätte das nicht sagen dürfen. Aber man behandelt mich wie die Sirene, die ich immer werden wollte, davon habe ich doch mein Leben lang geträumt! Bitte versuch nicht, mir das zu nehmen«, bat sie.
Ehe ich noch etwas sagen konnte, nahm Lorelei Shona beim Arm. »Komm mit«, sagte sie honigsüß, wenn auch mit zusammengebissenen Zähnen, was Shona wohl nicht bemerkt hatte. »Lass uns gehen.«
»Was ist mit Emily?«, fragte Shona.
Lorelei ließ sie los und kam zu mir. »Ich sage dir was«, flötete sie. »Als Vorzugsbehandlung bekommt Emily eine unserer speziellen Algenpackungen: eine Schönheitskur, die wir erfunden haben. Wie hört sich das an?«
Es klang jedoch eher so, als wolle sie mich in Algen wickeln und auf ewig verrotten lassen. Aber Protest nützte nicht viel, denn schon kam Amara und zog mich aus dem Eingang. Shona schwamm mit Lorelei vor uns her, daher sah sie nicht, dass Amaras Hand mich so fest gepackt hielt, dass ihre Nägel rote Spuren auf meiner Haut hinterließen.

Ich brauchte einige Momente, um zu begreifen, wohin Amara mich gebracht hatte. Ich war wieder in dem Brunnen, nur jetzt war das Loch in der Mauer blockiert. Sie hatte einen Fels davorgeschoben, der zu schwer für mich war, um ihn fortzudrücken.

Ich schwamm umher und tastete die Wände nach einem Ausgang ab. Nichts. Ich versuchte hinaufzuschwimmen. Unmöglich. Der unsichtbare Wasserfall drückte mich immer wieder nach unten.

Ich sank zu Boden und versuchte, mir nicht allzu bildlich vorzustellen, in welch hoffnungslose Lage ich mich gebracht hatte. Wie machte ich das nur immer? Jedes Mal, wenn ich etwas zu unternehmen versuchte, um ein Problem zu lösen, entstand daraus nur ein noch größeres.

Ich sah auf den trüben Meeresgrund hinunter. Zwei runde blaue Fische mit großen orangefarbenen Flossen glitten aufeinander zu. Mit sanften Schlägen umkreisten sie die Grundfläche des Brunnens und jagten sich im Kreis herum. Ich selbst jagte meine trüben Gedanken im Kreis herum, als ich plötzlich etwas hörte.

Ich rollte mich zusammen und umklammerte meine Schwanzflosse mit den Armen. Eine der Sirenen. Hoffentlich war es Morvena. Sie hatte wenigstens nicht ganz so gemein gewirkt wie die anderen.

Aber es kam von oben.

Ich schnellte hoch und reckte den Hals, um den Brunnen hinaufzublicken.

»Emily!«

Mein Herz machte einen Satz. Das klang ja nach … aber das konnte doch nicht sein, oder? Ich wagte es nicht zu hoffen. Bestimmt hatte ich es mir nur eingebildet. Das kam davon, wenn man in einer dunklen Zelle eingesperrt war. Die Hoffnung verließ mich wieder, als sei sie in ein schwarzes, hoffnungsloses Loch unter Wasser gestoßen worden.

»Emily, kannst du mich hören? Bist du da?«

Ich blickte wieder hinauf. Diesmal sah ich auch etwas. Ich bildete es mir *nicht* ein! Am oberen Rand des Brunnens war jemand. Ein Gesicht. Ich konnte ihn nicht deutlich sehen, aber ich wusste, wer es war. Er war es tatsächlich!

»Aaron?«, rief ich. Sein Name hallte im Brunnenschacht wider und lief kreisend nach oben.

»Emily! Wo bist du? Bist du in dem Brunnen?«

»Ja, ich bin hier – kannst du mich sehen? Ich kann dich sehen!«

Aaron schüttelte den Kopf. »Ich kann nichts als Wasser sehen!«, rief er. »Ich bin überall rumgeschwommen. Das hier war meine letzte Hoffnung.«

»Woher hast du gewusst, dass ich überhaupt hier in der Gegend bin?«, rief ich zurück.

Aaron schwieg längere Zeit. Ich konnte ihn immer noch dort über mir sehen, wie er sich über den Brunnenrand beugte. Er antwortete nicht.

»Aaron?«
»Sei nicht böse, aber ich bin dir nachgeschwommen«, sagte er schließlich. »Mandy hat mir erzählt, was passiert ist. Ich wusste, dass du Shona besuchen wolltest, aber ich hab mir Sorgen gemacht. Ich wollte einfach auf dich aufpassen. Dann seid ihr aber beide plötzlich verschwunden, und seitdem suche ich nach euch. Ich hatte so ein schreckliches Gefühl, dass euch was passiert ist.«
Da hatte er ja nicht unrecht gehabt.
»Kannst du raus?«, rief er.
Ich schüttelte den Kopf. »Es ist zu wild.«
»Gut, dann komm ich runter«, rief er. »Warte.«
Ich sah, wie er an den Rand der Felsen schwamm. Einen Augenblick hielt ich den Atem an und erlaubte mir zum ersten Mal zu lächeln, seit das alles angefangen hatte. Aaron war da! Er hatte nach mir gesucht und war gekommen, um mich zu retten!
Da fiel mir etwas anderes ein. »Nein!«, schrie ich. »Nicht runterkommen!«
»Warum? Was ist los?« Aaron klang bestürzt. »Möchtest du mit Shona allein sein? Ich geh wieder, wenn du es willst, wo du ja jetzt okay bist.«
»Nein! Nicht weggehen!«, schrie ich noch verzweifelter. »Aber komm nicht runter.«
»Nicht runterkommen, aber auch nicht weggehen? Was soll ich denn sonst machen?«
»Du kannst nicht runterkommen«, rief ich. »Hier kommst

du nie mehr raus. Sie haben vorhin gesagt: Man kann herein, aber nicht hinaus. Niemand kann das! Ich will nicht, dass du auch noch hier festsitzt.«

»Wer hat das vorhin gesagt?«, fragte Aaron. »Wer ist denn bei dir? Em, ich komme jetzt runter!«

»Nein!«, flehte ich. »Es sind die verschwundenen Sirenen – sie werden hier alle von dem Wasserfall festgehalten. Das ist nichts Natürliches. Es ist Zauberei.«

»Zauberei? Em, sei nicht –« Er verstummte.

»Aaron?«

Eine Ewigkeit sagte er nichts. »Zauberei, sagst du?«, rief er schließlich.

»Ja, als ob sie unter einem Zauberbann stehen oder unter –« Ich verstummte ebenfalls abrupt.

»Emily?«, sagte Aaron atemlos.

»Unter einem Fluch«, fuhr ich fort.

»Denkst du das Gleiche wie ich?«, fragte er.

»Wenn die Sirenen hier durch einen Fluch festgehalten werden, können wir ihn vielleicht aufheben?«

»Genau!«

Aber so schnell meine Hoffnung aufgewallt war, so schnell versiegte sie wieder. »Nur – damit der Zauber wirkt, müssen wir uns doch bei den Händen halten«, sagte ich. »Und wie soll das gehen durch diesen wilden Wasserstrudel?«

»Vielleicht komm ich doch einfach runter, und dann sehen wir weiter?«

»Nein!«, rief ich. »Das Risiko ist zu groß. Wir müssen in dem Wasserfall sein, um ihn abzustellen. Wenn du runterkommst, und wir nicht wieder durch den Wasserfall zurückkommen oder der Zauber nicht funktioniert, dann stecken wir doch *beide* fest.«

»Okay, hör zu«, rief Aaron. Alle Unschlüssigkeit war aus seiner Stimme gewichen. »Schieb dich hoch, so weit du kannst, und streck die Hand aus, so hoch es geht.« Er hatte das Kommando übernommen, und ich schöpfte wieder Hoffnung.

Ich versuchte durch den unsichtbaren Wasserfall zu schwimmen. Der Druck über mir war so stark, dass ich den Kopf senken musste. *Los, kämpfe, schwimm nach oben.*

Ich schlug so fest mit der Schwanzflosse wie möglich und versuchte verzweifelt, weiter nach oben zu kommen. Ich klammerte mich fest an die schartigen Schachtwände und versuchte, mich nach oben zu ziehen – aber es war hoffnungslos. Ich kam nicht weiter. Die Sirenen wussten, wovon sie geredet hatten; es gab kein Zurück.

»Unmöglich«, rief ich.

»Nein – ist es nicht. Sag doch nicht so was.«

»Ich schaff es nicht. Ich kann mich gerade in die Strömung hochziehen, aber höchstens eine Sekunde lang, dann werde ich wieder zurückgeworfen«, antwortete ich. »Es ist zwecklos.«

»Eine Sekunde reicht uns vielleicht schon«, rief Aaron. »Bleib dort – geh nicht weg.«

Wenn ich die Kraft gehabt hätte, hätte ich gelacht. Wo sollte ich denn schon hingehen? Das war es ja gerade, oder nicht?

»Ich bin gleich zurück, okay?«

Ich ließ mich wieder auf den Grund sinken, durchgerüttelt, erschöpft und ratlos.

Zehn Minuten später erschien Aarons Gesicht wieder am Brunnenrand.

»Ich hab's!«, sagte er. »Ich hab mir einen langen Strang Seetang um den Bauch gebunden und ihn hier oben an einem Felsen befestigt. Ich lass mich jetzt langsam runter. Wenn ich *jetzt* sage, zieh dich so hoch wie möglich. Wenn wir uns beide zur gleichen Zeit strecken, dann klappt es vielleicht.«

Das klang, als ob wir nur eine geringe Chance hätten. Aber immerhin war eine geringe Chance besser als alles, was mir bisher eingefallen war. »Okay«, rief ich hinauf.

Ich sah zu, wie Aaron sich in den Schacht hinabließ. Sofort wurde er heftig nach unten gedrückt, wirbelte im Wasser herum und stieß an die Seitenwände. Doch dann kam er nicht mehr weiter herunter. Er war ungefähr bis zur Hälfte unten und wurde in der Strömung hin und her geworfen. Er packte den Algenstrang und ließ ihn noch etwas herunter. Dann hob er zustimmend den Daumen.

Ich schlug mit der Schwanzflosse und machte mich bereit, kräftiger zu schwimmen als je zuvor. Ich tastete die

felsigen Wände ab und suchte nach Halt, um mich hochzuziehen.
Aaron kam immer näher und ließ sich immer tiefer in meine Richtung herab. Ich klammerte mich an der Schachtwand fest und grub meine Finger in die Spalten.
»Jetzt!«, schrie er.
Ich wirbelte die Schwanzflosse wie einen Propeller herum und zog mich so weit hoch, wie ich konnte. Die andere Hand streckte ich nach oben. Ich konnte nichts sehen – die gewaltige Strömung drückte meinen Kopf nach unten. Nichts, nichts. Nur wirbelndes, brodelndes Wasser. Ich krallte mich fester in die Wand, zog mich noch ein kleines Stück höher, schlug mit dem Arm um und tastete blind nach Aarons Hand. *Komm schon, Aaron, wo bist du?*
Und dann spürte ich es. Aarons Hand berührte meine. Nur ein Zucken – unsere Hände streiften sich kaum eine Sekunde lang. Nicht lange genug. Der Wasserfall tobte weiter.
Los – ich halte nicht länger durch.
Ich rutschte wieder abwärts. Uns blieb kaum noch Zeit. Aarons Hand streifte meine erneut. Diesmal packte ich sie, als hinge mein Leben davon ab. Das tat es vielleicht auch.
Seine Hand fühlte sich warm an. Er hielt mich genauso fest – aber nichts geschah. *Bitte hör auf,* sagte ich stumm zu dem Wasserfall. *Bitte beruhige dich.*
Und dann schloss ich erschöpft und ausgepumpt die Au-

gen. Ich war am Ende meiner Kraft. Meine Hand glitt von der Schachtwand, meine Schwanzflosse schlug leblos. Alles war aus.

Als ich die Augen aufschlug, war Aaron vor mir und grinste breit. Ich träumte. Ich musste ohnmächtig geworden sein. Immerhin war es ein schöner Traum. Ich hoffte, dass mich keiner so bald wecken würde.

»Wir haben es geschafft!«, sagte er und löste den Algenstrang von seinem Bauch.

»Bitte? Du meinst, ich bin wach?«

Aaron ließ den Strang los. Er sank langsam schwingend nach unten. »Sieh dich um«, sagte Aaron.

Erst jetzt merkte ich, dass ich keinen Boden unter den Füßen hatte. Wir trieben gemächlich dahin – in dem Brunnen!

»Wir haben es geschafft!«, sagte ich.

Aaron lachte. »Hat das nicht gerade schon mal jemand gesagt?« Er nahm meine Hand und wollte nach oben schwimmen. »Komm, machen wir, dass wir fortkommen.«

Ich zog meine Hand zurück. »Das geht nicht. Nicht ohne Shona.«

»Sie ist auch hier unten?«

Ich nickte. »Ich kann sie nicht im Stich lassen.«
»Nein. Natürlich nicht«, erwiderte Aaron. Er machte kehrt und schwamm nach unten. »Dann komm. Worauf warten wir noch?«
Wir schwammen auf den Grund des Brunnens, als es mir einfiel. »Aaron, wir können nicht raus. Sie haben was vor den Ausgang geschoben.«
Aaron schwamm zu dem Felsbrocken hinüber. Ächzend und Grimassen schneidend drückte er fest dagegen. Der Felsbrocken legte sich etwas schief. »Zusammen schaffen wir es vielleicht«, sagte Aaron. »Hilf mir. Wenn wir ihn hin und her ruckeln, kriegen wir ihn raus.«
Ich schwamm zu Aaron, und wir drückten und stemmten und wirbelten uns mit den Schwanzflossen vorwärts. Schließlich rührte sich der Stein. Nur ganz wenig, aber genug, dass wir durch den Spalt gleiten konnten, einer nach dem anderen.
Ich schwamm als Erste durch. »Komm«, sagte ich, »lass uns nach Shona suchen.«

11

Wir schwammen durch einen Tunnel, der immer tiefer führte und immer schmaler wurde und sich die ganze Zeit mal in die eine, dann wieder in die andere Richtung wand. Seine Decke war zerklüftet und grau, die Seitenwände hatten lauter Löcher, die aber zu klein waren, um hindurchzuschwimmen.

Der Tunnel führte zu einem hohen Bogen. Wir schwammen hindurch in eine offene Halle und sahen uns um. Leer. In der Höhe befand sich eine Reihe knubbeliger Felsen, die aussahen wie ein aneinandergedrängtes Dorf auf einem Berg. Die Steindecke über uns sah aus wie hängende oder gerollte Papierseiten, die heruntertropften. Weiter links stand ein Pfeiler, der wie ein großer Finger nach oben zeigte.

Aaron schwamm auf eine tiefe Einbuchtung zu, die auf einer Seite hohe Wände hatte. »Emily, schau mal!«

Ich schwamm zu ihm hinüber. Es war ein weiterer Tunnel.

»Komm, wir versuchen es mal hier«, sagte ich. Mir war alles recht, um von den seltsamen Felsformationen fortzukommen, die uns alle zu beobachten schienen, sich

über uns lustig machten und jede falsche Bewegung von uns zu verspotten schienen.
Wir schwammen hinein. Einen Augenblick war es pechschwarz, dann waren wir durch. Ich rieb mir die Augen.
»Wir haben es gefunden!«, sagte ich. Es war die Lichtung, wo ich Shona zuletzt gesehen hatte.
»Jetzt müssen wir nur noch rausfinden, wo sie sie hingebracht haben«, sagte Aaron.
Wir schwammen die gewundenen Passagen entlang, die sich durch das Höhlensystem schlängelten, spähten in jede Nische, an der wir vorbeikamen, und riefen nach ihr, so laut wir zu rufen wagten. Sie war nirgends. Der ganze Ort schien verlassen.
»Sieh dir das an!«, sagte Aaron, als wir an einem flachen Felsvorsprung vorbeikamen. Eine hohe, dünne Säule ragte darauf empor wie ein Turm. In einem Märchen wäre es ein Turm gewesen, in dem man jemanden eingesperrt und für immer vergessen hatte.
Ich schauderte und schwamm weiter.
»Warte! Schau mal!«
Aaron kam zu mir. Er meinte eine der Höhlen – die jedoch eine Tür hatte. Eine richtige Tür, nicht einfach ein Gitter aus Felsnadeln wie sonst. Die Tür sah aus, als sei sie aus dem Holz eines Schiffes gemacht – und ein rostiger Riegel war davor.
Ich packte den Riegel. »Er ist verklemmt«, sagte ich. »Hilf mir.«

Zusammen ruckelten wir an dem Riegel und schoben und stemmten ihn allmählich zurück – bis er schließlich aufging. Ich zog die Tür auf und schwamm hinein.

Ich brauchte einen Augenblick, um mich an die Dunkelheit zu gewöhnen. Doch dann sah ich in einer hinteren Ecke etwas auf dem Boden kauern. Ich schwamm schnell hin.

Sie lag zusammengerollt da, die Arme über dem Kopf, die Schultern angezogen, der Nixenschwanz schlaff und leblos.

»Shona!«, schrie ich. Da wandte sie mir ihr tränenüberströmtes Gesicht zu. »Emily«, sagte sie, richtete sich sofort auf und strich sich über die Schwanzschuppen. »Du hast mich gefunden!«

Wir fielen uns in die Arme. »Aber sicher hab ich dich gefunden«, sagte ich. »Was sollte ich denn sonst machen? Dich im Stich lassen?« Ich zog sie zur Tür hinüber. »Komm.«

Da bemerkte sie Aaron. »Aaron! Wie bist du denn –«

»Das erklären wir dir später«, sagte Aaron. »Lass uns erst abhauen.«

Shona zögerte. »Wartet – ich muss euch erst was sagen.«

Ich seufzte. »Bitte, Shona. Ich weiß, dass du die Sirenen für was ganz Tolles hältst, aber ich sag dir, das stimmt nicht. Du musst mir glauben. Sie –«

»Emily, halt«, sagte sie bestimmt. »Ich halte sie überhaupt nicht mehr dafür. Das hab ich dir sagen wollen.«

Sie ließ den Kopf hängen. »Ich war ein dummer Rochenkopf«, sagte sie leise. »Ich hätte auf dich hören sollen. Ich hätte dir vertrauen sollen. Du hast mich noch nie im Stich gelassen und würdest es auch nie tun. Es tut mir leid.«
»Was ist denn passiert?«, fragte ich. »Wie bist du hier gelandet?«
Shonas Augen füllten sich mit Tränen, die in der Dunkelheit glitzerten. »Sie haben mich singen lassen«, sagte sie. »Aber sie haben gesagt, dass mein Gesang nicht gut genug sei.«
»Das haben sie zu mir auch gesagt«, berichtete ich. »In meinem Fall hatten sie natürlich recht.« Ich lachte, und Shona lächelte ein wenig. »Aber du bist eine *geniale* Sängerin. Sie wissen nicht, wovon sie reden!«
Shona wischte sich mit dem Handrücken über die Augen. »Sie haben mir ihre Geschichte erzählt.«
Aaron kam durch den Raum geschwommen und hielt neben mir an. »Was für eine Geschichte?«
»Wie sie hier unten gelandet sind. Sie haben gesagt, dass sie seit vielen Jahren hier festsitzen. Ihr ganzes Leben waren sie Freundinnen gewesen. Eine von ihnen – Melody – war die beste Sängerin gewesen, die man je im Meer gehört hatte.«
»Das ist die, von der euch Miss Merlin erzählt hat?«, sagte ich.
Shona nickte. »Aber dann ist was passiert. Sie war lange verschwunden, und als sie wiederkam, konnte sie nicht

mehr singen. Bei jedem Versuch kamen nur furchtbare Geräusche heraus. Melody sagte, sie müsse ihr Heim sofort verlassen. Die anderen wussten nicht, warum, aber weil sie alle so gute Freundinnen waren, sagten sie, dass sie mitkommen würden.«

»Und sie sind hierhergekommen?«, fragte Aaron.

»Ja. Sie behauptete, dass sie nur für kurze Zeit hier bleiben müssten. Aber dann passierten auf einmal lauter schlimme Sachen. Die anderen Sirenen verloren ihre Singstimmen ebenfalls. Und dann setzte der Wasserfall ein – und hat seitdem nie wieder aufgehört. Nur durch ihn kommt man hinein, und es ist unmöglich, durch ihn wieder hinauszugelangen.«

Ich wollte Shona sagen, dass sie unrecht hatte – wir würden jetzt gleich wieder hinauskommen! Aber ich wollte die Geschichte erst zu Ende hören.

»Melody sagte, das Einzige, was die Kraft des Wasserfalls besiegen könnte, sei der Klang eines Sirenenliedes. Sie sagte, wenn sie ihre Stimmen wiederfänden, dann könnten sie auch raus.«

Plötzlich passte alles zusammen. »Deshalb wollten sie unbedingt, dass wir singen«, sagte ich.

»Sie sahen so glücklich aus, als ich zu singen anfing. Aber eine von ihnen ging hinaus, um den Wasserfall zu beobachten.« Shona sah zu Boden. »Sie hat dich da draußen zusammengekauert auf dem Boden liegen sehen. Sie berichtete den anderen …« Sie verstummte.

»Was hat sie ihnen berichtet?«
»Dass du echt verängstigt und elend ausgesehen hast. Darüber haben sie alle herzlich gelacht.«
Ich war nur froh, dass sie nicht erst gekommen war, als wir die Kraft durchbrochen hatten! Sollten sie sich doch über mich lustig machen, wenn sie wollten. Wer zuletzt lacht, lacht am besten.
»Als sie zurückkam und sagte, dass sich nichts verändert hätte, waren sie plötzlich wie verwandelt. Sie gingen auf mich los, fauchten mich an, sagten, mein Gesang sei – sei –« Shona brach ab.
Ich schwamm zu ihr hin. »Was haben sie gesagt?«, fragte ich leise.
Shona sah mich mit großen, traurigen Augen an. »Sie sagten, mein Singen sei nicht schön genug. Sie sagten, es könne nicht gut genug sein, denn sonst hätte es gewirkt.«
»Und dann haben sie dich hier eingesperrt?«, fragte Aaron.
Shona nickte.
Ich nahm ihre Hand. »Mach dir nichts draus«, sagte ich. »*Ich* finde dein Singen schön, egal, was so ein paar dumme alte Sirenen sagen. Und übrigens, das sagt deine Gesangslehrerin auch, das ist doch entscheidend!«
Shona zog die Nase hoch. »Aber sie sind *echte Sirenen*! Sie kennen sich doch am besten aus, oder?«
Ich schob einen Finger unter Shonas Kinn und hob ihr

Gesicht an, so wie Mum es bei mir macht, wenn sie sichergehen will, dass ich zuhöre. »Ihre Meinung zählt überhaupt nicht. Sie wissen nicht, wovon sie reden. Sie sind verbitterte, verdrehte, böse Sirenen, die selbst nicht mehr singen können. Sie würden ein schönes Sirenenlied nicht mal erkennen, wenn es ganz dicht herankäme und ihnen eins auf die Kiemen geben würde! Verstanden?«

Shona brachte ein halbes Lächeln zustande. »Verstanden«, sagte sie nicht ganz überzeugt.

»Und überhaupt«, fuhr ich fort. »Rate mal, was? Wir können raus!«

»Das kann nicht sein! Die Sirenen haben behauptet, es geht nur mit dem Singen.«

»Tja, ein Beweis mehr, dass sie keine Ahnung haben, denn wir haben einen Weg gefunden, um den Wasserfall anzuhalten!« Ich schwamm zur Tür zurück.

»Echt? Aber das geht doch nicht!«

Ich streckte den Kopf durch die Tür, um nachzusehen, ob die Luft rein war. »Doch, es ging!«, sagte ich. »Wir erzählen dir alles auf dem Heimweg.« Ich schwamm hinaus in die dunklen Gänge und winkte den anderen, mir zu folgen. »Kommt«, sagte ich, »nichts wie raus hier!«

»Versuch's noch mal!«, rief ich nach unten. »Du musst irgendwas falsch machen.«
Aaron und ich hatten den halben Brunnenschacht hinter uns, aber Shona war noch immer unten und strampelte ohne Erfolg auf dem Meeresgrund herum.
»Ich kann nicht«, rief sie. »Es ist zu mächtig.«
»Warte, ich helf dir.«
Ich schwamm zurück und ergriff Shonas Hand, dann kehrte ich in den Schacht zurück und versuchte sie mitzuziehen, aber es klappte nicht. Allein konnte ich durch das klare Wasser aufsteigen, aber sie konnte ich nicht mitziehen. Irgendwas zerrte sie zurück.
Aaron kam zu uns zurückgeschwommen. »Was gibt's für ein Problem?«
»Ich kann sehen, wie klar das Wasser ist«, sagte Shona. »Aber wenn ich versuche hineinzuschwimmen, ist es, als ob der Wasserfall noch an ist und mich zurückwirft. Ich kann nicht durchschwimmen.«
Genau, wie es bei mir gewesen war, ehe Aaron und ich den Zauber im Brunnen gebrochen hatten.
Shona kniff die Lippen zu einer dünnen Linie zusammen. »Geht ihr«, sagte sie kurz.
»Was?«
»Hört mal, es ist doch offensichtlich, was los ist. Du und Aaron, ihr könnt durch. Ihr habt die Macht dazu – aber es klappt nur bei euch.«
»Shona hat recht«, sagte Aaron.

Ich sah die beiden an. Meine beiden besten Freunde. Oder meine beste Freundin und – na ja, ich wusste immer noch nicht so genau, was Aaron war. Und ich wusste auch nicht, warum der Wasserfall nur bei uns stillstand. Wir hatten wohl eindeutig nicht so viel Macht, wie wir uns eingebildet hatten. Tja, das klang logisch. Wenn Neptun seine Finger im Spiel hat, ist nie etwas gradlinig und einfach.

Eines wusste ich aber, nämlich, dass wir drei da zusammen drinsteckten.

»Wir lassen dich nicht allein«, sagte ich zu Shona.

»Ihr habt keine Wahl.«

»Doch, haben wir wohl«, sagte Aaron. »Glaubst du etwa, wir können einfach gehen und lustig davonspazieren, während du hier festsitzt?«

»Aber –«

»Nichts aber«, sagte ich. »Was immer wir unternehmen, wir machen es zusammen. Keiner geht irgendwohin, bis wir wissen, wie wir alle rauskommen. Abgemacht?«

Aaron und Shona sahen sich an, dann drehten sie sich zu mir um. »Abgemacht«, sagten sie gleichzeitig.

»Gut!« Ich überlegte. »Jetzt brauchen wir nur noch einen Plan.«

Schweigend saßen wir da und dachten alle nach. Meine Gedanken führten nicht viel weiter, deshalb machte ich mir nicht die Mühe, sie auszusprechen. Wahrscheinlich ging es den anderen ähnlich.

Ich beobachtete einen einsamen Fisch, der vor mir herumglitt, ein paar Sekunden auf dem Grund herumpickte und dann weiterschwamm. Er wirkte so zielsicher. Er wusste, wohin er wollte und wie er dort hinkam. Würden wir das jemals wieder von uns sagen können?

Ein plätscherndes Geräusch außerhalb des Brunnenschachts drang in mein Bewusstsein. Sekunden später wurde der Algenvorhang angehoben. Es kam jemand!

Wir sprangen alle drei auf und schwammen so weit weg wie möglich. Während wir uns an die Felswand drückten, betete ich, dass wir vielleicht irgendwie unsichtbar würden im dunklen Schatten des Brunnens.

Einen Augenblick später erschien ein Gesicht, und eine der Sirenen kam herein.

Sie sah sich um und entdeckte uns sofort. Sie strich sich das Haar aus dem Gesicht, kam auf uns zugeschwommen und lächelte. »Da habe ich euch ja gefunden!«, sagte sie.

Ich löste mich von der Wand und schwamm in die Mitte des Brunnens. »Bloß keine Mätzchen. Wir sind zu dritt, und du bist allein«, sagte ich und versuchte, meine Stimme kräftig und tapfer klingen zu lassen. Was leichter gesagt als getan ist, wenn einem die Flossen bibbern vor Angst und jeder das sehen kann.

Die Sirene kam auf mich zu. Instinktiv rückte ich ab.
»Ich tu euch doch nichts«, sagte sie sanft. Da erkannte ich sie. Es war diejenige, die vorhin ganz nett gewesen war. Morvena.
Aaron kam ebenfalls angeschwommen. Er plusterte gewaltig die Brust auf, reckte das Kinn und schlug heftig mit der Schwanzflosse, um größer zu wirken. Er ließ sich kein bisschen davon beeindrucken, dass er zum ersten Mal eine dieser Sirenen sah. Oder falls doch, dann zeigte er es nicht. »Warum sollten wir dir glauben?«, fragte er. »Warum sollten wir überhaupt auf dich *hören*?«
Morvena sah Aaron fest an. »Ich kann euch nicht zwingen, mir zuzuhören oder mir zu glauben. Aber ich hoffe, dass ihr es trotzdem tut.«
»Warum?«, fragte Shona. Sie drückte sich noch an die Felsen auf der anderen Seite des Brunnens.
Morvena schwamm zu ihr hinüber, und Shona zuckte zusammen. Die Sirene antwortete freundlich. »Weil ich glaube, dass wir einander helfen können.«
»Warum sollten wir *euch* wohl helfen?«, fragte Aaron.
Ich berührte seinen Arm. »Warte – lass sie doch mal erzählen. Ich glaube, sie ist anders als die übrigen.«
Morvena neigte ein wenig den Kopf. »Danke«, sagte sie. Dann deutete sie nach oben. »Ich habe gesehen, was ihr da gerade gemacht habt«, sagte sie. »Ich bin euch gefolgt, um sicherzugehen, dass euch nichts passiert.«
»Warum sollte dich das kümmern?«, fragte Shona. Sie

war offensichtlich noch nicht bereit zu glauben, dass uns irgendeine der Sirenen wohlwollend gegenübertrat.
»Ich weiß, wie die anderen sind«, sagte Morvena. »Ein paar von ihnen zumindest. Ihr seid Kinder. Ihr seid keine Feinde – und ich bin kein Ungeheuer.«
»Und, was hast du gesehen?«, fragte Aaron. Seine Schwanzflosse zuckte nervös.
»Ich habe gesehen, wie ihr das Unmögliche gemacht habt«, sagte sie. Ihre Augen waren groß und schimmerten. »Ich habe euch in den Brunnen schwimmen sehen.« Sie drehte sich zu mir. »Warum seid ihr nicht davongeschwommen?«
»Es ging nicht«, sagte ich. »Shona hat es nicht geschafft. Nur Aaron und ich können durchschwimmen.«
»Und wie ist es euch beiden gelungen?«, fragte Morvena.
Ehe ich antworten konnte, stieß Aaron mich mit dem Ellbogen an. »Wir plaudern unsere Geheimnisse lieber nicht gleich aus«, sagte er. »Du musst uns erst etwas geben. Einen Grund, warum wir dir trauen können.«
Morvena stieß einen Seufzer aus. Er klang nach hundert Jahren Traurigkeit und Kummer.
»Wir können selbst nicht hinaus«, sagte sie.
»Das wissen wir – weil man euch eure schönen Stimmen genommen hat«, sagte Shona aus ihrer Ecke. Sie hatte sich immer noch nicht gerührt.
Morvena schüttelte den Kopf. »Das ist nur ein Teil der

Geschichte«, sagte sie. »Um genau zu sein, bin ich sicher, dass Singen gar nichts damit zu tun hat, dass wir hier festsitzen. Ich habe es schon seit langer Zeit vermutet, aber der heutige Tag hat es bestätigt.«

»Was meinst du?«, fragte ich. »Ich dachte, dass ihr Shona genau das erzählt habt.«

»Haben wir auch – oder zumindest die anderen. Ich habe den Mund gehalten, wie ich es oft mache, wenn ich nichts Hilfreiches zu sagen habe.« Sie wandte sich wieder an Shona, neigte den Kopf und sagte mit sanfter Stimme: »Dein Singen war das Schönste, was man seit Jahren in diesen Höhlen gehört hat. Es kam sogar vielleicht an Melodys Stimme heran, die sie in deinem Alter hatte.«

Shona wurde auf der Stelle rot. »Aber die anderen«, sagte sie. »Sie haben gesagt, dass mein Gesang schrecklich war. Dass er nutzlos war!«

»Weil sie dachten, der Klang einer schönen Stimme könnte unser Gefängnis öffnen und uns hinauslassen. Doch als du gesungen hast, ist nichts passiert, und sie sind wütend geworden. Ich jedoch nicht, verstehst du, weil ich besser Bescheid weiß als sie.«

Aaron schwamm auf sie zu. »Und was weißt du? Warum willst du mehr wissen als die anderen?«, fragte er mit verschränkten Armen. »Und warum sollten wir dir glauben?«

Morvena holte Atem. »Passt mal auf«, sagte sie. »Ich

schlage euch einen Handel vor. Ich erzähle euch alles, was ich weiß, wenn ihr versprecht, uns zu helfen.«
Shona und ich sahen uns an. Sie nickte unmerklich. Ich sah Aaron an, und er tat das Gleiche. »Okay«, sagte ich zu Morvena. »Wir versprechen es.«

»Vor vielen Jahren – inzwischen ist es so lange her, dass es wie aus einem anderen Leben zu sein scheint – kam Melody zu mir. Ich war ihre beste Freundin. Das bin ich immer noch.« Morvena machte eine kurze Pause. »Inzwischen bin ich ihre *einzige* Freundin.«
»Warum?«, fragte Shona. »Was ist mit den anderen?«
»Sie geben ihr die Schuld für alles, was hier passiert ist. Und in gewisser Weise haben sie ja recht. Aber was für einen Sinn hat es, jemandem ewig Vorwürfe zu machen? Dadurch kommen wir hier auch nicht schneller hinaus. Es macht das Leben hier nur noch ungenießbarer, als es schon ist.«
»Du warst also ihre beste Freundin«, forderte Shona sie zum Weitermachen auf.
»Ja. Wir haben einander alles erzählt – oder zumindest dachte ich das. Bis zu dem Tag, an dem sie verschwand.«
»Sie verschwand?«, sagte ich. »Was war denn mit ihr?«
»Das habe ich nie herausbekommen. Sie war fast ein Jahr

fort. Eines Tages tauchte sie jedoch wieder auf, völlig unerwartet und so verzweifelt, dass ich schon dachte, sie würde sterben.«

»Was geschah dann?«, fragte Aaron.

»Sie sagte, es sei etwas Schlimmes geschehen. Etwas so Schlimmes, dass sie in Angst und Schrecken sei. Sie beschloss, dass ihr nichts anderes übrigblieb, als unterzutauchen, auch wenn sie sicher war, dass es nur vorübergehend nötig sei. Sie bat mich um dreierlei. Erstens, dass ich sie nie fragen würde, was sie gemacht hatte; zweitens, dass ich den anderen nie erzählen würde, in was für einem Zustand sie sich befand; und drittens, dass ich sie nie im Stich lassen würde.«

»Und was hast du geantwortet?«, fragte Shona. Ihre Augen waren weit aufgerissen, und ihre Schwanzflosse schlug sanft.

»Ich versprach ihr alles ohne Zögern. Wie gesagt, sie war doch meine beste Freundin. So muss es doch sein.«

Ich warf Shona einen kurzen Blick zu. Sie lächelte mir zu und wurde ein wenig rot. »Ich weiß, was du meinst«, sagte sie.

Morvena strich Shona über die Wange. »Ich weiß doch«, sagte sie mit einem bekümmerten Lächeln. Wir verstummten alle. Selbst die Fische schienen auf einmal langsamer und ernster herumzuschwimmen.

»Und wie ist es dann weitergegangen?«, fragte Aaron nach einer Weile.

»Ich sagte den anderen, dass Melody und ich eine Zeitlang verschwinden würden, und sie wollten alle mitkommen. Wir alle hatten Melody doch so lange nicht gesehen; wir wollten alle zusammen sein. Wir waren so gute Freundinnen in jenen Tagen. Immer lachten wir oder sangen wir. Melody wollte jedoch nicht, dass die anderen mitkamen; eigentlich wollte sie nicht mal, dass ich mitkam. Sie bildete sich ein, sie würde uns in Gefahr bringen. Aber sie hatte auch Angst, daher bestand ich darauf mitzukommen.«

»Und die anderen?«, fragte ich.

»Melody konnte sie doch nicht davon abhalten, ohne unhöflich oder undankbar zu wirken, daher willigte sie ein. Denkt daran, wir dachten, es würde sich nur um ein paar Tage handeln. Das hatte Melody mir gesagt; weil sie es geglaubt hatte.«

»Wussten die anderen das mit der schlimmen Sache, was immer das auch war?«, fragte Aaron.

»Melody war bemüht, es geheim zu halten, aber sie wussten, dass irgendwas los war. Zum einen sang sie nicht mehr. Sie hat seit dem Tag ihrer Rückkehr nicht mehr gesungen. Zuerst dachten wir, dass sie einfach keine Lust hätte. Erst später – als auch wir anderen unsere Singstimmen verloren hatten – begriffen wir, was mit ihr passiert war: der Verlust ihrer Stimme.«

Morvenas Geschichte fesselte mich. »Hat Melody irgendwann erzählt, was damals geschehen war?«, fragte ich.

»Nein. Und sie wussten, dass man sie nicht drängen durfte. Melody ist immer stolz und aufrecht gewesen. Wenn sie mal beschlossen hatte, etwas nicht zu tun, dann blieb sie bei ihrem Entschluss, egal, was kam. Sie wollte nicht, dass wir anderen ihretwegen litten, und sie wollte uns auch nicht merken lassen, wie unglücklich sie war. Ich bin die Einzige, die ihren Kummer tatsächlich gesehen hat, und selbst ich weiß nicht, was ihn ausgelöst hat.«

»Sie hat es dir nie erzählt?«, stieß Shona hervor. »Ich dachte, du warst ihre beste Freundin!«

»Selbst die beste Freundschaft bedeutet nicht, dass man immer alles bis ins Kleinste von sich erzählen muss, weißt du? Freundschaft bedeutet auch, dass man genug Vertrauen hat, um der anderen ihre Geheimnisse zu lassen und doch für sie da zu sein.«

Shona rümpfte die Nase. »Ach, ich weiß nicht«, sagte sie. »Ich kann mir nicht vorstellen, *jemals* Geheimnisse vor Emily zu haben.«

»Ich auch nicht«, sagte ich, aber ich bekam heiße Ohren dabei. Verheimlichte ich Shona etwas, indem ich ihr nicht von meinen Gefühlen für Aaron erzählte? Oder hatte ich nur deshalb nicht darüber geredet, weil ich mir selbst nicht sicher darüber war?

»Kurz und gut, wir kamen hierher«, fuhr Morvena fort. »Es war wie ein kleines Abenteuer – fast wie eine Ferienreise. Ein paar Tage waren wir ganz hochgestimmt. Und dann trat die Veränderung ein.«

»Was für eine Veränderung?«, fragte Aaron.

Morvena deutete mit einer Kopfbewegung nach oben. »Zum einen der Wasserfall. Deswegen war das hier ja so ein gutes Versteck.«

»Woher wusstet ihr überhaupt von der Stelle hier?«, fragte Shona.

»Eine der anderen Sirenen hatte Melody davon erzählt.« Morvena zog scharf die Luft ein. »Zalia. Keine Ahnung, wie sie herausgefunden hat, dass wir nach einem Versteck suchten. Das ist etwas anderes, was Melody nie erzählt hat. Und wahrscheinlich werde ich auch nie erfahren, ob sie wusste, was passieren würde. Ob sie sogar irgendwas damit zu tun hatte. Meine eigene Theorie ist, dass Zalia von Anfang an eine Verräterin war – und sie war auch diejenige, die schuld daran ist, dass man uns hier eingesperrt hat.«

Shona starrte Morvena mit großen Augen an. »Und seitdem seid ihr hier?«

»So lange, dass ich nur weiß, dass es mehr Jahre sind, als ich Falten habe«, erwiderte Morvena mit dem Versuch, witzig zu sein. »Nachdem uns der Wasserfall einsperrte, hat sich alles ziemlich rapide verändert. Noch am selben Tag bemerkten wir, dass unsere Stimmen rauer klangen. Dann entdeckten wir, dass wir gar nicht mehr singen konnten.«

»Und deshalb konntet ihr nicht mehr raus?«

Morvena schüttelte den Kopf. »Wie ich schon sagte, ich

habe nie geglaubt, dass das Singen etwas mit dem Wasserfall zu tun hat.« Sie sprach Shona an. »Und du hast mich total überzeugt. Wenn dein Singen nicht gut genug war, um dem Tosen Einhalt zu gebieten, dann kann es auch das einer anderen nicht.«

Shona wurde rot wie eine Tomate. Morvena fuhr fort: »Wir wussten, dass Melody für irgendwas bestraft wurde. Aber da sie uns gesagt hatte, dass wir uns nur ein paar Tage verstecken müssten, glaubten wir alle, dass es sich nicht um etwas besonders Ernstes handeln konnte. Wir dachten alle, unsere Stimmen würden bald wiederkommen.«

»Taten sie aber nicht«, sagte Shona.

Morvena schüttelte den Kopf. »Eines Tages – noch ganz am Anfang – fingen die anderen an durchzudrehen. Ständig jammerten und schrien sie – es war furchtbar. Da behauptete Melody, dass uns ein Sirenenlied befreien würde und dass wir einfach ruhig und geduldig warten sollten, dass unsere Stimmen zurückkämen. Das half – insofern, als die Panik der anderen nachließ.«

»Und dann, was ist dann geschehen?«, fragte ich.

Morvena sah mich an. »Das Warten begann«, sagte sie. »Während der langen Jahre des Wartens haben sich die anderen immer fester an diese Hoffnung geklammert. Es ist zu einer Art Glauben geworden; sie glauben an nichts anderes; darin sehen sie ihre unmögliche Rettung.«

»Aber du glaubst das nicht?«, fragte ich.

»Nein. Eines Tages ging ich zu Melody in ihr Gemach.

Von außen konnte ich sehen, dass sie weinte, und ich wusste, dass sie nicht gewollt hätte, dass ich das sah. Daher wartete ich. Aber statt mich abzuwenden, beobachtete ich sie. Sie hatte etwas in den Händen. Etwas, das ich noch nie gesehen hatte.«

»Was denn?«, fragte ich.

»Eine Muschel. Eine Tiefseeschnecke. Weiß, mit goldener und silberner spiralförmiger Zeichnung.«

»Zischig!«, hauchte Shona.

»Sie hielt sie vor sich und redete damit. Einmal küsste sie sie sogar! Zuerst überlegte ich, ob unsere Gefangenschaft sie verrückt werden ließ. Aber die Szene hatte etwas, das mich neugierig machte. Ich schwamm näher heran. Aus dem Verborgenen horchte ich, was sie zu der Muschel sagte.«

»Was sagte sie?«, fragte ich.

»Sie flehte die Muschel an«, sagte Morvena. »Es brach mir fast das Herz, sie zu hören. Sie bat um Hilfe. Sie flehte die Muschel an.«

»Was meinst du?«, fragte Aaron. »*Eine Muschel anflehen?* Was sagte sie?«

»Immer wieder das Gleiche, wieder und wieder und wieder. *Bitte, bitte, hol uns hier raus. Nimm den Fluch von uns und hilf mir, dich zu finden.* Ich habe sie das immer wieder sagen hören. Um genau zu sein, ich glaube, sie hat das jeden einzelnen Tag und jede Nacht gemacht, seit wir hier sind.«

»Weiß sie, dass du sie beobachtet hast?«, entfuhr es Shona, die eindeutig genauso entsetzt war von der Vorstellung, dass man seine beste Freundin belauschen konnte, wie von der Vorstellung, Geheimnisse vor ihr zu haben.

Morvena schüttelte den Kopf, und ihr langes silbernes Haar wallte ihr über den Rücken. »Ich kenne sie gut genug, um zu wissen, dass sie am Boden zerstört wäre, wenn sie wüsste, dass ich sie so verzweifelt gesehen habe.« Sie lächelte bitter. »Ich habe auch meine Geheimnisse vor ihr. Um sie zu schützen.«

Diese Sache mit der besten Freundin wurde allmählich immer komplizierter. »Sie beschützt also dich, damit du nicht verzweifelst, indem sie nicht vor dir weint, und du beschützt sie davor, sich nicht zu grämen, indem du ihr nicht erzählst, dass du sie weinen gesehen hast?«

Morvena stieß ein leises Lachen aus. »Kurz gesagt, ja.«

Aaron schnalzte mit der Schwanzflosse, und sie blitzte auf. Er wurde ungeduldig. »Und wie passen *wir* in die ganze Geschichte?«, fragte er. »Du hast gesagt, du würdest uns deine Geschichte erzählen, wenn wir versprechen, euch zu helfen. Was sollen wir machen?«

Morvena blickte ihm fest in die Augen. »Ich weiß nur, dass ihr irgendwelche magischen Kräfte habt. Ihr könnt durch den Wasserfall! Das hat bisher noch niemand geschafft – nicht mal die Seewesen, die hier unten bei uns sind. Sie können herein. Aber wie wir können sie nicht hinaus.«

»Aber nur wir zwei konnten raus«, sagte ich. »Nur Aaron und ich. Shona konnten wir nicht mitnehmen.«

»Ich weiß. Das habe ich auch gesehen.«

»Dann verstehe ich nicht, wie wir helfen sollen?«

»Hört mir zu. Folgendes: Ihr habt magische Kräfte. Ihr könnt Dinge tun, die wir alle nicht können. Richtig?«

Ich sah Aaron an. »Richtig«, sagte er.

»Und nach dem, was ich hier drin beobachtet habe, bin ich von einer Sache überzeugt. Melodys Muschel ist der Schlüssel nach draußen. Was immer es ist, das Melody verloren hat, was immer sie mit Hilfe der Muschel finden will, ist unsere einzige Hoffnung, da bin ich sicher. Auch wenn sie uns glauben machen wollte, dass der Weg hinaus durch Singen erreicht werden kann, bin ich sicher, dass das immer nur ein Ablenkungsmanöver war. Sie wollte uns andere beruhigen und verhindern, dass wir sie zu genau ausfragen und die Wahrheit herausfinden, die sie so geheim halten will. Nicht mal ich bin ihrem Geheimnis einen Millimeter näher gekommen. Ich weiß nur, dass die Muschel das Einzige ist, von dem *sie* glaubt, dass es uns retten kann.«

»Okay, so weit stimme ich zu«, sagte ich. »Aber ich verstehe immer noch nicht, wie –«

»Warte«, sagte Morvena. »Warte hier.« Dann schwamm sie zu der Öffnung und durch den Algenvorhang. Sie war mindestens fünf Minuten fort. Als sie zurückkam, hielt sie etwas in den Händen.

Sie öffnete die Hände und zeigte uns eine glitzernde, wunderschöne Perlmuttmuschel. »Sie holt sie pünktlich jeden Morgen und jeden Abend hervor, aber dazwischen niemals«, sagte sie. »Bis heute Abend wird sie sie nicht vermissen.«

»Du hast sie ihr gestohlen!«, rief Shona aus. Ihre Vorstellung davon, was es heißt, eine beste Freundin zu sein, wurde zerschmettert.

»Ich habe sie *ausgeliehen*, um uns allen zu helfen«, stellte Morvena klar. »Melody bekommt sie zurück, ehe sie merkt, dass sie fehlt. Welche Kräfte die Muschel hat – vielleicht könnt ihr sie hervorbringen, vor allem, wenn ihr sie von hier fortbringt. Dieses Gefängnis hat uns alle eingekerkert, hier unten kann die Muschel ihr Geheimnis also nie mitteilen.«

»Was ist, wenn du dich mit diesen Vermutungen täuschst?«, fragte ich.

»Solange die Muschel heute Abend wieder in Melodys Gemach ist, haben wir nichts verloren, selbst wenn ich unrecht habe. Wenn ich recht habe und ihr der Muschel das Geheimnis entlocken könnt, dann könnt ihr uns vielleicht alle retten.« Sie sah Shona an, dann mich. »Einschließlich deiner besten Freundin«, setzte sie hinzu.

Ich sah Aaron an. »Was meinst du? Sollen wir?«

Aaron zuckte die Schultern. »Wie Morvena sagte: Was haben wir zu verlieren?«

»In Ordnung«, sagte ich und streckte die Hand aus, um

die Muschel von Morvena in Empfang zu nehmen. »Wir machen es.«

Aaron und ich schwammen den Brunnen hinauf. Als ich hinunterblickte, konnte ich sehen, wie Shona und Morvena uns nachblickten. »Pass auf sie auf!«, rief ich nach unten. »Schütze sie vor den anderen!«

»Versprochen«, rief Morvena zurück. Sie zog Shona an sich und legte ihr beschützend den Arm um die Schulter.

»Ich glaube, wir können ihr vertrauen«, sagte Aaron zu mir. »Nach allem, was sie uns heute erzählt hat, hat sie genauso viel zu verlieren wie wir anderen.«

»Stimmt wohl«, sagte ich und umfasste seine Hand fester. Mit der anderen Hand hielt ich die Muschel fest. Ich schnalzte kräftig mit der Schwanzflosse.

Augenblicke später waren wir durch die obere Öffnung und schwammen davon, weg von den Sirenen und von den Höhlen, weg von Shona – und nahmen zwei Dinge mit: die Muschel und eine Frage, auf die ich keinerlei Antwort wusste.

Wie sollten wir der Muschel ihren Zauber entlocken und Shona da unten herausholen?

12

Ich wollte nicht nach Hause. Eigentlich wollte ich überhaupt nicht nach Brightport. Ich hatte das mit der Zeitung und alles, was geschehen war, ehe ich die Sirenenhöhlen gefunden hatte, fast schon vergessen gehabt. Als ob es Jahre zurückliegen würde, so kam es mir vor! Aber jetzt, wo wir wieder in der Stadt waren, kam alles wieder zurück.

»Ich will keinen sehen«, sagte ich, als wir aus dem Meer auf den Strand krochen und unsere Kleider trocken schüttelten.

»Geh doch lieber schnell zu dir nach Hause, und lass deine Mutter wissen, dass alles in Ordnung ist«, meinte Aaron. »Dann komm zu unserem Haus. Wir machen es dort.«

Zögernd stimmte ich zu und machte mich auf den Weg zum Schiff. Es war nicht so, dass ich Mum nicht sehen wollte. Ich wollte nur nicht auf den Pier oder den Anleger, ich wollte nirgends vorbeimüssen, wo ich jemandem begegnen konnte, der mein Gesicht möglicherweise aus der Zeitung wiedererkannte und ein Meermädchen fangen wollte.

»Beeil dich«, rief Aaron mir nach. »Wir haben nicht viel Zeit.«
Aaron hatte ja recht. Ich müsste so schnell wie möglich nach Hause. Am besten vermied ich jeglichen Augenkontakt unterwegs. Ich würde Mum sagen, dass alles in Ordnung sei, ein falsches Lächeln aufsetzen und eiligst zu Aaron zurückkehren.
»Bin in fünf Minuten zurück«, rief ich über die Schulter. Dann rannte ich nach Hause.

Mum saß mit Millie und Aarons Mutter auf dem Vorderdeck. Ich konnte sie vom Ende des Anlegers schon erkennen. Ich war froh, Aarons Mutter hier zu sehen, denn das bedeutete, dass bei Aaron zu Hause die Luft rein war.
»Hi!«, sagte ich mit einem harmlosen Grinsen. Mum sah auf und blickte mich mit einem so unschuldigen Lächeln an, dass ich fast glauben konnte, der ganze Morgen sei ein Gebilde meiner Phantasie gewesen.
»Emily, Liebling!«, sagte sie und winkte mich herüber. »Ich dachte, du bist den ganzen Tag bei Shona.«
»Wirklich?«, fragte ich nervös. »Wie bist du darauf gekommen?«
»Mandy war hier und hat es ausgerichtet. Schön, dass ihr wieder Freundinnen seid, nicht?«

»Ach so, ja, stimmt.« Ich hatte ganz vergessen, dass ich Mandy darum gebeten hatte. War das heute Morgen gewesen? Es kam mir vor, als sei es eine Ewigkeit her.

»Komm und setz dich zu uns, Zuckerschnute«, sagte sie.

Millie leerte ihre Tasse. »Sei ein Schätzchen und geh erst mal kurz rein und setz den Kessel wieder auf, ja?«, sagte sie. »Ich könnte noch einen Earl Grey abmurksen.«

Wie in Trance ging ich hinein und stellte den Elektrokessel an. Wie konnten sie hier so gelassen und locker rumsitzen, während andere für ein paar Pennys auf Nixenjagd waren? Oder während Shona bei den fiesesten Sirenen der Welt in einer unterirdischen Höhle festsaß? Das alles kam mir so unwirklich vor.

»Ich wollte dir nur sagen, dass ich drüben bei Aaron bin, falls du mich brauchst«, sagte ich, als ich wieder herauskam.

»Ach, Kleines, bleibst du nicht ein bisschen bei uns?« Mum sah mich fragend an.

»Später, okay?« Ich versuchte so zu klingen, als ob alles ganz normal sei. Ich wollte gar nicht erst anfangen, Mum die Sache zu erklären – nicht nach allem, was mit ihren Eltern gelaufen war und so. Ich wandte mich schnell ab, ehe ich Enttäuschung in ihrem Blick sehen konnte.

Lässig schlenderte ich den Anleger entlang. Meine Wangenknochen taten weh von dem falschen Grinsen, und meine Arme und Beine fühlten sich an wie die einer Marionette, so schlenkernd und baumelnd, weil ich so zu

tun versuchte, als ob ich dahinschlenderte wie an einem ganz normalen Sonntag, den ich mit meinen Freunden verbringen wollte.
»Pass schön auf dich auf!«, rief Mum mir nach. Als Antwort drehte ich mich um und winkte kurz. Einen Augenblick später war ich auf dem Pier und außer Sichtweite. Das Lächeln verschwand, ich startete durch und rannte zu Aaron hinüber.

»Ich versteh das nicht. Es ist nichts als 'ne Muschel«, sagte Aaron. Er hielt sie in Händen und drehte sie immer wieder herum. »Da tut sich gar nichts.«
Er schüttelte die Muschel. Er hob sie ans Ohr. »Also, sie macht das, was diese Muscheln alle machen. Es rauscht wie Wellen, wenn man sie ans Ohr hält.« Er legte die Muschel vor uns auf den Tisch. »Aber das ist auch schon alles. Sonst nichts. Ich glaube, Morvena täuscht sich. Ich glaube nicht, dass sie irgendwie magisch ist.«
Ich starrte die Muschel an. »Aber warum sollte Melody dann mit ihr reden? Warum nimmt sie sie jeden Morgen raus und weint dabei? Sie *muss* irgendeinen Zauber enthalten. Irgendwas übersehen wir.«
»Na gut, vielleicht – aber ich habe keine Ahnung, wie wir rauskriegen sollen, worin der Zauber liegt.«

Ich griff nach der Muschel – und Aaron tat das Gleiche. Als unsere Hände sich berührten, fühlte ich wieder das Kribbeln in den Fingern. Ich zog die Hand verlegen zurück, falls er merkte, was ich fühlte, wenn er meine Hand berührte, und falls es für ihn nicht so war.

»Das ist es!«, sagte er. »Na klar! Wie konnten wir nur so dumm sein?«

»Was ist es?«

Aaron senkte den Blick und rutschte verlegen herum. »Also, wenn ich – wenn wir – du weißt schon, wenn sich unsere Hände berühren …« Er verstummte.

»Mhhm«, machte ich und versuchte möglichst unbefangen zu klingen. *Unsere Hände haben sich berührt? Ach ja? Doch, stimmt vielleicht. War mir gar nicht aufgefallen.*

»Also, spürst du dann auch immer so ein komisches Kribbeln?«

»Du spürst es also auch?«, fragte ich.

Aaron grinste. »Logo!«

Ich lächelte zurück. Das bedeutete, dass er genauso fühlte wie ich. Vielleicht war er ja tatsächlich mein erster richtiger Freund!

»Also – ich glaube, es hat was mit der Magie zu tun«, fuhr er fort. »Du weißt schon, mit der Sache mit Neptun.«

Ach so. Na gut, dann hatte es nichts damit zu tun, dass er so verrückt nach mir war, dass seine Haut vor Glück vibrierte, weil ich in der Nähe war. Es hatte nur was mit dem Aufheben des Fluchs zu tun.

»Mhm, ja, das habe ich auch schon gedacht«, log ich.
Aaron lachte. »Abgesehen von *anderen* Möglichkeiten«, sagte er. Wieder mal hatte er meine Gedanken gelesen. Und diesmal wurde er genauso rot, wie ich wahrscheinlich war. Er fühlte also doch so wie ich! Ich konnte ein glückliches Lächeln nicht unterdrücken.
»Gerade eben, als wir die Muschel angefasst und uns dabei berührt haben, hast du es da nicht auch gespürt?«
Ich überlegte, ob ich schwindeln sollte. Gesetzt den Fall, ich gab es zu, was war, wenn er mich auslachte und behauptete, er habe nichts gespürt? Es konnte doch ein Trick sein, um mich dazu zu bekommen, meine Gefühle für ihn einzugestehen, damit er mir dann sagen konnte, dass er keineswegs so fühlte.
Doch dann überlegte ich weiter. Schließlich handelte es sich hier um Aaron. Er war nicht so. So etwas würde er nie machen.
»Ja«, gab ich zu. »Ich hab's sogar ziemlich heftig gespürt.«
»Ich auch«, sagte er. Dann hob er die Muschel zwischen uns hoch. »Verschränke die Finger mit meinen«, sagte er. »Wenn wir uns bei den Händen halten und gleichzeitig die Muschel berühren, dann geschieht vielleicht etwas. Vielleicht hat die Magie der Muschel was mit Neptun zu tun – und wenn ja, dann können wir den Bann vielleicht lösen!«
Ich nahm seine Hand. Kaum berührten wir uns, spürte

ich wieder das Kribbeln. Erst in den Fingerspitzen; dann rann es mir den Arm hinauf. Bald fühlte es sich an, als würde es sich in meinem ganzen Körper ausbreiten.

»Schau mal!«, sagte Aaron. Die Muschel hatte in unseren Händen zu vibrieren angefangen. Ich hielt ihn fester, damit wir sie nicht fallen ließen.

»Es klappt – es tut sich was!«

Die Muschel rumpelte und wackelte und machte ein Geräusch – das so war wie das, als wir sie ans Ohr gehalten hatten, nur ungefähr fünfzigmal so laut! Sie bebte immer heftiger. Und dann hörte sie plötzlich ohne irgendeinen Grund auf.

Wir starrten die Muschel an, dann unsere Hände, dann uns.

Nichts hatte sich getan. Nichts hatte sich verändert. So viel zu unseren magischen Kräften!

»Was nun?«, fragte ich.

Aaron löste seine Finger von meinen und hielt die Muschel an sein Ohr. »Da ist was drin«, sagte er und schüttelte sie vorsichtig.

Er reichte sie mir. Ich drehte sie um und schüttelte sie ebenfalls. Er hatte recht! In ihrem Inneren raschelte etwas! Ich schüttelte sie wieder. Diesmal löste sich das, was da drin war, ein bisschen, so dass ich die Spitze davon in der Schnecke sehen konnte.

Ich griff hinein und versuchte, es zu erwischen. Mit den Fingerspitzen berührte ich es zwar, aber ich konnte es nicht packen. »Sieht wie ein Stückchen Folie aus!«, sagte ich und war ziemlich enttäuscht. Wir hatten uns getäuscht und Morvena auch. Von wegen Zauber. Der ganze Aufwand wegen eines Stückchens Plastikfolie, das wahrscheinlich mit einem Haufen Abfall im Meer gelandet war und sich in der Muschel verfangen hatte! Alles vergebens!

»Ich kann es nicht rausziehen«, sagte ich enttäuscht.

»Warte mal.« Aaron stand auf und ging aus dem Zimmer. Kurz darauf kam er mit einer Pinzette zurück. Er hielt sie mir vor die Nase. »Versuch's mal damit.«

Vorsichtig fuhr ich mit der Pinzette hinein, packte das Ende der Plastikfolie und zog daran.

Kurz danach hatte ich genug herausgezogen, dass ich sie mit den Fingern packen konnte – aber sie zitterten. Wenn ich möglicherweise unrecht gehabt hatte und es sich doch um einen Zauber handelte? Was erwartete uns? Ich hatte in den vergangenen Monaten genug Überraschungen erlebt. Ich wusste, dass man auf das, was man herausfinden will, keineswegs immer eine Antwort findet, ohne zuerst fünfzig unerwünschte Antworten dazuzubekommen.

Ich zog das Ding heraus und legte es auf meine Handfläche. Mit einer Sache hatte ich recht gehabt. Es war einfach ein Stück Plastikfolie. Es sah aus wie die Tütchen, in die Mum mein Schulbrot wickelte. Abgesehen von einer Sache. Es war etwas darin – und zwar kein Schulbrot! Es sah wie ein Stück Papier aus, das zu einem kleinen Päckchen zusammengefaltet war.

»Mach du weiter«, sagte ich zu Aaron. Ich hatte plötzlich nicht den Mut dazu.

Er nahm die Plastiktüte und öffnete sie. »Na gut«, sagte er und zog das kleine Päckchen heraus. »Lass uns mal rausfinden, um was es sich handelt.«

Das Klopfen an der Tür erschreckte uns so, dass wir beide wortwörtlich aus den Stühlen aufsprangen.

Aaron legte die Muschel und das Päckchen schnell auf einen anderen Stuhl und schob ihn unter den Tisch. »Wer ist da?«, rief er.

»King Kong«, erwiderte eine vertraute Stimme. »Was habt ihr denn gedacht?«

Aaron machte auf. Draußen stand Mandy und schaute herein. »Ich dachte doch, dass ich euch gesehen hätte«, sagte sie. »Was treibt ihr?«

»Wir – wir wollten gerade –«

»Lass sie doch rein, Aaron«, sagte ich und stand auf. Aaron hielt die Tür auf, und Mandy kam herein. Er streckte den Kopf hinaus und sah sich nach beiden Seiten um, dann schloss er die Tür wieder und folgte Mandy. Etwas verlegen standen wir einander gegenüber.

»Danke, dass du meiner Mutter gesagt hast, dass ich heute den ganzen Tag unterwegs bin«, sagte ich.

Mandy zuckte die Schultern. »Kein Problem. Wie ist es denn gelaufen – das, was du machen wolltest?«
Ich wusste nicht, was ich antworten sollte. Wo sollte ich anfangen? Und ich fragte mich immer noch, ob Mandy wirklich ganz zu trauen war – oder ob sie mich nicht auf einmal auslachen und mir zu verstehen geben würde, dass sie die ganze Zeit nur so getan hätte und überhaupt nicht vorhätte, meine Freundin zu sein.
»Ist schon recht, hab verstanden. Du traust mir nicht«, sagte sie, ehe ich mir überlegt hatte, wie ich ihre Frage beantworten könnte.
»Nein, ich –«, stotterte ich. Dann brach ich ab, holte tief Luft und fing noch mal an. »Es ist nicht, dass ich dir nicht vertraue«, sagte ich zögernd. »Es ist – also, ich hab vielleicht Angst.«
»Angst? Vor mir?« Mandy lachte. Dann wurde sie krebsrot. »Na ja, ich hab dir vielleicht bisher Anlass gegeben, dich vor mir zu fürchten«, sagte sie betrübt. »Ich hab dich tyrannisiert. Dir das Leben zur Hölle gemacht. Wundert mich nicht, dass du Angst hast.« Sie machte kehrt und ging zur Tür. »Tut mir leid, dass ich euch gestört habe.«
Ich packte sie am Arm. »Nein! Das habe ich nicht gemeint«, sagte ich. »Geh nicht.«
»Und wieso? Warum solltest du mich um dich haben wollen? Ich war bescheuert, zu glauben, dass du mit mir befreundet sein willst«, sagte sie.
Und trotz allem, was heute gelaufen war und wie verfah-

ren alles war, hatte ich plötzlich ein richtig gutes Gefühl. Es war, als ob ich auf eine ruhige See schauen und ganz friedlich würde. Mandy und ich waren wirklich Freundinnen, und ich musste endlich aufhören, daran zu zweifeln. Die Einzige, die dieser Freundschaft im Weg stand, war ich selbst mit meinen albernen Verdächtigungen. Wir hatten genug Kämpfe auszufechten und mussten unsere Freundschaft nicht auch noch zu einem Kampfschauplatz machen.

Ich klopfte auf den Stuhl neben mir. »Ach komm, setz dich her«, sagte ich. »Ich erzähl dir alles.«

»Und das ist so ungefähr alles«, sagte ich.

Mandy hatte der ganzen Geschichte mit offenem Mund zugehört, Wort für Wort, so gespannt wie ein kleines Kind, das sein Lieblingsmärchen hört. So laut vorgetragen hörte sie sich wirklich fast wie ein Märchen an. Der einzige Unterschied war nur, dass jedes Wort dieses Märchens Wirklichkeit war.

»Und das war in der Muschel«, sagte sie und deutete auf das Päckchen, das Aaron immer noch zusammengefaltet in der Hand hatte.

Aaron nickte. »Wir wollten es gerade aufmachen, als du reingekommen bist.« Er sah mich an. »Soll ich?«

Ich nickte.
Er faltete das kleine Päckchen so lange auseinander, bis es als ganze Seite vor uns lag. Ein einfaches Stück Papier, bedeckt mit handgezeichneten Kritzeleien und Linien und Figuren und fremdartigen Worten, die ich nicht kannte.
Zu dritt beugten wir uns darüber und versuchten, etwas davon zu begreifen.
»Ich glaube, es ist eine Art Karte«, sagte Aaron. »Aber ich weiß nicht, von wo. Sieht nicht so aus wie die Länder, die ich kenne.« Er runzelte die Stirn. »Die ganzen Karten bei uns im Schloss – ich glaube, nicht eine einzige davon hat so ausgesehen.«
»Natürlich nicht!«, rief Mandy plötzlich aus, setzte sich kerzengerade auf und starrte uns beide an.
»Warum nicht?«
»Seht mal – die Karte stammt doch von Sirenen, nicht?«
»Richtig«, stimmten wir zu und versuchten die Tatsache, dass sie auf ein normales Stück Papier gezeichnet war und in einer Butterbrottüte steckte, außer Acht zu lassen. Woher sollte eine Sirene so normale Dinge haben?
»Und wo wohnen Sirenen?«, fuhr Mandy fort, als würde sie zu zwei sehr dummen Menschen reden. Was sie auch tat, wenn ich es recht bedachte. Es spielte ja keine Rolle, woher Melody das Stück Papier hatte. Tatsache war, es war ihres – und sie war eine Sirene.
»Im Meer!«, sagte ich.

Mandy verschränkte die Arme und grinste. »Genau!«
»Aber natürlich!«, sagte Aaron. »Das ist eine Seekarte!« Er beugte sich wieder über die Karte und forderte uns auf, es ebenfalls zu tun. »Solche hatten wir im Schloss auch. Es liegt daran, dass diese von Hand gezeichnet ist. Daran habe ich nicht gleich gedacht«, murmelte er. Es war ihm eindeutig peinlich, dass Mandy vor ihm daraufgekommen war.
Er fuhr mit dem Finger an einigen der Linien entlang, die wie Umrisse aussahen. »Schaut mal. Das hier zeigt die verschiedenen Gebiete und Strömungen des Meeres«, fuhr er fort und übernahm wieder das Kommando, nachdem er nun wusste, womit wir es zu tun hatten.
»Was bedeuten denn die ganzen Zahlen?«, fragte ich.
»Die geben an, wie tief der Ozean an diesen Stellen ist. Und die dunkleren Stellen da«, sagte er und deutete auf ein paar dunkelgraue Flächen, die verstreut über der Karte lagen, »das sind Sandbänke.«
»Was bedeuten die dicken Pfeile?«, fragte Mandy. Sie waren über das ganze Blatt verteilt und deuteten in verschiedene Richtungen, nach links, nach rechts, nach oben, nach unten.
»Die geben die Richtung der Strömung an. Sehr nützlich«, erwiderte er.
»Und was ist das?« Ich deutete auf einen Kreis in der linken unteren Ecke. Er sah wie eine altmodische Uhr aus und hatte oben ein kleines Kreuz.

»Das ist ein Kompass, nicht?«, sagte Mandy. »Das haben wir gerade in Erdkunde gelernt. Das Kreuz darüber deutet nach Norden.«

»Ganz richtig«, sagte Aaron. Er rieb sich das Kinn und starrte die Karte an. »Aus so einer Karte kann man ganz viel herauslesen. Damit kann man jeden Ort im Meer finden, wenn man die richtigen Informationen entschlüsselt.«

Was wir noch nicht geschafft hatten. Wir hatten noch gar keine Informationen entschlüsselt. Wie sollten wir die Karte jemals verstehen?

Aaron fuhr mit dem Finger über einige grob gezeichnete Formen, die über die Karte verteilt waren – die einzigen Stellen, die nicht mit Kritzeleien und Zahlen versehen waren. »Diese Stellen sind unsere beste Information«, sagte er.

»Was sind das für Stellen?«, fragte ich.

»Land. Das sind wahrscheinlich Inseln im Meer. Und diese hier …« Er deutete auf eine dünn gezeichnete ovale Form mitten auf der Karte. Wer das auch gezeichnet haben mochte, er hatte diese Stelle immer wieder mit verschiedenen Farben umzeichnet und dabei so fest aufgedrückt, dass das Papier hier fast eingerissen war. Ein Pfeil, der darauf gerichtet war, hob diese Insel besonders hervor. Er war anders als die übrigen Pfeile. Die waren dick und breit. Dieser hier war eher wie ein Pfeil, den man durch ein Herz zeichnet, das für wahre Liebe stehen soll.

»Was ist damit?«, fragte ich.
Aaron sah mich an. »Diesen Ort müssen wir finden.«
Die Puzzleteile setzten sich allmählich zusammen. »Die Muschel sollte Melody helfen, etwas zu finden«, sagte ich langsam. »Das verlorene Ding, was es auch sein mag, ist bestimmt da draußen auf dieser Insel. Es muss dort sein! Und wenn wir überhaupt eine Chance haben, Shona von dem schrecklichen Ort zu retten …« Ich verstummte.
Mandy beendete den Satz für mich. »… dann müssen wir die Insel finden«, sagte sie. »Und zwar schnell.«

13

Eine Viertelstunde später waren Mandy, Aaron und ich in der Kartenabteilung der Bücherei von Brightport. Wir hatten alle Seekarten, die es dort gab, herausgezogen. Es waren nicht viele, aber wahrscheinlich waren zumindest die aus unserer Gegend dabei.

Wir bauten auf die Hoffnung, dass die handgezeichnete Karte hier aus der Gegend war. Das musste einfach sein, wie hätte Melody sonst in der Lage sein sollen hinzuschwimmen?

Aaron legte ein paar Karten vor uns auf den Tisch. »Also«, sagte er, »dann mal los.«

Ich streifte mir die Kapuze vom Kopf. Ich hatte mein Gesicht verborgen gehalten, falls mich unterwegs jemand entdeckte und von dem Bild in der Zeitung wiedererkannte. In der Bücherei war jedoch fast niemand, und keiner nahm von uns Notiz, daher nahm ich an, dass es ungefährlich war, mein Gesicht zu zeigen. Und überhaupt, es hätte wohl eher *mehr* auf mich aufmerksam gemacht, wenn ich in der Bücherei die Kapuze aufbehalten hätte, nicht weniger.

Ich klappte eine Karte auseinander. Sie war kreuz und

quer mit Linien und Zahlen bedeckt, mit gelben Kreisen und lilafarbenen Stellen. Und sie war riesig.

»Was sollen wir damit machen?«, fragte ich. Ein Gefühl der Hoffnungslosigkeit überflutete mich wie eine Welle, die weit an Land gespült wurde.

»Sucht nach ähnlichen Anordnungen«, sagte Aaron, legte die Muschel auf den Tisch und lehnte unsere Karte dagegen. »Gleiche Zahlengruppen, Inseln, die einen ähnlichen Umriss haben oder ähnlich gruppiert sind – so was in der Art. Wir müssen etwas finden, das der anderen Karte entspricht.« Er nahm sich ebenfalls eine Karte und klappte sie auf. »Okay?«, fragte er.

»Okay«, erwiderte Mandy. Auch sie nahm sich eine Karte vor, und nun machten wir drei uns an die Arbeit.

»Das ist aussichtslos.« Mandy faltete eine Karte zusammen und ließ sie auf den Boden fallen. Der abgelegte Stapel wurde immer größer, und die Karten, die wir noch nicht gesichtet hatten, wurden schnell weniger. Wir hatten sie fast alle durch. »Wir finden sie nie.«

Mandy hatte recht. Wir machten uns was vor. Ich wollte das jedoch noch nicht laut zugeben. Es würde bedeuten, Shona aufzugeben – und darauf würde ich mich niemals einlassen. »Komm, wir sind noch nicht durch. Wir finden

sie noch«, sagte ich und versuchte, Optimismus zu verbreiten, der in meiner Stimme allerdings nicht zu hören war. »Wir müssen einfach.«
Ich nahm eine weitere Karte und reichte eine an Mandy weiter. Aaron nahm eine dritte. »Die letzte«, sagte er.
Das war's dann wohl. Wenn wir bei diesen drei keine passende fanden, gab es nichts mehr, wo wir suchen konnten. Wir *mussten* die Insel finden.
Schweigend betrachteten wir unsere Karten. Ich starrte geradeaus und suchte die echte Karte vor mir ab, um nach etwas zu suchen, das vielleicht passte.
»He, ich glaube, ich hab was gefunden!«, sagte Aaron plötzlich. Er deutete auf seine Karte, fuhr die Umrisse darauf ab und blickte alle paar Sekunden auf die Karte aus der Muschel. Mandy und ich ließen unsere Karten liegen und stellten uns zu ihm.
»Schaut mal – seht ihr diese Gruppe dort?« Er deutete auf eine Gruppe von Zahlen in der Mitte der Karte, die die Wassertiefe angaben. »Die Zahlen sind dieselben wie auf der hier.«
Ich verglich die Karte mit der ursprünglichen. Er hatte recht! Und da war noch etwas, ein bisschen daneben. »Schaut mal – die Inseln!«, sagte ich. »Sie sind nicht genau gleich, aber sie passen ziemlich gut.«
»Auf der offiziellen Karte sind es viel mehr«, sagte Mandy. »Spielt das eine Rolle?«
Aaron schüttelte den Kopf. »Glaub ich nicht. Wer die

Karte gezeichnet hat, wollte nicht die ganze Gruppe abzeichnen.« Er deutete auf die Insel in der Mitte, diejenige, auf die der Pfeil gerichtet war. »Er musste nur genug einzeichnen, damit man diese Insel hier finden könnte.«
»Damit Melody sie finden könnte«, setzte ich hinzu. Wir wussten zwar nicht, wer sie gezeichnet hatte oder warum, und auch nicht, warum die Sirenen in ihrem Unterwassergefängnis festsaßen, aber ein kleines Teilstück des Puzzles war wiedergefunden.
»Und damit sie dort finden konnte, was sie verloren hatte«, setzte Mandy hinzu.
Aaron faltete die Karte zusammen und legte sie neben die Muschel und die Originalkarte. »Und jetzt können wir losgehen und es suchen«, sagte er.
»Was es auch sein mag«, ergänzte ich. Ich war mir immer noch nicht sicher, wie wir Melodys verlorenen Gegenstand finden sollten, wenn wir nicht mal wussten, wonach wir suchten. Ich hatte die Hoffnung, dass wir ihn erkennen würden, wenn wir ihn sahen – wenn er überhaupt noch dort war.
Aaron reichte mir die Karte. »Hier, halt mal«, sagte er. »Ich bringe die anderen zurück.«
»Warte«, rief Mandy, griff in die Tasche und suchte nach ihrem Portemonnaie. Sie kramte darin herum und zog eine Karte heraus. »Mein Leihausweis.«
Mandy gab mir den Ausweis und ging zu Aaron, um ihm beim Fortbringen der anderen Karten zu helfen.

»Vergesst die Muschel nicht«, sagte ich. Dann machte ich kehrt – und stieß mit jemandem zusammen. »Oh, Entschuldigung, ich –« Ich blieb stehen.
Mr Beeston.
»Was machen Sie denn hier?«, entfuhr es mir.
»Was meinst du?«, regte er sich auf. »Ich kann doch in die öffentliche Bücherei kommen, wann ich will, sollte ich meinen.« Er sah uns mit seinen Vogelaugen prüfend an. »Ich könnte euch das Gleiche fragen«, setzte er hinzu.
»Und ich könnte Ihnen die gleiche Antwort geben«, sagte ich und verschränkte die Arme.
»Gut gekontert, Kind, gut gekontert«, sagte er und lachte kurz. Ich beruhigte mich etwas. Mr Beeston machte mir keine Angst mehr.
»Also, wir helfen Mandy bei ihren Hausaufgaben«, sagte ich. Er konnte uns zwar nichts anhaben, aber das hieß noch nicht, dass ich ihm sagte, was wir hier tatsächlich machten.
»Sicher, sicher, nur zu«, sagte er freundlich. Er winkte mich vorbei. Aber in dem Moment packte er meinen Arm. »Was ist das?«, zischte er.
Ich folgte seinem Blick. Er sah auf den Tisch. Genauer gesagt, er blickte auf die Muschel, die dort lag. Sein Gesicht war so weiß geworden wie die Muschel.
»Das ist – wir haben – ich –«
»Wir haben sie am Strand gefunden«, sagte Aaron schnell und sah Mr Beeston mit einem Lächeln an, das einfach

nur unbefangen aussehen sollte. »Hübsch, nicht?«, sagte er noch.

Mr Beeston machte ein paar Schritte darauf zu und streckte die Hand danach aus. Die Hand zitterte. »Sehr hübsch«, sagte er. »Darf ich mal sehen?«, setzte er mit einer Stimme hinzu, die genauso unbefangen klingen sollte, wie Aarons Lächeln ausgesehen hatte.

Aaron warf mir einen kurzen Blick zu. Ich zuckte die Schultern. Wir konnten ja nicht gut nein sagen, oder? Mr Beeston wusste nichts von unseren Machenschaften oder wie bedeutungsvoll die Muschel war. Warum sollte er sie nicht ansehen?

»Klar«, sagte Aaron.

Wir hielten alle drei die Luft an, während wir zusahen, wie Mr Beeston die Muschel untersuchte. Er drehte sie immer wieder herum, hielt sie dicht vor die Augen und sah sie so eingehend an wie ein Uhrmacher, der ein besonders kompliziertes Uhrwerk studierte.

Aaron brach das Schweigen. »Ich – äh, ich glaube, wir müssen jetzt gehen«, sagte er. Er streckte die Hand nach der Muschel aus.

Mr Beeston sah auf. »Was? Ach ja, natürlich«, sagte er. Widerwillig reichte er Aaron die Muschel. »Nur zu«, sagte er, ohne einen von uns anzusehen. Er wirkte wie in Trance.

»Mr Beeston, alles in Ordnung?«, fragte ich.

Er drehte sich nach mir um und nickte abwesend. »Herrje, macht euch keine Sorgen um mich«, sagte er und wedelte mit dem Arm, als wollte er mich verscheuchen. »Geht nur.« Doch dann erstarrte er erneut. Sein Blick blieb an meinem Arm hängen. Oder genauer, an der Karte darunter. Er sah von der Karte zu der Muschel in Aarons Hand und kam einen Schritt auf mich zu. »Die Karten«, sagte er, »wofür sind die?«

»Die sind für meine Mutter«, sagte Aaron schnell.

Mr Beeston drehte sich abrupt um. »Hast du nicht gesagt, dass ihr Mandy bei den Hausaufgaben helfen wollt?«

»Das tun sie auch«, sagte Mandy. »Aarons Mutter hilft mit. Es ist für Erdkunde. Sie kennt sich mit dem, was wir gerade durchnehmen, gut aus.«

Ich merkte, wie mir die Hitze ins Gesicht stieg. Es war so eindeutig, dass wir schwindelten. Ich kam mir wie eine Verbrecherin vor – bis mir etwas einfiel. Wir hatten ja schließlich nichts Unerlaubtes gemacht. Und dann fiel mir noch etwas ein. Shona! Wenn wir noch eine Chance haben wollten, sie zu retten, mussten wir zu der Insel, suchen, was Melody verloren hatte, und die Muschel zu den Sirenen zurückbringen, ehe Melody merkte, dass sie fehlte.

»Kommt«, sagte ich, ging an den Schalter und reichte der Bibliothekarin Mandys Leihausweis zusammen mit der Seekarte. »Wir müssen uns beeilen.« Ich sah Aaron an und setzte betont hinzu: »Deine Mutter fragt sich bestimmt schon, wo wir stecken.«

Und damit drängten wir uns an Mr Beeston vorbei, verließen die Bücherei und rannten zum Strand.

»Seid vorsichtig, ja?« Mandy stand am Ufer unter dem Pier, kaute an den Nägeln und schritt am Spülsaum auf und ab. Der Strand war fast ganz verlassen. Nur wenige Leute da und dort: etwas weiter weg ein älteres Paar, das die Köpfe zusammensteckte. Jemand, der in die entgegengesetzte Richtung ging und Steine ins Wasser warf, denen sein Hund nachjagen sollte.

»Wir passen schon auf«, erwiderte ich.

»Und kommt zurück, wenn ihr was braucht.«

Ich lächelte. »Machen wir.«

Aaron sah sich ein letztes Mal um und stieg ins Wasser. »Wir sollten los«, sagte er.

»Und du bist sicher, dass du alles da gespeichert hast?«, sagte ich und klopfte mir an den Kopf. Er hatte die letzte halbe Stunde damit verbracht, sich die Karte genau einzuprägen.

»Jedes Symbol und jede Zahl«, sagte er. Ich glaubte ihm. Ich hatte noch nie jemanden mit einem so guten Gedächtnis kennengelernt. Es war, als ob er sich nur etwas ansehen musste, und schon war es in seinem Kopf gespeichert. Vielleicht kam das daher, dass er die ersten dreizehn Jahre seines Lebens mit nicht viel mehr als einem Haufen Karten und Büchern verbracht hatte.

»Und du hast die Muschel?«

Als Antwort klopfte er auf seine große Jackentasche. »Ist in Sicherheit, keine Sorge«, sagte er.

Ich sah mich auch noch mal um, ehe ich ihm folgte. »Dann mal los«, sagte ich. »Lass uns gehen.«

Mandy machte kehrt und ging. Dann blieb sie noch mal stehen und drehte sich um. »Hey«, rief sie.

Ich sah auf. »Was?«

»Viel Glück.«

Ich lächelte. »Danke.«

Sie nickte und entfernte sich. Ich sah mich ein letztes Mal um, dann tauchte ich ins Wasser und schwamm von Brightport fort.

»Bist du sicher, dass wir in die richtige Richtung schwimmen?« Wir waren dicht unter der Wasseroberfläche geblieben, damit wir die Insel sehen könnten, wenn wir ihr näher kamen. Aber wir mussten nun schon seit mindestens einer Stunde hier draußen sein, und die Insel war nirgends zu sehen.

Lange, tiefe Wogen hoben uns und trugen uns mit, während wir den Horizont absuchten.

»Wir sollten es fast geschafft haben«, sagte Aaron und spähte in die Ferne. »Da lang. Komm.«
Er tauchte wieder ab, und ich folgte ihm.
Einen Augenblick später bemerkte ich, dass sich das Wasser veränderte. Die dunklen Felsen unter uns wurden seltener. Dazwischen tauchten sandige Strecken auf.
Aaron warf mir einen Blick über die Schulter zu. Ich schwamm schneller, um ihn einzuholen. »Es wird wärmer«, sagte ich.
Er nickte. »Und flacher«, sagte er. »Hier sind die Zahlen kleiner geworden. Wir sind fast da.«
Seine Worte spornten mich an, und ich konnte mit ihm mithalten. Schweigend schwammen wir dahin. Das Wasser wurde noch wärmer. Die dunklen, finsteren Rochen und Haie, an denen wir unterwegs vorbeigekommen waren, wurden von leuchtend bunten Fischen abgelöst, die in langen Reihen und V-förmigen Formationen neben uns herschwammen wie Line-Dancers. Als ob sie uns eskortierten. *Hier entlang, hier entlang. Gleich da. Folgt uns.*
Und dann war das Wasser so seicht, dass ich den Grund unter mir sehen konnte. Meine Schwanzflosse streifte Sand; Schilf kitzelte meinen Bauch, während ich darüberschwamm. Ich streckte den Kopf aus dem Wasser und sah mich um. Eine Insel!
»Wir sind da!«, sagte Aaron prustend, als wir uns ans Ufer zogen.
Im Sitzen sah ich zu, wie unsere Fischschwänze träge

im Spülsaum zuckten und dann verschwanden, während sich unsere Beine zeigten. »Bist du sicher, dass es die richtige Insel ist?«
»Ganz sicher«, sagte Aaron. »Los, schauen wir, ob wir das finden können, wonach wir da suchen sollen.«
Ich folgte ihm an Land, und wir spazierten über die Insel. Sie war lang und schmal, und ich konnte von unserem Standpunkt aus die gegenüberliegende Seite sehen. Der Strand, den wir angeschwommen hatten, erstreckte sich über die ganze Länge, soweit ich sehen konnte. Hinter dem Küstenstreifen wurde die Insel felsig und hatte ein paar Berge mit ein paar Bäumen hier und da. Wir würden nicht lange brauchen, um alles abzugehen.
Pech nur, dass wir nicht wussten, wonach wir suchen sollten.
Nach einer Stunde waren wir von einem Ende der Insel bis ans andere gegangen und hatten immer noch keine Ahnung.

Nach einer weiteren halben Stunde hatten wir alle Strände, die zerklüfteten Berge und jeden Baum aufgesucht – und *noch immer* hatten wir nichts entdeckt.
»Es ist hoffnungslos«, sagte ich und ließ mich auf einen Stein sinken. »Hier ist nichts.«
Aaron strich sich das Haar aus dem Gesicht, sah sich suchend um und spähte hierhin und dorthin. »Es muss was da sein«, sagte er. »Auf jeden Fall.« Er setzte sich neben

mich. »Melody bat die Muschel, ihr dabei zu helfen, etwas zu finden. In der Muschel finden wir eine Karte. Die Karte führt uns hier her. Es muss etwas geben.«

»Ich weiß – ich bin ja deiner Meinung, aber es *gibt* nichts. Was *es* auch sein mag.«

Aaron kaute auf einem Fingernagel. »Ich versteh es einfach nicht. Was hat sie zu finden versucht?«

Ich starrte aufs Meer hinaus. Ich sah nichts außer dem blauen Ozean, der sich endlos ausdehnte wie immer. Wie seit Ewigkeiten.

Ewigkeiten …? Natürlich! »Aaron«, sagte ich. »Morvena hat doch gesagt, dass die Sirenen seit Ewigkeiten da unten sind.«

Aaron legte fragend den Kopf zur Seite. »Ja? Und?«

»Dann hat Melody die Muschel ja auch schon seit Ewigkeiten. Das, was sie sucht …« Ich beendete den Satz nicht. Ich wollte den Rest nicht laut sagen.

»Könnte nicht mehr hier sein«, beendete ihn Aaron.

Ich nickte. »Klingt wahrscheinlich.«

Eine Weile saßen wir stumm da und starrten aufs Meer hinaus. Ich nahm eine Handvoll Sand und ließ die Körner durch die Finger gleiten.

»Wir müssen zurück«, sagte Aaron. »Und Morvena sagen, was wir gefunden haben.«

»Was wir *nicht* gefunden haben, meinst du wohl.«

Aaron legte die Stirn in Falten. »Ich weiß einfach nicht, was wir sonst machen sollen.«

»Du hast ja recht. Aber wenn wir gehen, heißt das dann nicht, dass wir Shona aufgeben? Dass wir jede Möglichkeit fahrenlassen, sie da rauszuholen?«

Aaron nahm meine Hand. Er wischte mir den Sand von der Handfläche und streichelte sie sanft. »Aber nein«, sagte er. »Wir geben niemanden auf.« Er stand auf und zog mich mit sich hoch. »Lass uns zurückschwimmen, Morvena und Shona alles erzählen und uns einen anderen Plan überlegen.«

Und ich weiß nicht, ob es daher kam, dass wir Hand in Hand den Strand entlanggingen, oder weil mir Aarons Worte etwas Hoffnung machten, aber ich fühlte mich auf einmal etwas leichter und hoffnungsvoller. Er hatte recht. Wir gaben keineswegs auf. Ich würde Shona *niemals* aufgeben. Wir würden sie schon irgendwie rausholen!

»Warte mal«, sagte Aaron und ließ meine Hand los. Er sah an sich hinunter und klopfte auf seine Jackentasche. »Nein! Aber das ist doch nicht möglich!«, murmelte er. Er war ganz blass geworden.

»Was ist denn?«, fragte ich.

Er sah mich mit verständnislosem Blick an. »Sie muss rausgefallen sein, als wir über die Felsen geklettert sind«, sagte er und sah sich rasch um. »Wie konnte ich nur so unaufmerksam sein!«

»Was ist?«, wiederholte ich.

»Die Muschel«, sagte er mit Panik in der Stimme. »Sie ist weg.«

14

»Was meinst du, die Muschel ist weg?« Ich starrte Aaron an, seine ausgestreckten leeren Hände, sein bleiches Gesicht.
»Ich meine, sie ist verschwunden«, sagte er tonlos. »Sie ist mir irgendwo rausgefallen. Wir haben sie verloren. Wir müssen alles noch mal abgehen.«
»Die ganze Insel?« Im nächsten Augenblick hörte ich ein Geräusch über uns in den Felsen. Eine kleine Steinlawine kam heruntergerollt.
»Was ist denn das?«, fragte ich und streckte mich.
»Sicher nur der Wind, nehm ich mal an«, sagte Aaron gedankenverloren.
»Aaron«, sagte ich, »es ist total windstill. Ich geh nachsehen.«
»Warte, ich komm mit.«
Wir kletterten die kurze Anhöhe hinauf, mieden abrutschgefährdete Steine, rutschten auf Geröll aus und suchten beim Klettern gleichzeitig nach der Muschel. Oben war es so leer wie am Strand.
»Nichts«, sagte Aaron. »Ich hab doch gesagt, dass es nur der –« Er brach ab und sperrte den Mund auf. Langsam

hob er die Hand und deutete auf die andere Seite der Insel.
»Was?«, fragte ich. »Was ist los?«
Aaron legte einen Finger auf die Lippen. »Schau mal«, flüsterte er. »An dem Strand da unten.«
Ich folgte der Richtung seiner ausgestreckten Hand. Er deutete auf eine hohe Palme am Strand. Sie neigte sich so sehr, dass sie fast den Boden berührte.
»Ich seh nichts –«
»Hinter dem Baum«, zischte Aaron.
Und dann sah ich es. Etwas bewegte sich. Eine Gestalt. Eine Person. Und dann bewegte sie sich noch mal, und ich erkannte sie.
»Mr Beeston!«, stieß ich hervor.
Ohne zu überlegen raste ich den Abhang hinunter. »He!«, schrie ich beim Rennen. »Was machen Sie denn hier?«
Mr Beeston hörte mich den Abhang hinunterpoltern und blickte auf. Kurz ehe ich bei ihm war, stand er auf und schob irgendwas in die Tasche. Sollte ich wetten, was das war? Die Muschel!
»Was machen Sie denn hier?«, fragte ich erneut. Ich war außer Atem und keuchte, aber es war mir egal.
Mr Beeston richtete sich so hoch und stocksteif auf wie möglich. Er zog die Zipfel seiner Jacke zurecht, dann sah er mich an. »Warum sollte ich dir das sagen? Warum sollte ich dir überhaupt irgendwas sagen?« Er drehte sich abrupt um und sah aufs Meer hinaus. »Niemand nimmt

sich die Mühe, *mir* irgendwas zu erzählen, warum soll ich es also anders machen?«

Er klang nicht wie sonst. Ich konnte nicht genau sagen, was es war, aber er war irgendwie anders. Er wirkte so – ich weiß auch nicht – irgendwie verloren. Es war, als würde er mich gar nicht richtig sehen, als sei es ihm egal, dass wir ihn erwischt hatten, wie er uns verfolgte oder was er auch hier machte. Genau, was machte er hier eigentlich? Meine Empörung stieg um einen Grad.

»Sind Sie uns hierher gefolgt?«, wollte ich wissen. Dann begriff ich. »Waren Sie etwa schon vor uns hier? Haben Sie es gefunden?«

Mr Beeston wirbelte herum. »Was gefunden? Wovon redest du, Kind?«

»Das –« Ich verstummte. Ganz recht. Wovon redete ich da? »Das verlorene Ding«, sagte ich lahm.

Er schüttelte den Kopf und lächelte säuerlich. »Du hast ja keine Ahnung, Kind«, sagte er. Dann ging er aufs Meer zu.

»Die Muschel«, rief ich hinter ihm her. »Haben Sie sie gestohlen?«

»Die Muschel gestohlen?«, rief er über die Schulter. Dann blieb er stehen. Er drehte sich rasch um und kam eiligst auf mich zu. Er stand so dicht vor mir, dass ich sehen konnte, wie ihm die Schweißperlen auf die Stirn traten. *»Die Muschel gestohlen?«,* wiederholte er. »Erzähl mir nichts davon, wer die Muschel gestohlen hat! Erzähl mir

nichts davon, wer *überhaupt was* gestohlen hat.« Dann murmelte er etwas in sich hinein. Ich wusste nicht, ob ich ihn richtig gehört hatte, aber es klang, als ob er noch *oder noch stehlen wird*, hinzusetzte.

Und dann marschierte er aufs Wasser zu. Am Ufer drehte er sich nach mir um. »Hier gibt es nichts«, rief er. Er wandte sich wieder dem Meer zu, breitete die Arme aus und rief: »Nichts!« Seine Stimme brach bei dem Wort.

Aaron tauchte neben mir auf. »Was ist los?«, fragte er.

»Keine Ahnung. Mr Beeston ist übergeschnappt.«

»Glaubst du, dass er das verlorene Dingsbums gefunden hat?«

Ich starrte zu Mr Beeston hinunter. »Ich weiß nicht«, sagte ich. »Vielleicht hat er gewusst, was wir suchen, und hat es schon gefunden, ehe wir hier angekommen sind. Vielleicht hat er es auch die ganze Zeit gehabt. Keine Ahnung.«

»Was ist mit der Muschel? Hat er die wenigstens?«

Ich stieß die Luft aus. »Ich bin ziemlich sicher, aber ich kann es nicht beweisen. Warum soll er die denn wollen? Ich verstehe nicht, warum er hier ist, was er mit der ganzen Geschichte zu tun hat, warum er sich so komisch benimmt. Ich verstehe nichts davon, Aaron.«

»Ich auch nicht, aber wenn er die Muschel nicht hat, dann weiß ich nicht, was damit passiert sein kann.«

Ich sah zu Mr Beeston hinunter, der am Wasserrand stand und aufs Meer hinausstarrte. »Aber wenn er sie hat, dann bekommen wir sie sicher nicht zurück. Er ist nicht in der Stimmung, irgendwas rauszurücken.«

»Vielleicht ist die Muschel nicht mehr wichtig«, sagte Aaron optimistisch. »Schließlich haben wir ja die Karte gefunden. Sonst war nichts darin. Vielleicht macht es Melody nicht so viel aus, dass die Muschel weg ist.«

Ich lachte – oder versuchte es zumindest. Es hörte sich eher an, als würde jemand eine Katze erwürgen. »Aber sicher. Und vielleicht werden wir auch nicht gefesselt und gefoltert und den Haien vorgeworfen, wenn wir zurückschwimmen und sagen, dass wir sie verloren haben«, sagte ich. »Man kann nie wissen. Wir könnten Glück haben.«

Aaron ergriff meine Hand. Mein Ärger und meine Angst zerflossen, als er das tat, und ich sah ihn an. »Tut mir leid«, sagte ich, »ich hab einfach Angst.«

»Ich weiß. Ist doch okay. Uns fällt schon was ein. Wir erzählen ihnen alles. Wichtig ist nur, dass wir zurückkehren und sehen, ob es Shona gutgeht.«

Ich nickte.

»Wenn wir in den Höhlen sind, dann besprechen wir zusammen, was wir als Nächstes machen.«

Ich lächelte. »Du hast recht. Komm, machen wir uns auf den Weg.«

Aaron machte eine Kopfbewegung in Mr Beestons Richtung. »Was ist mit ihm?«

Ich schüttelte den Kopf. »Vergiss ihn«, erwiderte ich

und stieg über die Felsen. »Er ist nicht einen Gedanken wert.«

Wir fanden ganz leicht zu den Höhlen zurück. Aarons Orientierungssinn war fast so gut wie sein fotografisches Gedächtnis. Schon bald beugten wir uns über den Wasserfall.

»Kann's losgehen?«, fragte Aaron. Er griff nach meiner Hand.

»Wir sollten getrennt gehen«, sagte ich. »Wenn wir den Wasserfall anhalten, kommen wir vielleicht nicht nach unten durch.«

Er nickte. »Okay, dann sehen wir uns unten.«

Einen Augenblick später war ich in dem Wasserfall und schoss um die eigene Achse wirbelnd nach unten. Es kam mir wie eine Ewigkeit vor, aber es dauerte wohl nur ein paar Sekunden. Schließlich spuckte der Wasserfall mich aus, und ich lag durchgeschüttelt, zerzaust und verwirrt auf dem Seeboden. Eine Sekunde später plumpste Aaron in einem ähnlichen Zustand neben mir herunter.

Er berappelte sich als Erster. »So. Nun komm«, sagte er, schüttelte sich, schnalzte mit der Schwanzflosse und machte sich auf. »Lass uns Morvena und Shona suchen.«

Umsichtig schwammen wir durch die Tunnel, indem wir von Fels zu Fels huschten und uns hinter dicken Schleiern von Seetang versteckten, falls eine der anderen Sirenen in der Nähe war. Das Letzte, was wir uns jetzt leisten konnten, war, wieder gefangen zu werden, ehe wir Morvena und Shona selbst fanden. Diesmal schwamm ich voraus. Ich war ziemlich sicher, dass ich wusste, wo sie waren.

»Um diese Ecke«, flüsterte ich über die Schulter.

Wir schwammen an dem felsigen Vorsprung vorbei, bis ich den Eingang zu Morvenas Gemach sah. »Das ist es«, sagte ich. »Ich wette, hier sind sie drin.«

Wir sahen uns ein letztes Mal um und schwammen hinein. Die beiden saßen zusammen auf Morvenas großem Gallertkissen. Morvena saß hinter Shona und kämmte sie. Shona saß bewegungslos und aufrecht da, einen abwesenden Ausdruck auf dem blassen Gesicht.

»Shona!«

Sie sah zu mir herüber, und ihr Gesicht strahlte auf. »Emily!« Sie sprang auf und kam herübergeschwommen. Indem sie mich bei den Armen packte, sagte sie: »Ich dachte allmählich, ihr würdet nicht mehr kommen!«

»Ich würde dich doch nicht im Stich lassen«, sagte ich.

»Ich dachte, es sei euch was passiert. Ich hab mir solche Sorgen gemacht. Morvena auch, genau wie –«

»Das haben wir alle«, sagte eine sanfte Stimme weit hinten in einer Ecke. Mir war sonst niemand aufgefallen, als wir hereingekommen waren. Mein Herz sackte nach unten. Die anderen hatten die beiden gefunden. Wir waren allesamt verloren.

Doch als die Sirene angeschwommen kam, stellte ich fest, dass sie nicht zu denen gehörte, die ich schon kannte. Zum einen hatte sie nicht so ein verbissenes, gemeines Gesicht wie die anderen. Außerdem sprach sie so sanft, dass man ihre Stimme fast für das Rascheln von Seegras in der Strömung hätte halten können. Sie hatte ein weiches Gesicht und große runde Augen. Ihr langes Haar war silbrig wie das der anderen, aber sie hatte nichts von deren Schärfe, und die Fältchen um ihre Augen schienen zu tanzen.

Aaron kam angeschwommen und machte neben mir halt. »Wer bist –«, wollte er sagen, dann verstummte er. Er musste es im selben Moment begriffen haben wie ich.

Ich schwamm auf die Nixe zu. Sie lächelte uns entgegen. Das würde wohl gleich aufhören, wenn wir ihr berichteten, was wir gemacht hatten – und was wir nicht erreicht hatten.

»Bist du Melody?«, fragte ich heiser.

Sie nickte. »Und ihr müsst Emily und Aaron sein«, sagte sie sanft. Ihre Stimme war so freundlich, dass ich hätte weinen können. Ich wollte am liebsten sofort beichten; gleichzeitig wollte ich es ihr ersparen. Ich wollte ihr nicht erzählen müssen, dass wir die Muschel verloren hatten. Ich musste sie nur ansehen und wusste, dass es ihr das Herz brechen würde. Wie konnte ich das verantworten?

Ehe ich die Gelegenheit hatte, mir weiter den Kopf darüber zu zerbrechen, packte Shona mich am Arm. »Habt ihr was gefunden?«, fragte sie flehentlich.

Was sollte ich sagen? Wie konnten wir es ihnen beibringen? Wir würden ihnen das Einzige nehmen, das sie alle aufrecht hielt: Hoffnung.
Ich sah Aaron an. Ich merkte, dass er das Gleiche dachte. Ich zuckte ein wenig die Schultern. Er nickte fast unmerklich zurück. Wir mussten es ihnen sagen.
»Hört mal«, begann ich, »ich erzähle euch alles. Aber bitte, bitte werdet nicht böse. Wir haben alles versucht. Und es war nicht unsere Schuld, das müsst ihr uns glauben.«
Morvena kam auf mich zu. »Keine Sorge, Emily, du musst keine Angst vor uns haben«, sagte sie. »Wir sind auf eurer Seite.«
Melody kniff die Augen zu einem traurigen Lächeln zusammen. »Ihr müsst euch nicht grämen, meine Kleinen«, sagte sie. Ihre Worte berührten etwas in mir. Dad nannte mich immer *Kleines*. Ich merkte plötzlich, wie sehr ich mich danach sehnte, ihn bei mir zu haben. Wie sehr ich ihn und Mum brauchte. In Melodys Worten lag etwas, das mich an die beiden erinnerte. Sie sprach so sanft mit mir, als wäre ich ihr Kind. In dem Moment wusste ich, dass ich nichts zu befürchten hatte.
Ich holte Luft. »Okay«, sagte ich. »Folgendes ist geschehen.«
Doch da bedeutete Morvena mir plötzlich, zu schweigen, und schwamm zum Eingang. Von draußen kam ein Geräusch.
»Die anderen«, sagte sie. »Ich glaube, sie kommen. Wir

müssen die Kinder verstecken. Sie dürfen sie nicht fortbringen. Nicht jetzt.«

»Wo können wir uns verstecken?«, fragte ich und sah mich panikartig um. Konnten wir hier irgendwo verschwinden?

Aber es war sowieso schon zu spät. Das Geräusch kam näher. Wer immer es auch war, sie würden gleich in den Raum kommen.

Und das geschah auch – und alle fünf blieben wir wie erstarrt dort, wo wir uns befanden.

»Mr Beeston!«, entfuhr es mir. »Was zum – wie zum – warum –« Unzusammenhängende Worte sprudelten mir aus dem Mund. Sie fügten sich nicht zusammen, und nicht eines konnte den Schock und das Entsetzen ausdrücken, das ich empfand. Er war uns gefolgt – ein weiteres Mal!

Aber er blickte nicht mich an. Er sah mich gar nicht, er sah Aaron nicht und Shona auch nicht. Er sah nicht mal Morvena. Er blickte nur eine Person im Raum an.

Langsam schwamm er auf Melody zu. Einen Moment sah er sie einfach nur an. Dann, mit Tränen in den Augen, die zu ihren Tränen passten, flüsterte er nur ein Wort.

»Mutter?«

15

Es war mucksmäuschenstill im Raum. Mehr als das. Ihr wisst doch, wie es ist, wenn man eine DVD anguckt und plötzlich etwas aus der Küche holen will und auf *Pause* drückt und alles sozusagen einfriert? So sah es aus.

Ich konnte nichts sagen und mich nicht rühren. Meine Gehirnwindungen schienen verklebt zu sein, als ich versuchte zu verstehen, was da gerade lief. Und dann – es fühlte sich an wie Jahre später, war aber wahrscheinlich nur nach ein paar Sekunden – antwortete Melody.

»Charlie?«, sagte sie, und ihre Stimme bebte wie ein kleiner Fisch, der in einem Netz zappelte. »Bist du es? Bist du das wirklich?«

Mr Beeston lächelte übers ganze Gesicht und schwamm eine Schwanzlänge auf Melody zu. »Ich bin es, Mutter«, sagte er. »Ich bin da.«

Und schon fielen sie sich in die Arme und weinten und lachten, und wir anderen konnten nur zusehen – und uns fragen, was um alles in der Welt da vor sich ging.

Ich kam etwas näher geschwommen. »Hört mal, kann uns anderen das vielleicht mal jemand erklären?«, fragte ich. Sogar Morvena war verblüfft.

Melody lächelte mir zu. Ihr Lächeln war – ich weiß nicht. Schwer zu erklären. Es war irgendwie mehr als ein Lächeln. Es schien den ganzen Raum zu wärmen und die Farben mehr leuchten zu lassen. Alles fühlte sich schwebender und leichter an, wenn sie lächelte.

Mr Beeston wandte sich an mich. »Du hast eine Erklärung verdient«, sagte er. »Stattgegeben, Kind.«

»Gut«, sagte ich ungeduldig.

Er holte Luft. »Du erinnerst dich doch: Ich habe dir erzählt, dass mein Vater mich verlassen hat, als ich ein Kleinkind war, und dass ich von einer Mutter aufgezogen wurde, die sich kaum einen Deut um mich scherte?«

Ich nickte.

Er warf Melody einen Blick zu, dann sah er wieder mich an. Er zog sich eine vereinzelte Haarsträhne über den Kopf, dann fuhr er fort. »Nun, wie sich herausstellt, war das nicht ganz richtig.«

Was für eine Überraschung! Mr Beeston hatte mal wieder gelogen! Ich verschränkte die Arme und wartete.

»Nein – halt!« Er machte eine Geste in meine Richtung. »Versteh mich nicht falsch. Ich habe dich nicht angelogen. Zumindest habe ich es zu dem Zeitpunkt nicht gewusst.«

Aaron kam an meine Seite geschwommen. Ich spürte seinen Arm an meinem Ellbogen. »Sie reden in Rätseln«, sagte er und sprach damit die Worte aus, die ich irgendwie nicht gefunden hatte. Ich glaube, ich stand noch unter Schock. Ich hatte das Gefühl, dass wir plötzlich einem Puzzle gegenüberstanden, von dem wir zwar alle Teile hatten, die aber irgendwie nicht zusammenzupassen schienen.

Mr Beeston fummelte an seiner Frisur herum, zupfte an seinem Jackett – genau die Dinge, die er immer tut, wenn ihm irgendwas unangenehm ist. Was meiner Erfahrung nach ständig der Fall ist.

»Lasst mich noch mal anfangen«, sagte er.

»Klingt nach einer guten Idee«, sagte Aaron.

»Neulich habe ich doch gesagt, ich würde meine Mutter aufsuchen, erinnerst du dich?«

Ich nickte.

»Also, das habe ich auch getan, genau am selben Tag noch.« Er warf Melody einen Blick zu, und seine Wangen röteten sich leicht. »Oder zumindest *dachte* ich das. Aber wie sich herausstellte, bin ich mit einer großen Lüge aufgewachsen.« Er sah mich an. »Genau wie du«, setzte er hinzu. »Nach all den Jahren habe ich herausgefunden, dass nichts so war, wie ich geglaubt hatte. Meine *Mutter* war nichts anderes als eine hinterhältige Sirene, die meine richtige Mutter aus dem Weg haben wollte, um meinen Vater in ihre Flossen zu bekommen.«

Melodys Blick wurde düster. »Zalia«, sagte sie heiser.

Mr Beeston nickte. »Sie sagte, sie freue sich, dass ich gekommen sei. Sie war so anders, als ich sie je erlebt hatte. Zuerst machte ich die Anzahl der Jahre dafür verantwortlich, die verstrichen waren, seit ich sie das letzte Mal gesehen hatte, doch dann stellte ich fest, dass die Jahre auch etwas anderes mit sich gebracht hatten: Schuldgefühle. Ich konnte es ihrem Blick ansehen.« Er drehte sich zu mir um. »Ich habe das auch an mir selbst erlebt – nachdem ich euch jahrelang betrogen hatte.«

»Schuldgefühle? Warum?«, fragte ich.

Er wandte sich wieder an Melody. »Zalia hat mir erzählt, wie sie dich hinterlistig dazu gebracht hat unterzutauchen, und dich dann an Neptun verraten hat.«

Morvena schlug sich die Hand vor den Mund. »Ich habe immer einen Verdacht gehabt – es aber nie wirklich für möglich gehalten.«

»*Ich* schon«, erwiderte Melody. »Ich habe keinen Augenblick daran gezweifelt.«

»Sie hat mir auch erzählt, wie sie sich das Vertrauen meines Vaters erschlichen hat«, fuhr Mr Beeston fort. »Sie hat ihn dazu bekommen, ihr von dem Plan zu erzählen, den ihr euch ausgedacht hattet.«

Melody senkte den Blick. »Es war eine stürmische Nacht«, sagte sie. »Eine schreckliche Nacht. Wir wussten, was das bedeutete. Wir kannten Neptuns Zorn – wir wussten, wozu er fähig war. Ich hatte bereits meine Singstimme verloren und wusste, dass das Neptuns Strafe war – aber ich wusste auch, dass ihm das noch nicht genügte. Es würde noch schlimmer werden. Daher schmiedeten wir einen Plan. Ich sollte untertauchen, nur für eine Weile, so lange, bis Neptuns Aufmerksamkeit und Zorn sich von uns auf etwas anderes richtete – wie es immer der Fall ist.«

Sie griff nach Mr Beestons Hand. »Ich habe dich deinem Vater überlassen, bis er und ich wieder zusammen sein würden«, sagte sie. »Wir kamen überein, dass es sicherer sei.«

»Aber warum?«, fragte Morvena. »Warum sollte er bei seinem Vater sicherer sein? Wir hätten doch auch –«

»Damit er außer Reichweite von Neptun war«, erwiderte Melody direkt. »Er sollte an Land aufwachsen. Sein Vater ist ein Mensch.«

Morvena fiel die Kinnlade herunter. »Ein – aber …«

»Ich weiß. Deshalb habe ich euch nichts erzählt. Ich wusste, ihr würdet mich nie verstehen, mir nie vergeben. Wie hättet ihr das auch können? Eine Sirene und ein Mensch. Etwas Unerhörtes; eine Schande. Ich bin eine Schande für alle Sirenen.« Sie hob den Kopf und sah Morvena an. »Das ist das Geheimnis, das ich dir nie gestanden habe. Es tut mir leid. Ich konnte nicht riskieren, auch noch all meine Freundinnen zu verlieren, abgesehen von –« Sie warf Mr Beeston einen Blick zu. »Abgesehen von allem, was mir etwas bedeutete.«

»Dann war das, was du uns erzählt hast, auch eine Lüge – dass der einzige Weg aus dieser Höhle der Klang einer schönen Sirenenstimme sei?«, fragte Morvena.

Melody nickte. »Ihr wolltet es ja alle glauben«, sagte sie. »Als euch allen auch die Singstimmen genommen wurden, war es das Einzige, das mir einfiel, um weiteren Fragen zu entkommen – und Antworten, die ich euch nicht geben konnte. Und nebenbei – immerhin hattet ihr etwas, was ich nie hatte.«

»Was denn?«, fragte ich.

Melody sah mich an. »Hoffnung«, sagte sie. »Wie unwahrscheinlich das auch war, zumindest hattet ihr etwas. Ich hatte nichts. Ich wusste, dass Vergebung und Freiheit zwei Dinge waren, die Neptun mir niemals gewähren würde. Das glaubte ich zumindest.«

Melody sah Morvena an. »Es tut mir leid. Ich habe dir so viele Lügen aufgetischt. Aber ein Blick auf dein Gesicht sagt mir, dass ich recht hatte, dir die Wahrheit vorzuenthalten. Ich sehe die Abscheu in deinem Blick. Ich hätte es nicht ertragen können, wenn du mich all die Jahre so angesehen hättest.«

Morvena schüttelte den Kopf. »Nein, da liegst du falsch. Ich sehe so aus, *weil* ich deine Freundin bin, deine *beste* Freundin, und ich kann nicht glauben, dass du das Gefühl gehabt hast, dass du dich mir nicht anvertrauen könntest.« Sie schwamm auf Melody zu, hob ihr Kinn an und sah ihr in die Augen. »Du hast einen Sohn gehabt. Die ganze Zeit – die ganzen langen Jahre hast du allein getrauert, dabei hätte ich dir helfen können.« Sie breitete die Arme aus, und Melody sank hinein.

Morvena streichelte ihr übers Haar. »Das hast du also gemeint, als du die Muschel gebeten hast, dir zu helfen.«

Melody entzog sich ihr. »Was meinst du? Was weißt du von der Muschel?«
»Ich habe dich gesehen«, sagte Morvena leise. »Ich habe dich gehört – viele, viele Male.«
»Was hast du gehört?«, fragte Melody. »Was hast du mich sagen hören?«
»Ich habe gehört, wie du sagtest: *Hilf mir, dich zu finden.* Ich habe immer gewusst, dass du etwas verloren hast.« Morvena warf einen Blick in Mr Beestons Richtung. Sie schluchzte beinahe, als sie fortfuhr: »Ich habe allerdings nicht gewusst, dass es sich um dein *Kind* gehandelt hat.« Sie drückte Melody an sich und wiegte sie sanft. »Was ich allerdings nicht verstehe«, sagte sie nach einer Weile, »ist, wie dir die Muschel dabei helfen sollte.«
»Ich schon«, erwiderte Mr Beeston. »Das hat Zalia mir auch gesagt. Sie hat es meinem Vater entlocken können. Er hatte eine Karte darin versteckt.«
Melody zog scharf die Luft ein. »In der Muschel? Du meine – nein! Aber natürlich!«
»Was? Was ist?«, fragte ich.
Einen Moment lang sah Melody völlig perplex aus. Ihr Blick glitt wie irr über uns alle. Dann blieb er an Mr Beeston hängen, und sie wurde wieder ruhiger. »Ich hatte keine Ahnung, dass etwas in der Muschel versteckt war«, sagte sie. »Wie töricht. Wie konnte ich nur so dumm sein?«
»Was meinst du?«, fragte ich. »Warum sollst du dumm gewesen sein?«

»Er hat sie mir bei unserem letzten Treffen gegeben, während des Sturms, aber der Sturm wütete so laut, dass ich nicht richtig verstehen konnte, was er mir sagte. Ich dachte, er wolle mir sagen, dass es irgendein Bann sei, ein Zauber, der mich irgendwie zu ihm führen würde. Aber er hat nicht gesagt, dass ein *Bann* darin liegt – er hat gesagt, es sei ein *Plan* darin, eine Karte!« Melody schüttelte den Kopf. »Die ganzen Jahre habe ich sie in Händen gehalten, sie gebeten, den Zauber zu enthüllen, und dabei habe ich die ganze Zeit nach etwas Falschem gesucht.«
»Und du konntest die Karte nicht herausholen, denn Neptun muss die Muschel versiegelt haben, als er die Höhlen versiegelte!«, sagte Aaron.
Melody nickte. »All die verlorenen Jahre. So viele«, sagte sie traurig und berührte Mr Beeston am Arm. »Dein Vater hatte auf seinen Reisen eine kleine Insel entdeckt. Er hatte dort nie eine Seele gesehen. Er glaubte, sobald Neptuns Zorn sich gelegt hätte, könnten wir dort leben, heimlich und in Sicherheit. Ich sollte mich ein paar Wochen verstecken – oder höchstens ein paar Monate –, und euch beide dann dort treffen.«
»Das muss die Insel sein, die wir gefunden haben!«, stieß ich aus.
»Du weißt von der Insel?« Melody starrte mich und dann die anderen an. »Ihr scheint alle so viel zu wissen«, sagte sie. »Und wisst ihr auch, dass ich die Muschel jetzt verloren habe?«

»Du hast es gemerkt?«, stieß Morvena erschrocken hervor. »Ich dachte, du nimmst sie nur morgens und abends heraus. Ich dachte –«
»Falsch«, sagte Melody. »Die Muschel ist das Einzige, was mich hier unten am Leben gehalten hat.«
Vielleicht war das der Zeitpunkt, um reinen Tisch zu machen. Aber wie sollte ich ihr gestehen, dass wir sie verloren hatten? Was würde sie sagen? Was würde sie mit uns machen? Vielleicht würde sie so gemein werden wie die anderen. Ein letzter Blick auf ihr flehendes Gesicht, und ich wusste, dass ich das Risiko eingehen musste. Ich begann: »Ähm, wir, tja –«
Mr Beeston gebot mir mit einer Handbewegung zu schweigen. Dann griff er in seine Jackentasche. Er zog die Hand wieder heraus, öffnete sie und präsentierte die Muschel. »Hier ist sie.«
Einen Augenblick starrte Melody die Muschel verwundert an. »Aber du – aber wie –«, sagte sie. Dann lächelte sie. »Egal«, fuhr sie sanft fort. »Wir haben alle Zeit der Welt, um alles zu erklären. Das Einzige, was zählt, ist, dass mir die Muschel nun gebracht hat, was ich wollte. Ich habe es immer gewusst.« Dann schloss sie die Hand über der von Mr Beeston, und sie hielten gemeinsam die Muschel. Ihr Gesicht war ein Bild heiterer Gelassenheit.
Wenn ich vor einer Stunde entdeckt hätte, dass Mr Beeston die Muschel genommen hatte, dann hätte mir das Blut so gekocht wie der wilde Wasserfall. Aber nach al-

lem, was wir gehört hatten, konnte ich ihm keinen Vorwurf machen, und ich würde es ihm nicht nachtragen. Zum ersten Mal waren die Tricksereien von Mr Beeston ein Akt der Liebe und Treue.

Er räusperte sich. »Es gibt – es gibt noch etwas, das ich dir erzählen muss«, sagte er zu Melody. »Es gibt noch eine Lüge aus meiner Kindheit.«

Melody legte ihre Hand auf seine. »Welche?«

Er schluckte heftig, dann nickte er bedächtig, als würde er mit sich selbst übereinkommen, uns die Geschichte zu erzählen. »Nachdem du fort warst, hat Zalia bei meinem Vater keine Zeit verschwendet. Sie hat sich durch Lügen und Tricks in sein Leben geschmuggelt – hat behauptet, du habest uns verlassen, und hat sich ihm unverzichtbar gemacht. Was sie allerdings nie geschafft hat, so hat sie mir erzählt, ist, ihn dazu zu bekommen, sie zu lieben. In seinem Herzen war nur Platz für eine.« Er sah Melody an, und ihre Wangen röteten sich vor Freude und Verlegenheit.

»Nachdem du über ein Jahr verschollen warst und er nichts von dir gehört hatte und dich nicht hatte finden können, glaubte er ihr allmählich. Und das war ein verhängnisvoller Fehler.«

»Wie meinen Sie das?«, fragte Shona, die von Mr Beestons Geschichte genauso gefesselt war wie wir anderen. »Inwiefern verhängnisvoll?«

»Ihm war alles einerlei geworden. Er vernachlässigte sich

selbst; um mich konnte er sich so gut wie gar nicht kümmern. Das tat Zalia – auf ihre Weise.«

»Was geschah?«, fragte ich. »Sie haben doch erzählt, dass er abgehauen ist und Sie im Stich gelassen hat, als Sie klein waren? War das auch eine Lüge?«

Mr Beeston schwieg lange. »In gewisser Weise«, sagte er. Dann fuhr er mit einer Stimme fort, die rau und kratzig war wie ein alter Fußabtreter: »Ich habe die Wahrheit erst jetzt erfahren. Er – mein Vater –« Er schluckte heftig. »Er ist ertrunken.«

Melody machte ein Geräusch, als würde sie ersticken. Mr Beeston ergriff wieder ihre Hand und drückte sie fest. »Es tut mir leid«, flüsterte er. »Ich hatte keine Ahnung. Ich weiß nicht, ob sie mich verspotten wollte, indem sie mich glauben ließ, dass ich meinem Vater nichts bedeutete, oder ob sie mich vor der Wahrheit schützen wollte. Ich nehme an, das werde ich nie erfahren. Aber jetzt wollte sie, dass ich die Wahrheit doch erführe – die ganze Wahrheit. Sie sagte, sie sei erleichtert, dass sie mir endlich alles beichten könne. Vielleicht könnte sie jetzt nachts wieder schlafen.«

»Ich kenne Zalia«, sagte Morvena schneidend. »Die sagt nie etwas, um jemanden zu beschützen.«

»Sie hat mich aufgezogen«, sagte Mr Beeston. »Ich würde gerne glauben, dass ich ihr wenigstens ein bisschen was bedeutet habe.«

»Vielleicht war es so«, sagte Morvena. »Aber vergessen

wir nicht, es war ihre Schuld, dass du überhaupt zum Waisen geworden bist.«

Melody hob den Kopf. »Mein Sohn ist nicht zum Waisen geworden«, sagte sie bestimmt.

Darauf konnten wir anderen nicht viel sagen, und wir verstummten. Jeder hing seinen wirren Gedanken und Fragen nach.

Shona brach das Schweigen als Erste. »Und was habt ihr nun gefunden?«, fragte sie mich und Aaron. »Hat die Muschel einen Weg nach draußen enthüllt?«

Natürlich – das hatte ich ja ganz vergessen. Ihre Frage machte mir auch etwas anderes klar. »Sie sind uns hierher gefolgt, nicht?«, sagte ich zu Mr Beeston.

»Mir blieb keine andere Wahl. Euch beiden wollte ich nicht hinterherspionieren. Aber ich hatte die Muschel gesehen. Ich wusste, was sie bedeutete. Zalia hat mir alles darüber erzählt. Offensichtlich hat sie ihr Gewissen gründlich erleichtern müssen. Daher wusste ich, dass die Muschel mich irgendwo hinführen würde – obwohl ich gestehen muss, dass ich nicht glaubte, ich würde meine richtige Mutter finden! Das wäre zu viel der Hoffnung gewesen, oder so dachte ich zumindest.«

»Aber der Wasserfall – sind Sie da durchgekommen?«, fragte ich ungeduldig.

»Ja – wieso?«

Ich seufzte. »Ich hoffe, Sie haben in nächster Zukunft nichts vor.«

»Was meinst du nur? Raus damit, Kind.«
Da berichteten wir. Wir erzählten ihm von dem Wasserfall und dass man zwar hinein-, aber nicht mehr hinauskommen könne; wir erzählten ihm sogar von der Entdeckung, die Aaron und ich gemacht hatten – wie wir Neptuns Zauberbann durchbrechen konnten, aber dass nur wir beide aus dem Wasserfall könnten, sonst niemand.
»Tja, dann gibt es nur eines«, sagte Mr Beeston, als wir alles erzählt hatten.
»Und zwar?«, fragte ich.
»Ihr müsst durch den Wasserfall hinaus. Ihr zwei müsst eine letzte Aufgabe erledigen. Ihr müsst einen Besuch machen.«
»Was meinen Sie?«, fragte Aaron. »Wen müssen wir besuchen?«
Mr Beeston sah Aaron in die dunklen Augen und erwiderte sehr bestimmt: »Neptun.«

16

Ich wachte früh auf, lag da, starrte an die Decke und versuchte, alles in meinem Kopf zu ordnen, was gestern passiert war – und was wir heute machen mussten.
Mr Beeston hatte uns gesagt, wo wir Neptun finden würden und was wir sagen müssten, um die Wachen dazu zu überreden, uns zu ihm zu lassen. Nun mussten wir nur hinkommen und Neptun überzeugen, Mr Beeston, Shona und auch die anderen Sirenen freizulassen. Ich wünschte, diese Aufgabe genauso optimistisch zu sehen wie Mr Beeston.
Ich stand auf, schlüpfte in die Kleider und ließ Mum eine Nachricht da. Dann lief ich zu Aarons Haus. Pier und Strand lagen verlassen. Mein Glück, dass in einem Badeort nicht viele Leute dazu neigen, an einem Montagmorgen um sieben Uhr herumzulaufen. Das Bild aus der gestrigen Zeitung schwirrte mir noch im Kopf umher – und ich hatte mir eingeredet, dass es auch noch andere gab, denen es genauso ging.
Aaron kam schon aus dem Cottage, als ich dort eintraf. »Bist du bereit?«, fragte er und zog die Tür leise hinter sich zu.

»Um Neptun gegenüberzutreten?«, fragte ich und schauderte. »Dazu bin ich eigentlich nie bereit!«
Er lachte. »Komm, machen wir uns auf den Weg.«

Wir warteten in einer Art prachtvollem Aufenthaltsraum in einem riesigen Palast unter Wasser. Wie sich herausstellte, waren Mr Beestons Einfluss und seine Instruktionen so beeindruckend, wie er behauptet hatte.
Der Stil kam mir von meinem letzten Besuch in einem der Paläste Neptuns vertraut vor. Sein Geschmack in Sachen Ausstattung war nicht gerade das, was man *bescheiden* nennen würde. Marmorsäulen mit verspielten goldenen Spiralen um die Sockel standen in den Ecken des Saales. Von der kuppelartigen Decke hing der gigantischste Kronleuchter, den ihr euch vorstellen könnt, und schaukelte ganz leicht in der sanften Strömung.
Ein schnittig gekleideter Meermann kam auf uns zu. »Neptun empfängt euch jetzt«, sagte er feierlich. »Folgt mir.«
Aaron nahm meine Hand, und wir folgten dem Meermann durch gewundene Gänge und verschlungene Tunnel. Schließlich endeten wir vor einer großen Tür. Sie war aus Glas, und der Türrahmen war mit Edelsteinen besetzt. Durch die Tür konnte ich einen sehr hohen Thron

sehen – und einen sehr ernst dreinblickenden Neptun, der darauf saß.

Erinnerungen an meine vergangenen Zusammentreffen mit Neptun kamen mir in den Sinn. Wie ich seinem Zorn in seinem eigenen Gerichtshof ausgesetzt gewesen war; wie er mich mit einem Fluch belegt hatte, als ich zufällig seinen Ring gefunden hatte; wie mich sein Lieblingstier – das Seeungeheuer – fast zu Tode gequetscht hatte. »Ich weiß nicht, ob ich das schaffe«, flüsterte ich Aaron zu.

»Du musst«, flüsterte er zurück. »Shona verlässt sich auf uns. Und die anderen auch.«

Allein die Erwähnung von Shonas Namen reichte aus, um mich daran zu erinnern, was wir zu tun hatten. »Du hast recht«, sagte ich. Und mit einem tiefen Atemzug fügte ich hinzu: »Dann lass uns mit Neptun reden.«

Wir warteten schweigend und betrachteten Neptuns gefurchte Stirn, seine zusammengekniffenen Augen und seine fest aufeinandergepressten Lippen. Wir hatten ihm alles erzählt. Nun konnten wir nur abwarten – und hoffen, dass er uns nicht hinauswarf mitsamt Kiemen, Fischschwanz und allem.

»Und diese Sirene ist die Mutter von Beeston, sagst du?« Neptun richtete seinen kalten Blick auf mich.

Ich nickte. »Vor allem ist sie das, ja.«
»Schon gut, schon gut.«
»Es ist doch schon so lange her, Majestät«, sagte Aaron behutsam. »Zu einer Zeit, als Eure Gesetze und Eure Welt noch anders waren.«
Neptun warf ihm einen finsteren Blick zu. Ich machte weiter, wo Aaron aufgehört hatte. »Ihr habt doch selbst gesagt, dass wir heute eine andere Welt haben. Um genau zu sein, Ihr habt uns den *Befehl* gegeben, eine neue Welt zu formen. Das hier könnte dazu beitragen.«
Nun richtete Neptun seinen kalten Blick auf mich. »Und wie soll das deiner Meinung nach GEHEN?«
Ich schluckte. »Nun, ich –«, stotterte ich. Und dann setzte mein Hirn aus. Vor Neptun zu stehen, in seinem eigenen Palast, und zu versuchen, ihn um einen Gefallen zu bitten, während er einen mit Blicken durchbohrt und alles, was man hervorbringt, mit brüllender Stimme in Frage stellt – das hat diesen Effekt. Bei mir zumindest.
»Es würde einer Botschaft gleichkommen«, sagte Aaron.
Neptun wandte sich ihm wieder zu. »WAS würde es?«, bellte er. Warum musste alles, was er sagte, so, na ja, so *laut* herauskommen?
»Ihr würdet der Meerwelt zeigen, dass Neptun die alten Pfade tatsächlich verlassen hat. Dass Sirenen, die Fischer in den Tod locken, etwas aus der Vergangenheit sind. Die Botschaft wäre sehr bedeutend, vor allem angesichts der Dinge, die jetzt in Schiffriff geschehen.«

Neptun runzelte streng die Stirn. »Und was GESCHIEHT in Schiffriff?«, fragte er. »Ich bin in letzter Zeit nur unzulänglich auf den neuesten Stand gebracht worden.«

»Mit jedem Tag wenden die Bewohner sich dort heftiger gegen die Menschen«, sagte ich. »Sie fühlen sich durch die Erschließungsprojekte in Brightport bedroht.«

»Und könnt ihr ihnen das zum Vorwurf machen?«

»Äh, nein, aber wenn Ihr die Sirenen gehen lasst, könnten die uns vielleicht helfen, die Lage zu beruhigen. Menschen und Meerleute, die zusammenarbeiten, um Schiffriff zu zeigen, dass es nichts zu befürchten hat … so in der Art? Das könnte man vielleicht für ihre Freilassung zur Bedingung machen.«

Neptun rieb sich den Bart. »Hmm, in Ordnung, nehmen wir mal an, ich würde das tun«, sagte er sinnend, fast so, als würde er zu sich selbst reden oder nur laut denken. »Bedingungen daran knüpfen. Doch, das gefällt mir. Andrerseits …« Dann nickte er. »Genau, das ist es!«, bellte er. »Ich habe beschlossen, was wir machen.«

Starr vor Schreck wartete ich auf das, was kommen würde. Was würde er sagen? Würde ich Shona jemals wiedersehen? Hatten wir einen schlimmen Fehler begangen, indem wir hierhergekommen waren? *Bitte hilf uns. Bitte schick uns nicht mit leeren Händen fort.*

»Ich werden den Wasserfall in den Höhlen aussetzen«, sagte er. »Die Sirenen können gehen.«

»Und Shona?«, fragte ich und wagte kaum zu hoffen.

Neptun fegte meine Frage hinweg. »Ja, ja, natürlich, alle – einschließlich Beeston und deiner Freundin.«

Aaron sah mich an und hielt den Daumen hoch. Wir hatten es geschafft! Shona würde freikommen!

»Ich bin noch NICHT fertig!«, dröhnte Neptun, ehe ich die Gelegenheit hatte, mir ernsthafte Gedanken über eine Siegesfeier zu machen. »Folgendes sind meine Bedingungen.«

Schweigend warteten wir.

»ERSTENS: Ihr müsst eure Anstrengungen bezüglich der Aufgabe, die ich euch gestellt habe, verdoppeln. Ich habe euch mit einer Mission betraut, und es war vorgesehen, dass ihr euch diese Mission zu Herzen nehmt. Bisher kann ich keine ernsthaften Fortschritte erkennen. Ihr müsst beträchtliche Fortschritte erreichen. Angefangen damit, dass die Situation zwischen Brightport und Schiffriff geklärt wird. Ich verlange, dass sie bereinigt wird. Habt ihr verstanden?«

»Natürlich«, sagte ich. »Wir unternehmen alles, was wir können, um –«

»Ihr werdet nicht *alles unternehmen, was ihr könnt*, damit es klappt – ihr werdet zusehen, DASS ES KLAPPT!«, brüllte Neptun. »Sonst wird euch mein Zorn treffen!«

»Hundertprozentig, Majestät. Wir sorgen dafür«, sagte ich eilig.

»ZWEITENS: Die Gedächtnisdroge bleibt unwirksam in Brightport.«

Meine Hoffnungen schwanden. Ganz Brightport war immer noch darauf aus, ein Meermädchen zu ergattern. Wie sollten wir dort weiterleben? Wir würden umziehen müssen. Oder ich müsste einen Schönheitschirurgen dazu bringen, mir ein neues Gesicht zu verpassen. Ich öffnete den Mund und wollte Neptun gerade fragen, ob er sich diese Bedingung nicht noch einmal überlegen könne. Ich konnte mir nicht vorstellen, Mum und Dad davon zu überzeugen, schon wieder in einer neuen Stadt von vorne anzufangen. Und um ehrlich zu sein, mir gefiel mein Gesicht so, wie es war.

»Unabdingbar!«, sagte Neptun, der meine Gedanken erriet und sie mit einem Wort zunichtemachte. »Wie stellst du es dir denn vor, Menschenwelt und Meerwelt zu vereinen, wenn du möchtest, dass die eine über die andere Welt im Dunklen tappt? Wie kannst du erwarten, dass die Leute von Brightport sich so sehr für ihre Nachbarstadt interessieren, um zu verhindern, dass sie zerstört wird, wenn sie nicht mal wissen, dass diese Nachbarstadt EXISTIERT?«

Da hatte er allerdings recht.

»Ihr müsst es erreichen«, sagte er feierlich.

Ich stieß einen Stoßseufzer aus. »Okay«, sagte ich schließlich. Nicht, dass wir die Wahl hatten, daher weiß ich nicht, warum er wartete, bis wir diesen Bedingungen zustimmten. Dann fiel mir etwas ein. »Meine Großeltern«, sagte ich.

»Was ist mit ihnen?«

»Also, wenn wir zustimmen, dass die Gedächtnisdroge in Brightport wirkungslos wird, könnt Ihr dann bei ihnen die Wirkung auch aufheben – für immer?«

Neptuns Gesicht rötete sich. »WAGE es nicht, mit mir ZU HANDELN!«, brüllte er. »Ich und nur ich allein stelle die Bedingungen! Verstanden?«

»Ja, selbstverständlich, Majestät«, sagte ich kleinlaut. »Entschuldigung.«

Neptun überlegte einen Augenblick. »Solange ich nicht weiß, wo deine Großeltern sind, kann ich gar nichts machen«, sagte er. »Aber ich kann dir eins versprechen: Wenn sie nach Brightport kommen, wird die Regel auch auf sie zutreffen. Mehr kann ich dir nicht anbieten.«

»Danke, Sir, danke, Majestät«, stammelte ich.

Neptun hob erneut die Hand. »Es gibt noch eine weitere Bedingung«, sagte er. »Und zwar die wichtigste.«

Das war's dann wohl – jetzt sagte er uns, dass ich Aaron und Shona aufgeben müsste und beide nie wiedersehen dürfte, oder dass ich Brightport auf immer verlassen müsste und nie zurückkehren dürfte, dass ich –

»Ihr müsst auf eure Kraft verzichten«, sagte er. Plötzlich wirkte er zum ersten Mal verlegen, unbeholfen, fast wie ein normaler Mensch.

»Unsere Kraft?«, fragte Aaron. »Ihr meint …« Er nahm meine Hand, legte die Finger um meine und hielt unsere Hände hoch. »Das hier?«

Neptun umklammerte seinen Dreizack. »Niemand sollte die Fähigkeit besitzen, meine Macht auszuhebeln«, sagte er. »Es ist nicht richtig; es ist nicht, wie die Dinge sein sollten; das habe ich nicht vorgehabt mit dem Vers. Aber nachdem es nun mal geschehen ist, will es die Natur der Magie, die ihr in Anspruch genommen habt, dass ich die Fähigkeit nicht mehr rückgängig machen kann.«

»Ihr könnt sie nicht rückgängig machen?«, wiederholte ich. »Wie kann sie denn dann rückgängig gemacht werden?«

»Ihr müsst auf sie verzichten«, sagte er klipp und klar. »Ihr müsst zustimmen, sie mir zurückzugeben. Dafür, und nur hierfür allein, benötige ich eure Zustimmung.« Er hielt seinen Dreizack über unsere Hände. »Ihr müsst sie freiwillig aufgeben. Wenn ihr beide zustimmt, kann die Kraft an mich zurückfallen.« Er klammerte sich fest an seinen Dreizack. »Habe ich eure Zustimmung?«

Ich sah Aaron an. Er musste sich ja nicht darüber Sorgen machen, dass sein bester Freund mit einem Haufen böser Sirenen in einer Unterwasserhöhle festsaß. Vielleicht wollte er lieber nicht auf so eine coole Zauberkraft verzichten.

Er sah mich nicht an. Ohne mit der Wimper zu zucken, drückte er meine Hand. »Wir stimmen zu«, sagte er mit fester Stimme.

Kaum hatte er das gesagt, wollte ich am liebsten aufspringen und ihn umarmen. Ich wollte ihn an mich drücken und – und – mein Gesicht brannte, als ich erkannte, was ich machen wollte, und ausnahmsweise hoffte ich mal, dass er meine Gedanken nicht lesen konnte. Ich wollte ihn küssen.

Ehe ich die Gelegenheit hatte, mir zu viele Gedanken darüber zu machen, was ich wollte und ob er das auch wollte und ob es wohl jemals eintreten würde, ergriff Neptun wieder das Wort. »Nun müsst ihr euren Teil der Abmachung einhalten. Vergesst die erste Bedingung nicht. Ich werde euch und euren Familien *eine Woche* zugestehen, um mir zu zeigen, dass ihr euch ernsthaft um eure Aufgabe bemüht. Wenn ich dann immer noch nichts erkennen kann …«

Er musste den Satz gar nicht beenden. Ich wusste, wie es war, die Leidtragende von Neptuns Drohungen zu werden. Sie waren nicht harmlos gemeint, und er hielt sich bei ihrer Durchführung keineswegs zurück.

»Wir machen uns daran, Majestät«, sagte ich. »Das versprechen wir.«

»Sehr gut. Nur, dass wir uns verstehen.«

O ja, wir verstanden uns nur zu gut. Das Schaudern, das mir wie eine Drohung über den Körper lief und mich an Ungeheuer und Verfluchungen und von Neptun ausgelöste Stürme erinnerte, sagte mir nur allzu genau, wie gut ich ihn verstand.

»Dann haltet eure Hände still«, gebot uns Neptun. Wir taten, wie geheißen, und er hielt den Dreizack über unsere ausgestreckten Hände.

»Nichts sei mächtiger als meine Hand, daher sei die Kraft der beiden gebannt!«, sang er.
Im selben Moment fing meine Hand zu brennen und zu jucken und zu kribbeln an. Aaron packte sie fester, und ich hielt mich so fest wie möglich an seiner, während mich Blitze und Stromstöße durchfuhren. So fühlte sich das nämlich an, was da durch meinen Körper zuckte. Sie liefen meine Finger entlang, durch meine Hände, die Arme hinauf, tanzten durch den ganzen Körper – und verebbten.
Nichts mehr.
Neptun zog seinen Dreizack zurück. »Es ist vollbracht«, sagte er. »Ich danke euch. Nun müssen wir zu den Höhlen zurück, und ich werde meinen Teil der Abmachung einlösen. Kommt, ihr fahrt mit mir.«
Und damit machten wir kehrt und folgten ihm aus seinem Prachtsaal, hinaus aus dem Palast, in seinen Wagen, der schon mitsamt seinen goldgeschmückten Delphinen bereitstand, um uns zu den Höhlen zu bringen.

Es war schnell erledigt. Neptun hielt seinen Dreizack über den Wasserfall und murmelte mit leisem Grummeln ein paar Worte. Dann nickte er uns kurz zu und sagte wieder: »Es ist vollbracht.« Und fort war er.

Als ich ihn davonfahren sah, ließ ich einen so erleichterten Stoßseufzer los, als ob ich den Atem angehalten hätte, seit wir in dem Palast gewesen waren. Als der Wagen dann nur noch ein Pünktchen in der Ferne war, wandte ich mich dem Brunnen zu, der jetzt ganz ruhig war – wie Neptun es versprochen hatte.

Eine Sirene nach der anderen kam zitternd aus den Tiefen des Ozeans ins Freie heraufgeschwommen. Jede nickte mir mit einem stummen *Danke* zu, aber keine kam heran und redete mit mir. Vielleicht waren sie zu beschämt, so, wie sie uns behandelt hatten.

Dann kam Melody heraus und direkt auf mich zu. Sie ergriff meine Hände. »Emily, du kannst nicht ermessen, was du heute für mich getan hast«, sagte sie mit belegter Stimme und Tränen in den Augen. »Ich stehe in deiner Schuld – immer und ewig. Wenn du etwas brauchst, dann komm zu mir, und ich helfe dir. Denke daran.«

»Mach ich«, sagte ich und zupfte an meinen Haaren herum.

Melody strich mir mit dem Finger über die Wange. »Ich meine es ernst«, sagte sie. »Egal, um was es sich handelt. Verstanden?«

Ich sah sie einen Moment lang an. »Okay«, sagte ich. »Danke.«

Melody lachte. »Du musst mir für nichts danken«, sagte sie. »Für gar nichts. Ich hingegen habe dir *alles* zu verdanken.«

Ich neigte den Kopf in die Richtung der anderen Sirenen. »Was wird aus ihnen?«, fragte ich.
Melody lächelte. »Sie kehren zu ihren alten Gewohnheiten zurück und fangen hoffentlich wieder richtig zu leben an. Mit der Zeit werden sie mir vergeben. Und mit der Zeit auch sich selbst. Sie kommen schon zurecht«, sagte sie und lächelte wieder. »Wir kommen alle zurecht.«
Kurz darauf erschien Shona am Brunnenrand, und ich schwamm schnurstracks auf sie zu.
»Emily!« Sie umarmte mich stürmisch. »Du hast es hingekriegt!«, hauchte sie. »Du hast uns rausgeholt! Es ist vorüber!«
»Genau«, sagte ich und drückte sie ebenfalls. Ich wollte nicht, dass sie mein Gesicht sah. Sonst hätte sie gesehen, was ich mir für Sorgen gemacht hatte, und hätte gemerkt, dass noch nicht alles vorüber war. Wir hatten nur eine Woche, um nach einer unglaublichen weltverändernden Lösung zu suchen, sonst würde ich den Zorn Neptuns zu spüren bekommen – wieder einmal.

Mandy starrte uns mit großen Augen sprachlos an, als wir sie Montagabend besuchten und auf den neuesten Stand brachten. »Wow!«, sagte sie schließlich.
»*Wow?* Ist das alles?«, fragte ich lachend.

Mandy schüttelte den Kopf. »Was soll ich sonst sagen? Es ist unglaublich. Ihr seid Helden.«
»Na ja, vielleicht«, sagte ich.
Aaron stieß mich an. »He, was ist los? Du solltest doch happy sein.«
»Ich weiß, es ist nur …«
»Die Aufgabe«, sagte Mandy. »Ihr habt eine Woche, um Neptun zu zeigen, dass ihr wirklich etwas bewirken und die Situation verändern könnt.«
»Genau. Das schaffen wir nie, in der kurzen Zeit was in Gang zu bringen. Und du hast noch nicht erlebt, wie er ist, wenn man ihm nicht gehorcht«, sagte ich schaudernd. »Ich hab keine Lust, noch mal sein Opfer zu werden, das sag ich euch.«
Aaron tätschelte mir den Arm. »Ach komm, uns fällt schon was ein«, sagte er und lächelte halbherzig. Er klang so, als glaubte er das genauso wenig wie ich. »Schau mal, du hast doch alle Sirenen aus der Höhle gerettet, wo –«
»*Wir* haben sie gerettet«, erinnerte ich ihn.
»Okay, *wir* haben sie gerettet. Aber das ist doch ein unglaublicher Erfolg, oder? Sie haben jahrelang festgesessen! Du hast doch gesehen, wie dankbar Melody war, dass wir sie gerettet haben. Denk an ihren Ausdruck, wenn du das nächste Mal eine Bestätigung brauchst, wie zischig du bist!«
Ich lächelte. Aaron schien sich Shonas Talent angeeignet zu haben, genau im rechten Augenblick das Richtige

zu sagen, damit ich mich besser fühlte. »Danke«, sagte ich.

In dem Moment ging die Tür hinter uns auf, und Mandys Eltern kamen lachend und schwatzend mit einem Mann herein, den ich noch nie gesehen hatte.

»Wer ist das?«, fragte ich.

Mandy sah sich um. »Ach, der. Das ist Mr Beckett, der Herausgeber der *Brightport Times*. Er und meine Eltern sind so richtig dicke Freunde, seit die Zeitung mit Mums und Dads Seemonster-Fotos ein Vermögen gemacht hat.«

»Hallo Kinder!«, riefen die drei und verschwanden mit ein paar Flaschen Wein im Wohnzimmer.

»Also, es ist aber nicht nur das«, fuhr ich fort. »Es geht um Mum. Wenn sie wüsste, dass wir nur eine Woche haben, um Neptun zu beweisen, dass wir die Aufgabe bewältigen, dann weiß ich nicht, was sie tun würde. Sie ist jetzt schon so unglücklich, weil wir bisher noch nicht viel zustande gebracht haben.«

»Nicht viel zustande gebracht?«, brauste Mandy auf. »Nach dem, was ihr gerade gemacht habt?«

Ich schüttelte den Kopf. »Ich weiß, aber – also, sie grämt sich immer noch wegen der anderen Sache.«

»Was für eine andere Sache?«, fragte Aaron.

»Wegen meinen Großeltern«, sagte ich. »Wir haben sie immer noch nicht gefunden. Nachdem sie sie jetzt wiedergesehen hat, denkt sie häufiger an sie als je zuvor.

Wenn wir sie doch nur irgendwie herbekommen könnten. Ich denke auch so oft an die beiden. Wie können wir zwei Welten versöhnen, wenn wir nicht mal die eigene Familie zusammenbringen können?«

»Habt ihr denn versucht, Kontakt mit ihnen aufzunehmen?«, fragte Mandy.

»Ja, Millie. Sie hat immer wieder bei ihnen angerufen, aber sie gehen nicht dran. Da die Gedächtnisdroge bei ihnen funktioniert, können sie sich sicher nur daran erinnern, dass Millie diejenige ist, die ihnen gesagt hat, sie hätten ein Preisausschreiben gewonnen. Dann sind sie hergekommen und haben rausgefunden, dass alles ein Schwindel war. Auf sie werden sie wohl kaum noch hören.«

»Warum kann denn nicht einfach deine Mutter anrufen?«, bohrte Mandy weiter.

»Sie will nicht. Sie ist zu stolz – oder zu dickköpfig. Nach dem, was passiert ist, als sie zu uns kamen, will sie sich so einer Zurückweisung nicht noch mal aussetzen.«

»Warum rufst du nicht an?«, schlug Aaron vor.

»Und was soll ich sagen? *He, ihr wisst nicht, dass es mich gibt, aber ich bin eure Enkelin, und wenn ihr mal kurz nach Brightport kommen könntet, würdet ihr euch plötzlich erinnern, ehrlich?* Das geht doch nicht.«

Mandy sah mit seltsamem Ausdruck zur Wohnzimmertür hinüber. Ihre Augen funkelten. »Wartet mal kurz«, sagte sie. »Ich hab vielleicht 'ne Idee. Hört zu.«

Mandys Idee war gut, und wir ließen sie allein, damit sie sich gleich daranmachen konnte. Aber jegliche Hoffnung, die ich daraus geschöpft haben könnte – dass wir auf einem gutem Weg waren, die ganze Sache zu lösen –, wurde vernichtet, als ich nach Hause kam.

Mum und Dad waren beide draußen, Dad im Wasser, Mums Kleidersaum im Wasser, während sie die Beine über Bord baumeln ließ.

»Hallo Rübennase«, sagte Mum tonlos.

Dad lächelte mir halbherzig zu.

»Mum, Dad, was ist denn los?«, fragte ich.

Dad schüttelte wortlos den Kopf.

»Wir haben gerade rausgefunden, dass der Stadtrat heute Nachmittag zusammengekommen ist«, sagte Mum.

»Und?«

»Also, Mr Beeston hat versucht, sie dazu zu bewegen, die Erschließungspläne fallenzulassen«, fuhr sie fort. »Aber sie haben gerade einstimmig dafür gestimmt.«

»Und was bedeutet das?«, fragte ich.

»Es bedeutet, dass sie zumindest mit *einem* ihrer ursprünglichen Pläne weitermachen«, sagte Dad. »Die beide katastrophal für Schiffriff sind.«

Und für unsere Hoffnung, wie durch ein Wunder etwas

zu erreichen, was Neptun gefallen könnte. Schiffriff war verloren – und ich auch.

»Welches Projekt durchgeführt wird, entscheiden sie auf der nächsten Planungssitzung«, sagte Mum.

»Die wann stattfindet?«

»Heute in einer Woche.«

Na super. Der Tag, an dem ich Neptun berichten musste, dass wir die Welt verändert hatten, war der Tag, an dem meine Welt offiziell einstürzen würde. Das war einfach perfekt. Warum wurde alles, was ich in Angriff nahm, immer zu einer Katastrophe?

Na ja, okay, vielleicht nicht alles. Wir hatten Shona und Melody gerettet und …

Halt mal! Melody!

Was hatte sie doch gesagt? *Wenn du irgendwas brauchst, komm zu mir, und ich helfe dir.*

Ich gönnte mir ein kurzes Lächeln, denn in meinem Kopf nahm eine Idee Gestalt an. Vielleicht war nicht alles verloren – noch nicht.

17

»Wie hast du mich gefunden?«

»Mr Beeston – äh, Charlie – hat mir gesagt, wo ich dich finden kann«, stotterte ich.

Melody lächelte. *»Mein Sohn«,* sagte sie und erfreute sich an dem Wort, als sei es ein wertvolles Juwel, das ihr gerade jemand geschenkt hatte. So ähnlich war es ja wohl auch.

»Weißt du noch, äh, dass du gesagt hast, du würdest alles tun, um mir zu danken, dass ich dich gerettet habe?«, fuhr ich fort.

»Aber sicher«, sagte sie ernst. »Und das habe ich auch so gemeint.«

»Also, da gäbe es was.«

Ich berichtete ihr von meiner Idee. Als ich fertig war, runzelte Melody die Stirn. »Emily, ich möchte dir helfen, wirklich. Aber es ist viele Jahre her, seit ich –«

»Du warst die Beste«, sagte ich. »Und das bist du immer noch, da bin ich sicher.«

Melody wandte sich etwas von mir ab und fummelte nervös an den Pailletten an ihrem Oberteil herum. Wo hatte ich diese Geste schon mal gesehen? Plötzlich fiel es mir ein, und ich lachte.

»Er macht das auch«, sagte ich.
Sie drehte sich wieder zu mir um. »Wer macht was?«, fragte sie.
»Mr Bee – dein Sohn«, sagte ich. »Er fummelt an den Knöpfen seiner Jacke herum, genau so.«
Melodys Lächeln erleuchtete den düsteren Raum buchstäblich. Das Wasser wurde wärmer, der Lichtschein auf den Felsen wurde heller; sogar die Felsen schienen von innen heraus zu leuchten. Man stelle sich vor – wenn ein Lächeln von ihr so etwas vermochte, was würde geschehen, wenn sie –
»In Ordnung«, sagte sie nach einer Weile. »Ich mache es.«
Jawoll! Jetzt musste ich nur noch eine Sache organisieren – und ich hatte das Gefühl, jemand zu kennen, der mir dabei helfen konnte.

Drei Tage später wurde ich geweckt, weil jemand an mein Fenster klopfte. Ich zog den Vorhang vor dem Bullauge auf und sah Aarons Gesicht. Er stand draußen vor meiner Kajüte auf dem Anleger und sagte etwas, das ich nicht hören konnte; dabei gestikulierte er, ich solle rauskommen.
Ich sprang aus dem Bett und rannte hinaus.

»Mandys Plan hat funktioniert!«, sagte er. »Ich habe gerade mitgekriegt, wie sie angekommen sind.«

»Bist du sicher?« Ich mochte es kaum glauben.

»Ich hab ihr Auto gesehen – und wie sie ins Haus gegangen sind. Sie sind es, eindeutig!« Er packte mich bei der Hand. »Komm, lass uns hingehen.«

»Warte«, sagte ich. »Was ist, wenn – wenn es nicht funktioniert hat? Wenn sie sich an nichts erinnern können?«

Aaron sah hinunter in das Wasser unter dem Anleger, das langsam ans Ufer schlug und wieder hinausgezogen wurde, wie ständige Atemzüge, Einatmen, Ausatmen, immer wieder fort und immer wieder zurück.

»Wir halten uns an die Abmachung mit Neptun. Er hat sich bestimmt auch daran gehalten«, sagte er. »Sie werden sich erinnern.«

Ich nickte. »Dann warte mal kurz hier.« Ich rannte auf das Schiff.

»Was machst du?«, rief er mir nach.

Während ich mich bückte, um hinunterzusteigen, rief ich zurück: »Ich hole Mum.«

Ich zog Mum hinter mir her. »Jetzt links. Stop. Okay, zwei Schritte noch, dann eine Stufe hoch.« Wir waren an der Tür zum Cottage.

»Was geht denn hier eigentlich vor sich, Emily?«, lamentierte Mum. »Du weißt doch, dass ich Überraschungen nicht leiden kann, schon gar nicht so früh am Morgen.«

Aaron grinste mich an. »Aber die wird Ihnen gefallen, Mrs W.«, sagte er.

Mum runzelte die Stirn unter dem Geschirrtuch, das wir ihr um die Augen gebunden hatten. »Das will ich mal hoffen«, sagte sie streng, »um euretwillen.«

Ich löste das Tuch. »Okay, bist du so weit?«, fragte ich.

Mum rieb sich die Augen. »Woher soll ich wissen, ob ich so weit bin, wenn ich nicht weiß, *wozu* ich so weit sein soll?«

Aaron trat neben uns. »So. Dann kommt mal. Es geht los.«

Dann hob er die Faust. Einen Augenblick hing seine Hand zögernd in der Luft, und er drehte sich nach mir um. »Sicher?«, fragte er.

Ich nickte schnell. Hinter dem Rücken hielt ich so fest wie möglich den Daumen. *Bitte, lass es geklappt haben, bitte, lass es geklappt haben.*

Aaron klopfte an die Tür, und ich hielt den Atem an.

Innen bewegte sich etwas. Jemand schlurfte zur Tür.

Dann ging sie auf.

»Ach du meine Güte, ach du lieber Gott!« Die Frau, die vor uns stand, schlug sich mit der Hand auf den Mund. Ihre Augen füllten sich mit Tränen, und mit der anderen Hand klammerte sie sich an die Tür. »Harry!«, rief sie.

»Harry – komm schnell! Wir haben sie gefunden. Wir haben unsere Tochter gefunden!«

Einen Augenblick später hatte sie Mum in die Arme geschlossen. »Ach, mein Kind«, rief Nan immer wieder. »Mein liebes, liebes Mädchen.«

Grandad tauchte hinter ihr auf. »Kommt herein, kommt doch alle herein«, sagte er.

Wir traten ein. Grandad breitete die Arme aus, und Mum warf sich hinein, während Nan hinter ihr stand, ihr über den Rücken streichelte, vor sich hin flüsterte und halb lachte und halb weinte.

Ich sah mich nach Aaron um. »Wir haben es geschafft!«, sagte ich. Er lächelte und breitete die Arme aus.

»Ihr habt es geschafft«, sagte er und zog mich an sich. »Du und Mandy.«

Mandy – natürlich. Wir mussten es ihr sagen. »Sollen wir zu ihr?«, fragte ich.

Aaron drückte mich etwas fester an sich. »Gleich«, sagte er. »Warte noch ein bisschen.« Ich kuschelte mich enger an seine Schulter und konnte nichts einwenden.

»Also, ich weiß nicht, wie es mit euch steht, aber das verlangt doch nach einer Tasse Tee«, kam eine Stimme vom Eingang her.

Mum löste sich aus den Armen ihrer Eltern. »Millie! Sieh mal, wer da ist!«, sagte sie.

Millie zwinkerte jemandem zu, der neben ihr stand. Sie trat ein, und die andere Person folgte ihr. Mandy.

»Nun sieh dir das mal an«, sagte Millie zu Mandy, während beide näher kamen. »Wie ist denn so was nur möglich …?«

Dann ging sie schnurstracks durchs Wohnzimmer in die Küche. »So, wo ist denn hier der Kessel?«, fragte sie.

Mandy gesellte sich zu uns. »Ich hab es ihr erzählt«, sagte sie verlegen. »Ich hatte das Gefühl, dass sie hilfreich sein könnte. Und das war wohl auch so.«

»Wie das?«, fragte ich.

Mandy lächelte. »Wirst du noch sehen.«

»Was werden wir noch sehen?« Mum kam und legte mir den Arm um die Schultern. »Findet ihr nicht, dass es an der Zeit ist, *mir* das alles mal zu erklären?«

Nan legte Mum den Arm um die Taille. »Und mir auch«, sagte sie.

Also legten wir los. Millie schenkte Tee ein, während Aaron, Mandy und ich berichteten.

»Aber eines verstehe ich immer noch nicht«, sagte Mum. »Wie habt ihr sie denn jetzt überredet herzukommen?«

Aus einer Reisetasche, die in der Ecke stand, zog Grandad eine Zeitung. »Damit«, sagte er.

Er schlug die Zeitung auf und breitete sie auf dem Tisch

aus. Wir sahen das Foto, das Millie von meinen Großeltern gemacht hatte.

Ich sah Mandy an. Sie lächelte zurück. »So haben wir das gemacht«, sagte sie.

Unter dem Foto stand folgender Text:

Kennen Sie diese Leute? Haben Sie sie in letzter Zeit gesehen? Sind Sie das vielleicht?
Wenn ja, dann kommen Sie bitte unbedingt nach Brightport, ganz dringend. Dort wartet die größte Belohnung Ihres Lebens auf Sie.
Kommen Sie schnell! Sie werden es nicht bereuen!

Nan lächelte Mum zu. »Wir haben beim Herausgeber angerufen, und er hat uns gebeten hierherzukommen. Und es hat gestimmt, was in dem Artikel stand«, sagte sie. »Das ist zweifelsohne die größte Belohnung unseres Lebens.«

»Aber wie ist das denn in die Zeitung gekommen?«, fragte Mum.

Mandy räusperte sich. »Ähm, das war ich«, sagte sie. »Mein Vater ist eng mit dem Herausgeber der *Brightport Times* befreundet, die zu einer ganzen Kette von Lokalblättern gehört.«

»Der Text ist in allen Zeitungen im Umkreis von hundert Kilometern erschienen«, sagte ich.

»Es war einen Versuch wert, nicht mehr«, setzte Mandy hinzu.

Mum nahm Mandys Hand. »Und es hat geklappt«, sagte sie freundlich. »Das ist doch das Einzige, was zählt.«

Sie hatte recht. Oder zumindest fast. Es war nicht das *Einzige*, was zählte. Mir blieben immer noch nur wenige Tage, um Neptun zu beweisen, dass wir mit unserer Aufgabe schon einiges erreicht hatten, und ich hatte keine Ahnung, ob uns das gelingen würde.
Mr Beeston hatte eingewilligt, den Versuch zu machen, mir bei meiner Idee zu helfen. Dank seiner guten Kontakte hatten wir den perfekten Schauplatz – aber es gab keine Garantie, dass es klappen würde.
Und bisher hatte ich es immer noch nicht geschafft, mit erhobenem Haupt in Brightport herumzulaufen. Immer noch glaubte ich, dass mich jeder Zweite, an dem ich vorbeikam, mit einem Netz einfangen, mich ausliefern und seine Belohnung einkassieren wollte.
Mandy sah mir an, wie mir zumute war, und stieß mich an. »Hey«, flüsterte sie, »gestern hab ich in der Redaktion der *Brightport Times* Mr Beeston gesehen. Er hat ein äußerst zufriedenes Gesicht gemacht. Ob es wohl etwas mit dem hier zu tun gehabt hat?« Sie steckte mir die heutige Zeitung zu. »Deswegen bin ich hergekommen, um euch das zu zeigen. Hätte ich fast vergessen, wegen deinen, äh, du weißt schon –« Sie machte eine Handbewegung zu meinen Großeltern.
»Was ist das denn?«, fragte Millie. Sie entriss mir die Zeitung und breitete sie auf dem Tisch aus. Gemeinsam starrten wir auf die Titelseite.

AUFSEHENERREGENDE SAMSTAGSVORSTELLUNG

Eine zauberhafte Darbietung, wie man sie wohl noch nie erlebt hat, findet am Samstag auf dem Neubaugelände am Kai von Brightport statt. Einzelheiten des Ereignisses sind so geheim, dass nicht mal die Redakteure der *Brightport Times* Genaueres wissen. Aber eines wird uns verheißen: Die Show soll ohnegleichen sein, und wer sie sich entgehen lässt, wird es bereuen. Kommen Sie – oder bleiben Sie der Einzige in Brightport, der am Samstag an einem anderen Ort zu sein wünscht! Eintrittskarten an der Abendkasse. Erwachsene 2 Pfund, Kinder 1 Pfund.

Er hatte es gemacht! Mr Beeston hatte seinen Teil zu dem Plan beigesteuert!

»Na, das klingt ja nach einem Schnäppchen. Ein Samstagabendprogramm für zwei Pfund«, sagte Millie und leerte ihre Tasse.

»Ach, ich weiß nicht«, sagte Mum. »Ihr wisst doch, diese Zeitungen. Da wird immer alles übertrieben. Das ist sicher nur so ein Kumpel vom Herausgeber, der eine kleine Show mit Line Dancing macht oder so was. Entschuldige, Mandy, nichts für ungut. Ich weiß, dass deine Eltern gut mit ihm befreundet sind.«

»Mum, wir *müssen* aber hingehen«, sagte ich. *»Alle zusammen.«* Ich sah die anderen an.

Mandy und Aaron nickten begeistert. »Aber sicher!«, sagte Aaron.

»Auf jeden Fall«, stimmte Mandy zu.

Mum lächelte mich an. »Na gut, wenn es dir so viel bedeutet, Zuckerschnute, dann gehen wir eben hin.«

»Das ist doch vielleicht ein schöner Anlass, die Zusammenführung unserer Familie zu feiern«, sagte Grandad und legte seine Hand auf die von Mum.

»Eines Großteils der Familie«, sagte Mum verhalten. »Ihr wisst, dass Jake und ich – wieder zusammen sind. Das stört euch doch nicht, oder?«

Grandad drückte Mums Hand fester und legte Nan einen Arm um die Schulter. »Liebling, nichts könnte uns glücklicher oder stolzer machen.«

Mum sah Millie an.

Millie zuckte die Schultern. »Du kennst mich doch. Ich falle nicht gerne mit Extrawürsten auf«, sagte sie mit einem Naserümpfen. »Wenn ihr alle geht, komme ich mit.«

Ich sah die anderen strahlend an. »Abgemacht. Wir gehen alle hin.«

Nun musste ich einfach abwarten, und bis dahin konnte ich nichts als hoffen und beten, dass es klappte und ich Neptun endlich loswurde – für immer.

Wir schoben uns durch die Sitzreihen, um unsere Plätze zu finden. Dritte Reihe, direkt in der Mitte. Gute Plätze. Von hier aus würden wir alles sehen.

Die Veranstaltung fand am Meer unmittelbar neben dem Baugelände statt. Vor uns, direkt am Ufer, stand eine schnell zusammengezimmerte Bühne, so dass das Meer praktisch Teil der Kulisse war. Mr Beeston hatte es dank seiner Kontakte geschafft, alle verfügbaren Stühle der Stadt aufstellen zu lassen. Zum ersten Mal in seinem Leben hatte er etwas richtig gut hinbekommen!

Ich konnte mich kaum auf die Vorstellung konzentrieren. Immer ging mir im Kopf herum, dass dies meine einzige Chance war, Neptun zufriedenzustellen. Wenn es nicht klappte, dann war alles aus. Mission gescheitert. Mir würde mal wieder eine seiner Strafen drohen.

Wie würde sie diesmal aussehen? Würde er mich auf ewig ins Gefängnis werfen, wie er es mit meinem Vater gemacht hatte? Vielleicht würde er mich sogar wieder in die Höhlen der Sirenen verbannen, jetzt, wo ich nicht mehr die Macht besaß, mich zu befreien?

Ich atmete mehrmals tief durch und versuchte, die Gedanken zu vertreiben.

Das Publikum verstummte. Jemand kam auf die Bühne. Ein Scheinwerfer ging an, und ich sah, wer es war.

Mum stieß mich an. »Mr Beeston! Was um alles in der Welt hat denn der damit zu tun?«, flüsterte sie.

Ich hatte ihr nicht erzählt, was wir organisiert hatten. Sie hatte die ganze Woche mit ihren Eltern verbracht und nicht mehr aufhören können zu lächeln. Wenn sie gewusst hätte, was auf dem Spiel stand, hätte sie sich ebensolche Sorgen gemacht wie ich. Das wollte ich ihr nicht zumuten – nicht, wo sie gerade so glücklich war.

Mr Beeston räusperte sich.

»Danke, dass Sie alle heute Abend gekommen sind«, begann er. »Es sieht ja so aus, als ob praktisch die gesamte Stadt anwesend ist.«

Ich sah mich in der Dunkelheit um. Es war randvoll und bis auf den letzten Platz besetzt. Die Leute drängten sich sogar um die Ränder, standen auf den Treppen und bis hinten an die Absperrungen. Nur gut, dass es eine Open-Air-Veranstaltung war, sonst hätten wir womöglich gegen die vorgeschriebenen Brandschutzbestimmungen verstoßen.

»Dies ist ein historischer Moment, und ich bin sehr stolz, ihn allen Menschen aus Brightport präsentieren zu können«, fuhr Mr Beeston fort. »Aber ehe ich fortfahre, möchte ich noch jemandem danken.«

Er ließ den Blick über die Reihen gleiten. Er blieb an mir hängen – gefolgt von einem grellen Scheinwerfer. Ich starrte zu Mr Beeston hinauf, und er lächelte zu mir herüber und streckte den Arm aus.

»Eine ganz besondere Person«, fuhr er fort. »Eine, die in ihren zwölf jungen Lebensjahren mehr Gutes getan hat, als ich mein ganzes Leben erreicht habe. Meine Damen und Herren, der Abend heute wäre nicht möglich ohne die junge Emily Windsnap. Emily, steh doch bitte mal auf.«

Ich sank tiefer in meinen Sitz. Was *machte* er da?

Mum stieß mich an. »Na los, Herzchen, tu, was er sagt«, flüsterte sie.

Verlegen erhob ich mich von meinem Platz. Mir wurde ganz heiß von dem Scheinwerfer, der auf mich gerichtet war, ebenso wie von den vielen Blicken, die ich auf mir spürte.

Die ganze Woche hatte ich mich bemüht, mich unsichtbar zu machen, und nun starrte die ganze Stadt mich an!

Mr Beeston fing zu klatschen an, und allmählich fielen alle ein. Nicht einer wusste, warum sie eigentlich klatschten – mich eingeschlossen.

Schließlich bedeutete mir Mr Beeston, mich wieder zu setzen, und ich ließ mich dankbar auf meinen Platz zurückfallen. Mein Gesicht war noch ganz heiß, und meine Beine fühlten sich an wie Wackelpudding.

»Meine Damen und Herren«, sagte er. »Wir haben Sie aus einem bestimmten Grund zusammenkommen lassen. Wenn wir heute Abend erfolgreich sind, dann wird die Vorstellung, die Sie gleich sehen, Ihr Leben verändern; sie wird unser aller Leben verändern. Wir reden nachher noch mal darüber. Nun aber will ich Ihnen ohne weitere Umschweife jemanden vorstellen … meine Mutter.«

Und damit machte er eine schwungvolle Armbewegung und verließ die Bühne. Der Scheinwerfer wurde abgestellt und wir saßen abwartend in der Dunkelheit.

Die erwartungsvolle Stille wurde von Geflüster und Gekicher unterbrochen. »Seine Mutter?«, hörte ich jemand sagen. »Wir sind hierhergekommen, um von einer alten Frau unterhalten zu werden?«

»Was macht sie denn?«, fragte eine andere Stimme. »Einen Holzschuhtanz?«

Das Geflüster wurde lauter, das Gelächter auch. Schon bald schienen alle unruhig und ungeduldig zu werden.

Doch dann wurde das Geflüster von etwas anderem abgelöst. Es war so leise und zart, dass es der Wind hätte sein können, der sanft über die Menge fuhr, jeden berührte, die Kälte vertrieb, die Angst vertrieb, die Traurigkeit, und sich über alle ausbreitete.

Es war ein Lied. Das Lied einer Sirene. Es war ohne Worte, doch seine Melodie war so perfekt, dass sie jedem vertraut vorkam. Es war, als wären wir schon mit dem Lied geboren, als ob alles in der Natur nur wegen dieses Liedes existierte, kräftiger wurde, leuchtender und schöner – ja, als ob nichts ohne dieses Lied überleben könnte. Das Lied war wie der Lebenshauch schlechthin.

Alle Zuschauer verrenkten die Hälse, um zu sehen, wo es herkam; Tränen strömten ihnen über die Wangen, so schön war der Klang.

Und dann ging der Scheinwerfer an.

»Seht mal, da drüben, auf den Felsen«, rief jemand.

Und da war sie. Melody. Sie saß mit leicht geneigtem Kopf auf den Felsen. Ihr Nixenschwanz schlängelte sich nach unten, ihr Blick war in die Dunkelheit der Zuschauertribünen gerichtet, hielt jeden in Bann, hob uns alle in Höhen, die wir noch nicht erlebt hatten, regte unsere Phantasie an und entführte unsere Träume in Regionen, von denen wir nicht mal wussten, dass es sie gab – und vereinte uns alle.

Donnernder Applaus. Die Leute kletterten auf ihre Sitze, klatschten mit hoch erhobenen Händen und riefen nach Zugaben.

Selbst als Mr Beeston wieder auf die Bühne kam und den stürmischen Applaus zu dämpfen versuchte, klatschten sie weiter. Schließlich gab er auf, und der Scheinwerfer richtete sich zum hundertsten Mal auf Melody, die sich immer wieder verneigte.

Endlich beruhigte sich die Menge. Mr Beeston ließ den Blick erneut über das Publikum gleiten. Als wir uns diesmal ansahen, sagte er nichts. Er neigte nur den Kopf, und ich wusste, was es bedeutete.

Ich stand auf. »Entschuldige, Mum«, sagte ich. »Ich muss das jetzt machen.«

Ich drängte mich ans Ende der Reihe durch und ging zur Bühne.

Wieder sahen alle auf mich, aber diesmal machte es mir nichts aus. Ich wusste genau, was ich zu tun hatte und was ich sagen musste. Schließlich beruhigte sich die Menge so weit, dass ich reden konnte.

»Während der letzten Wochen haben sich viele von euch daran erinnert, dass ihr irgendwann einmal Meermädchen gesehen habt«, fing ich an. »Einige von euch haben sich sicher gefragt, woher diese Erinnerungen stammten, ob sie echt waren und warum sie so lange verschüttet oder vergessen waren.«

Ich verstummte, und leises Flüstern brandete unter den Zuschauern auf. Viele nickten mit den Köpfen: *Ja,* sagten sie, *mir ist das auch passiert.*

Ich holte Luft. »Eure Erinnerungen waren echt«, sagte ich. »Wie ihr heute Abend gesehen habt, gibt es die Meerleute tatsächlich. Viele, viele Jahre lang waren die beiden Welten jedoch getrennt. Das müssen wir aber ändern. Meine Familie –«

Ich brach ab. Die Ungeheuerlichkeit unserer Aufgabe schnürte mir die Kehle zu. Es stand so viel auf dem Spiel. Auf einmal wusste ich nicht mehr, ob ich es durchziehen konnte. Wenn wir nun scheiterten? Hier oben, vor der ganzen Stadt? Ich schaffte es nicht. Die Worte steckten in mir fest und weigerten sich, aus meinem Mund zu kommen.

»Meine Familie und ich haben vor kurzem ein Versprechen gegeben«, ertönte eine Stimme hinter mir und nahm meine Rede dort auf, wo ich aufgehört hatte.

Ich drehte mich herum. Der Scheinwerfer glitt über den

hinteren Rand der Bühne und suchte nach dem Redner. Dann fand er ihn im Wasser.

Dad!

Er streckte eine Hand aus, und ich rannte zum Wasser und ergriff sie.

»Wir haben eine Abmachung getroffen«, fuhr er fort. »Wir haben uns verpflichtet, die beiden Welten der Meerleute und der Menschen wieder zu vereinen. Und heute Abend könnt ihr uns helfen, das zu vollbringen. Wenn euch gefallen hat, was ihr soeben gehört habt, wenn ihr mehr hören wollt, dann müsst ihr die Existenz der Meerleute in euer Leben lassen, in eure Herzen. Die Vorstellung heute Abend findet auf dem Gelände statt, auf dem der Stadtrat neue Wohngebiete erschließen will. Was ihr nicht wisst, ist, dass dieses Bauvorhaben eine benachbarte Gemeinde gefährdet … die der Meerleute.«

Dad schwieg, während erstaunte Ausrufe und Geflüster durch die Menge liefen. »Ich hab es gewusst!«, hörte ich jemanden sagen. »Hab ich's nicht gesagt!«

»Ja«, fuhr Dad fort, »es gibt eine Stadt mit Meerleuten hier in der Nähe. Die Bewohner von Schiffriff wollen nichts anderes, als in Frieden ihr Leben zu leben – genau wie die Menschen von Brightport auch. Nur, *ihr* Überleben liegt jetzt in *euren* Händen.«

Er verstummte wieder und holte Luft. Das war's. Das war sein Anteil, mit dem er sie überzeugen wollte, dass sie etwas ändern könnten.

»Morgen will der Stadtrat über dieses Gebiet abstimmen«, fuhr er fort. »Der Beschluss wird Schiffriff und seine Bewohner verwüsten. Wenn jedoch alle zusammenhalten, können wir das verhindern. *Ihr* könnt es verhindern. Wenn ihr auf unserer Seite seid, wenn ihr öfters einen Abend wie diesen erleben wollt, wenn ihr wollt, dass dieses Land nicht zu einer Wüste der Bulldozer wird, sondern zu einer Brücke zwischen zwei Welten, dann müsst ihr das dem Stadtrat klarmachen. Geht morgen zu der Sitzung. Verhindert die Pläne. Wenn die ganze Stadt dahintersteht, werden sie auf euch hören. Meine Damen und Herren, wenn wir auf eure Unterstützung zählen können, dann zeigt uns das, indem ihr mitmacht. Einige Meerleute und Menschen haben sich bereits zusammengetan, um das Projekt zu verhindern. Lasst uns die ganze Stadt überreden, es abzuschmettern. Helft uns, eine neue Welt zu schaffen. Danke.«

Damit ergriff er nochmals fest meine Hand, und wir warteten, was nun passieren würde.

Ich sah hinüber ins Publikum. Als Erstes sah ich Mum, die aufstand. Nan und Grandad erhoben sich ebenfalls. Kurz darauf waren sie am Ende der Reihe und kamen zu uns auf die Bühne.

Mum nahm meine Hand, Grandad hielt ihre andere Hand fest. Nan kam an meine freie Seite.

»Lass sie los«, sagte sie zu Dad – und mit diesen drei kurzen Worten zerschmetterte sie die Hoffnung, die sich in mir aufgebaut hatte. Nach allem, was geschehen war, vor der gesamten Stadt, versuchte sie immer noch, uns auseinanderzubringen. Nein! Wie konnte sie nur?

»Emily, es ist nicht so, wie du denkst«, sagte sie. »Bitte!«

Dad nickte mir zu, und zögernd ließ ich ihn los. Nan trat schnell zwischen uns. Dann nahm sie meine Hand mit ihrer einen, und mit der anderen ergriff sie die von Dad.

»Auch wir gehören zu deiner Familie, Jake«, sagte sie fest. »Wir bauen diese neue Welt gemeinsam auf.«

Dann drückte sie meine Hand und wandte sich dem Publikum zu. Ich tat das Gleiche. Wo ich hinschaute, erhoben sich die Leute und klatschten und lächelten.

Und dann war plötzlich noch jemand hinter mir. »Hey«, sagte sie. Ich drehte mich um und sah sie neben Melody im Wasser.

»Shona!« Ich ließ Mums Hand los und winkte sie näher. Sie schwamm an den Bühnenrand und nahm meine Hand. Mum packte ihre andere Hand.

Ich sah wieder zum Publikum und suchte Aaron. Da war er mit seiner Mutter, neben Mandy und Millie, um sie herum unsere leeren Plätze. Er stand auf. Kurz darauf stand auch Millie auf. Mit einer Hand packte sie Aaron, mit der anderen Mandy, stieß Aarons Mutter an und drängte sich ans Ende der Reihe.

Als sie dort war, sagte sie etwas zu Mandy und Aaron. Aaron nickte. Mandy zögerte, dann flüsterte sie ihren Eltern in der Reihe dahinter etwas zu. Einen Augenblick später standen auch sie auf, und alle kamen auf die Bühne zu.

Millie drängte sich zwischen Shona und Mum. »Also, dass ihr mit eurer neuen Welt bloß nicht ohne *mich* anfangt«, sagte sie und erfasste ihre Hände. Mandy quetschte sich zwischen Millie und Shona und ihre Eltern, und Aarons Mutter stellte sich neben Mum. Aaron tauchte neben mir auf und nahm meine Hand.

Mandy machte eine Kopfbewegung zum Publikum hin. »Seht mal«, sagte sie. Ich blickte auf – und konnte kaum glauben, was da los war.

In hellen Scharen erhoben sich die Menschen von ihren Sitzen. Nicht, um zu gehen – sondern, um zu uns auf die Bühne zu kommen. Reihenweise hielten sie sich bei den Händen, machten mit, stellten sich einander vor, traten zu Melody, um ihr die Hand zu schütteln und zu gratulieren, sprachen mit meinem Vater und schlossen sich schließlich der immer größer werdenden Menschenkette an. Bald war es nicht mehr möglich zu sehen, wo die Bühne aufhörte und der Zuschauerbereich anfing.

»Wir haben es geschafft«, flüsterte Aaron mir ins Ohr. »Wir haben es tatsächlich geschafft.«

In dem Moment hörte ich es hinter mir plätschern. Ich wandte mich um und sah einige Personen im Wasser.

»Das sind Leute aus Schiffriff!«, stieß Shona staunend hervor. »Sie machen auch mit!«

Eine Reihe, die so weit reichte, wie ich sehen konnte, kam angeschwommen. Und dann erkannte ich ein Gesicht unter ihnen. Mit scharfen Zügen und raschen Schwimmbewegungen, gefolgt von einer Reihe Schüler aus der Nixenschule – Mrs Haifischzahn! Selbst sie machte mit! Erst jetzt wusste ich, dass wir es wirklich geschafft hatten.

Ich traute meiner Stimme nicht. Ich wusste nicht, ob die Worte die Tränen, die mir in der Kehle saßen, überwinden könnten. Daher drückte ich Aaron nur so fest ich konnte die Hand. Ich schloss die Augen, und zum ersten Mal, seit wir wieder in Brightport waren, atmete ich so richtig erleichtert auf.

»Komm mit«, flüsterte Aaron. »Lass uns abhauen.« Er sah zu Mandy und Shona hinüber. »Kommt ihr auch?«

»Wir kommen gleich nach«, sagte Mandy. »Wir finden euch schon.«

Wir stahlen uns durch die Menge, schlichen gebückt an Menschen vorbei, drängten uns durch Lücken und drückten uns an den Absperrungen entlang, bis wir das Gewühle hinter uns gelassen hatten.

Brightport war menschenleer, als wir zum Pier gingen und alles, was geschehen war, mit rasender Geschwindigkeit Revue passieren ließen. Lachend wiederholten wir immer wieder die gleichen Geschichten.

Als wir am Pier waren, nahm Aaron meine Hand. Einen Augenblick lang dachte ich, Neptun hätte uns unsere übernatürliche Kraft wiedergegeben. Mein ganzer Körper fing zu kribbeln an, als seine Finger sich um meine schlossen.

»Ja«, sagte er mit verlegenem Lächeln, »ich kann es auch spüren.« Dann kam er näher und flüsterte mir ins Ohr: »Aber ich glaube nicht, dass es was mit Neptun zu tun hat.«

Schweigend gingen wir den Pier entlang, mit verschränkten Fingern. Wir sahen zu, wie die Wellen anrollten, und lauschten dem Klirren der Kiesel, die wieder mitgerissen wurden.

Am Ende des Piers stellte Aaron sich mir gegenüber. Er lächelte.

»Was für eine perfekte Nacht«, sagte ich. Eine feine Mondsichel schien aufs Wasser, ein kleiner Stern stand Wache.

Aaron sah mich eindringlich an. »Das stimmt«, sagte er. »Perfekt.« Er räusperte sich und schluckte heftig. »Aber eine Sache würde sie noch perfekter machen«, sagte er so leise, dass ich es gerade noch hören konnte.

»Was denn?«, fragte ich und hielt den Atem an, während ich auf seine Antwort wartete.

Da kam er näher, so dass ich seinen Atem auf meinen

Wangen spürte, als er antwortete. »Das.« Dann legte er eine Hand auf meine Wange, strich mir das Haar aus dem Gesicht – und küsste mich.

Jemand rief meinen Namen.

»He, ihr Turteltauben!« Es war Mandy. Aaron lachte und rückte ab. Er ließ meine Hand jedoch nicht los. Ich wollte seine auch nie wieder loslassen.

Im Wasser unter uns war auch jemand. Ich sah hinunter.

»Ich bin's!«, rief Shona herauf und spritzte uns mit der Schwanzflosse nass. »Los, kommt rein!«

»Und Mandy?«, fragte ich.

Mandy zog ihre Jacke aus und trat ans Ende des Piers. »Ich kann doch schließlich schwimmen, nicht?«, sagte sie. Und dann sprang sie ohne viel Federlesens hinein.

Weiter unten am Strand hatten Mum und Dad die Menge auch hinter sich gelassen. Dad schwamm im Meer, und Mum lief im seichten Wasser neben ihm her. Ihr langer Rock wurde nass und klebte ihr an den Beinen. Hinter ihr kam Millie. Sie hatte ihr Gewand bis zu den Knien hochgerafft, die Schuhe über die Schultern gelegt und redete mit Aarons Mutter. Nan und Grandad liefen neben Mum her. Eine Stunde oder so würden sie uns wohl nicht vermissen.

Aaron sah mich an und grinste. »Warum nicht?«, sagte er. Dann sprang er ins Wasser und spritzte mich mit den Händen nass. Einen Augenblick später tauchte er unter, und seine Schwanzflosse blitzte im gebrochenen Spiegelbild des Mondes auf.

Ich sprang hinterher. Es dauerte einen Moment, bis meine Beine sich verwandelt hatten. Zum ersten Mal kam es mir nicht mehr so vor, als würde ich von einem Wesen zu einem anderen. Eher war es, als ob zwei Seelen in mir zu einer verschmolzen: zwei Teile eines Ganzen.

Aaron tauchte neben mir auf. »Wer zuerst am Leuchtturm ist!«, sagte er, und seine Augen blitzten so hell wie der Polarstern.

Dann schlug er mit der Schwanzflosse, tauchte ab und war weg.

»Hau doch ab, Loser«, sagte Mandy. Dann tauchte auch sie unter und schwamm ihm so schnell wie möglich nach. Shona schwamm neben ihr. Sie musste nur sanft mit der Schwanzflosse schlagen, um mit Mandy mitzuhalten. Ich tauchte ebenfalls ab, schnalzte kurz mit der Schwanzflosse und beteiligte mich an dem Rennen.

Während ich im Wasser mit meinen Freunden schwamm und spritzte und spielte und lachte und wir um die Wette zum Leuchtturm am Ende der Bucht schwammen, ging mir nur ein Gedanke im Kopf herum.

Es war egal, wer zuerst dort war. Wichtig war nur, dass wir zusammen hinschwammen.

Liz Kessler

Emily Windsnap

Die Reise

Aus dem Englischen
von Eva Riekert

Die Rückkehr des Bergkönigs

Ich war wie tot, ich war verloren,
erstarrt zu Stein, ein Felsgesicht.

Ich war zu Eis gefror'n, war Feuer,
war alles, manches oder nichts.

Ich war einst da, dann nicht gesehen,
ein Wrack, ganz aus der Welt gerissen.

Jetzt taue ich und komm zum Leben,
ein Rätsel, das du längst vergessen.

Ich bin das Land, die See, die Berge,
die Zeichen deiner Furcht und Gier.

Du wolltest, dass der Berg erblindet,
doch Bruder, sieh, jetzt bin ich hier.

Njord

1

»Wir unterbrechen unser Programm wegen einer dringenden Unwetterwarnung. Am Morgen werden in vielen Küstenregionen wieder kurz aufbrandende Unwetter erwartet. Die Wetterämter raten den Bewohnern dieser Gegenden, nur in dringenden Fällen die Wohnungen zu verlassen. Küstenstraßen, die von den gestrigen Wolkenbrüchen noch überflutet sind, bleiben bis auf weiteres gesperrt.«

Mum stellte den Fernseher ab und stand auf, um den Wasserkessel aufzusetzen. »Diese Unwetter sind doch allmählich absurd«, sagte sie. »Es ist schließlich mitten im Sommer! Wir sollten im Freien sein und sonnenbaden, nicht drinsitzen oder in Regenmänteln und mit Schirmen rumrennen müssen.«

Mums beste Freundin Millie nickte in Richtung des zerfetzten, umgestülpten Regenschirms, der kopfüber im Abfalleimer steckte. »Der dritte, den ich in einer Woche ruiniert habe«, sagte sie. »Es wäre nicht so schlimm, wenn es nur der Regen wäre. Es ist der tosende Sturm, den ich nicht ausstehen kann. Ich träume schon ganz schlecht. Und die Wellen, die über die Kaimauer krachen, tragen nicht gerade dazu bei, eine ruhige Atmosphäre für meine Meditation-und-Erkenntnis-Gruppe zu schaffen.«

Meditation und Erkenntnis war der neue Kurs, den Millie auf der *King* abhielt, dem Schiff im Hafen von Brightport, in dem sie ganz in unserer Nähe lebte. Die *King* war früher unser Schiff gewesen, bevor wir ein neues bezogen, nachdem meine Mutter und mein Vater wieder zusammengefunden hatten. Mum ist eine Menschenfrau und Dad ein Meermann, und unser Boot, die *Fortuna*, ist so konstruiert, dass man unter Wasser und darüber wohnen kann. Ich bin halbe-halbe – menschlich an Land, Meermädchen im Wasser –, ich kann also sowohl über dem Wasser als auch unter Wasser leben.

Millies Gruppe *Meditation und Erkenntnis* gab es jetzt bereits seit drei Wochen. Den Kurs hatte sie ins Leben gerufen, nachdem sie ›einen Moment der Erleuchtung und Synchronizität‹ gehabt hatte, wie sie das nannte.

So etwas wie ›Momente der Erleuchtung und Synchronizität‹ hat Millie andauernd. Es beunruhigt sie nicht sonderlich, dass niemand weiß, was diese ›Momente‹ eigentlich sein sollen.

»Ich weiß nicht, warum ihr euch so aufregt«, sagte ich. »Die Unwetter sind doch immer nach einer halben Stunde vorbei, ansonsten war das Wetter ja die ganze Zeit schön.« Ich warf einen Blick aus dem Fenster. »Seht mal, es klart schon wieder auf.«

Mum und Millie wechselten einen vielsagenden Blick.

»Was ist?«, fragte ich.
Mum holte zwei Becher und ließ in einen davon einen Teebeutel fallen. »Na ja, es überrascht mich nicht, dass *du* alles positiv siehst«, sagte sie, und der Hauch eines Lächelns umspielte ihre Mundwinkel.
»Was willst du damit sagen?«
»Sie meint, wie komisch es doch ist, dass diejenigen unter uns alles rosiger sehen, die einen *Freund* haben«, sagte Millie. Dann prustete sie los und erhob sich vom Sofa. »Ich nehm dich doch nur auf den Arm, Schätzchen, kümmer dich nicht drum«, fuhr sie fort und kniff mir im Vorbeigehen in die Wange. »Earl Grey für mich, Mary P.«, fügte sie hinzu und trat zu Mum an die Küchenzeile.
»Blödsinn«, sagte ich und wandte mich von beiden ab, damit sie nicht sahen, wie mir die Röte in die Wangen stieg – oder das Lächeln bemerkten, das ich nur mit Mühe unterdrücken konnte.
Dabei hatten sie ja recht. Es fiel mir zur Zeit schwer, irgendwas *nicht* positiv zu sehen. Was machte es schon, wenn es ein bisschen regnete? Wen störte das? Soweit es mich betraf – meine Welt war voller Sonnenschein.
Und es stimmte, es lag tatsächlich an Aaron. Meinem Freund.
Es fühlte sich immer noch ein bisschen seltsam an, ihn so zu bezeichnen, und ich hatte das Wort auch noch nicht laut ausgesprochen – vor allem nicht in seiner Gegen-

wart! Aber insgeheim benutzte ich es schon – andauernd. Und es gefiel mir.

Tock-tocke-tocke-tock! Das Klopfen an der Tür riss mich aus meinen Gedanken. Ich erkannte den Rhythmus, und wie aufs Stichwort fingen meine Wangen wieder zu brennen an.

Mum war knapp vor mir an der Tür. »Hallo, Aaron«, sagte sie mit einem breiten Lächeln. »Wir haben gerade von dir geredet.«

Aaron sah an Mum vorbei und versuchte, Blickkontakt mit mir aufzunehmen. »Echt?«, fragte er schüchtern.

Ich drängte mich an Mum vorbei. »Bis später«, sagte ich und gab ihr einen flüchtigen Kuss.

»Passt aber auf da draußen«, sagte sie warnend.

»Keine Sorge. Schau doch mal raus – das Unwetter ist schon wieder abgezogen. Ich hab doch gesagt, dass es nicht lange anhält.« Aaron und ich liefen bereits den Anleger entlang.

»Viel Spaß mit deinem Freu-heund!«, trällerte Millie aus dem Schiffsinneren hinter uns her.

Ich sah Aaron verstohlen an. »Tut mir leid«, murmelte ich.

Er lächelte. »Das stört mich doch nicht«, sagte er, »wenn es dich nicht stört?«

Ich war so verlegen, dass ich zu Boden starrte. »Nee, eigentlich stört's mich auch nicht«, sagte ich zu den Holzplanken des Anlegers.

Ohne ein weiteres Wort streckte Aaron den Arm nach mir aus, und beim Weitergehen nahm ich seine Hand. Dabei spürte ich ein Kribbeln, das mir durch den ganzen Körper lief, und mir wurde warm. So ein Gefühl wie das, wenn Aaron meine Hand hielt, hatte ich früher noch nie verspürt. Es war jedes Mal wie ein kleiner Stromschlag, und ich wäre am liebsten auf und ab gehüpft und in Jubelrufe ausgebrochen.

Wir hatten uns erst im Lauf dieses Jahres kennengelernt. Aaron hatte mit seiner Mutter in einem Schloss draußen auf einer Felseninsel im Meer gelebt, aber vor kurzem waren sie zu uns nach Brightport gezogen. Es war noch nicht lange her, da hatten wir ein unglaubliches Konzert veranstaltet, und seit jenem Abend – an dem er mich geküsst hatte – kamen diese Gefühle immer wieder.

Das sagte ich ihm natürlich nicht. Die einzige Person, der ich etwas davon erzählte, war meine beste Freundin Shona.

»Du bist ja *verliebt*!«, hatte sie begeistert losgequietscht, als ich es ihr erzählt hatte. Shona ist ein total typisches rührseliges Meermädchen, so, wie man es sich vorstellt. Nichts liebt sie mehr als eine richtige Schnulze.

»Mach dich nicht lächerlich!«, hatte ich geantwortet. »Ich bin zu jung, um mich zu verlieben. Ich weiß ja nicht mal, was das bedeutet.« Wie sie war ich knapp dreizehn – viel zu jung, um über Sachen wie Verliebtsein nachzudenken.

Trotzdem ließ mich das Wort nicht mehr los. Und ich musste eingestehen, dass es tatsächlich nichts gab, was mir lieber war, als mit Aaron zusammen zu sein. Das bedeutete natürlich auch, dass ich in den letzten Wochen nicht mehr so viel Zeit mit Shona verbrachte wie früher, das war mir klar. Und ich hatte das Gefühl, dass diese Tatsache allmählich zu einem wunden Punkt wurde.

Ich wusste nicht genau, ob es sie langweilte, das fünfte Rad am Wagen zu sein, oder ob sie die Nase voll davon hatte, dass ich von ihm sprach, oder ob sie vielleicht sogar ein winziges bisschen eifersüchtig war. Wie auch immer, sie hatte aufgehört, mich nach Aaron auszufragen. Und wenn ich von ihm anfing, wechselte sie das Thema oder schwamm davon, um was anderes zu machen.

Ich konnte es ihr ja auch nicht verübeln. Mein Gerede über Aaron musste mit der Zeit ziemlich langweilig für sie sein. Und um ehrlich zu sein, mir fehlte es auch, dass ich nicht mehr so oft mit ihr zusammen war. Das Blöde war nur, dass ich noch lieber mit Aaron zusammen sein wollte.

»Auf was hast du Lust?«, fragte Aaron jetzt, während wir den Anleger entlanggingen.

Was ich am liebsten wollte, war, auf den Rummelplatz der Rushtons zu gehen und mit ihm Geisterbahn zu fahren, damit wir im Dunkeln nah beieinandersitzen und Händchen halten könnten. Das hatten wir kürzlich mal gemacht, und obwohl es eine ziemlich langweilige

Geisterbahn war, hatte ich so getan, als würde ich mich gruseln, damit Aaron den Arm um mich legen würde. Das fühlte sich so schön an, dass ich wünschte, die Fahrt würde nie enden. Leider tat sie das aber, und seither hatte ich keine Ausrede mehr gefunden, ein bisschen mit ihm zu kuscheln.

Aber Shona hatte ich seit Anfang der Woche nicht mehr gesehen, und heute war Freitag.

»Sollen wir nach Schiffriff?«, schlug ich vor. Schiffriff war die Unterwasserstadt der Meerleute, in der Shona wohnte.

»Gerne!«, willigte Aaron ein, und wir gingen über den Strand ans Ufer.

Aaron watete ins Wasser. Ich sah mich nervös um.

»Keine Sorge«, sagte er. »Komm nur.« Dann wandte er sich ab und rannte spritzend mit großen Sprüngen ins Wasser.

Ich hatte mich immer noch nicht daran gewöhnt, dass wir nicht mehr geheim halten mussten, was für Wesen wir waren. Erst vor einem Jahr hatte ich überhaupt entdeckt, dass ich zum Meermädchen wurde, wenn ich ins Wasser stieg – und fast die ganze Zeit über war es ein Geheimnis gewesen. Neptun, der Herrscher der Meere, war da absolut eisern gewesen. Über viele Jahre hatte er die Welt der Meerleute und die der Menschen streng voneinander getrennt gehalten. Mit einer Droge hatte er erreicht, dass die Menschen es vergaßen, wenn sie mal eine Nixe gesehen hatten. Er hatte sogar Gesetze erlassen, die bestimmten, dass Menschen und Meerleute keinen Kontakt haben durften. Mein Vater war gefangen gehalten worden, weil er Mum geheiratet hatte!

Aber seit kurzem war alles anders geworden. Neptun hatte angeordnet, dass es für die Menschen und die Meerleute Pflicht sei, miteinander auszukommen. Und er hatte die Gedächtnisdroge abgeschafft – zumindest in Brightport. Daher wussten hier alle über die Meerleute Bescheid, und wir hatten keinen Anlass mehr, uns zu verstecken.

Trotzdem, es war immer noch ein komisches Gefühl, ins Wasser zu steigen, ohne Angst zu bekommen, was passieren würde, wenn jemand meinen Fischschwanz sah.

»Worauf wartest du denn?«, rief mir Aaron zu. Dann tauchte er unter und ließ seine Schwanzflosse unter der Wasseroberfläche hervorschnellen. Als er abtauchte, schimmerte sein Fischschwanz wie Silber im hellen Sonnenlicht, das nach dem morgendlichen Unwetter auf uns herabschien.

Aaron war halb Mensch, halb Meerwesen, wie ich, und die Leichtigkeit, mit der er sich im Wasser bewegte, erinnerte mich daran, wie sehr auch ich dieses Gefühl liebte. Ich schüttelte meine Bedenken ab und lief ins Meer.

Innerhalb von Sekunden spürte ich, wie sich mein Körper veränderte. Erst das vertraute Kribbeln in den Zehen; dann wurden meine Beine taub und verschmolzen mit-

einander; schließlich verschwanden sie ganz, meine Kleider ebenso, und der Nixenschwanz bildete sich aus. Ich ließ ihn schnellen, streckte ihn, wirbelte mit der Schwanzflosse und schwamm zu Aaron.
Seite an Seite machten wir uns auf den Weg, und ich lächelte vor mich hin. War ich jemals im Leben so glücklich gewesen?

Shonas Mutter schwebte im Eingang zu ihrer Behausung in den Höhlen von Schiffriff und lächelte bedauernd. »Tut mir leid, Emily, Shona ist vor einer Weile mit ein paar Schulfreundinnen ausgegangen.«
»Kein Problem«, sagte ich. »Wir finden sie schon.«
Sie verschwand im Inneren, und Aaron und ich schwammen durch den Tunnel wieder ins offene Meer zurück. Eine Reihe von silbernen Fischen begleitete uns, direkt unter mir, und kitzelte mich beim Schwimmen am Bauch.
»Was nun?«, fragte Aaron.
Die Vorstellung, dass Shona mit anderen Freundinnen losgezogen war, versetzte mir einen kleinen Stich – bis ich mir klarmachte, dass ich kein Recht hatte, eifersüchtig zu sein. Ich war ja diejenige, die *sie* ständig versetzte, um mit Aaron zusammen zu sein. Ich konnte mich wohl kaum

beklagen, wenn sie es vorzog, mit ihren Freundinnen aus Schiffriff abzuhängen. Mit echten Freundinnen, die sie nicht fallenließen, nur weil sie einen Freund hatten.

Dann hatte ich eine Idee. »Ich weiß, wo sie sein könnte.«

Das Wasser wurde kälter, je weiter wir hinausschwammen. Fische sahen uns verstohlen nach, während wir an ihnen vorbeizogen.

»Sieh dir die beiden mal an!«, sagte Aaron und lachte, als zwei Fische auf uns zukamen. Einer war dick und gelb und hatte einen lila Fleck über das ganze Gesicht. Er sah aus wie eine vornehme Dame mit verschmiertem Lippenstift. Der andere war über die gesamte Länge seines Fischleibs schwarzweiß gestreift. Elegant schwamm er neben der Dame her, wie ein ergebener Butler.

Wir schwammen durch einige Felsbögen, immer tiefer, bis wir zu einer weitläufigen Matte aus braunem Seetang kamen, die träge in der Strömung wallte.

»Was ist das denn für ein Ort?«, fragte Aaron, als wir den Seetang überquerten und zu einer sandigen Stelle kamen, die mit Fischernetzen, alten Fahrrädern und Ölkanistern übersät war.

»Das ist unser Spielplatz«, sagte ich, schwamm durch eine große Röhre und bedeutete ihm, mir zu folgen.

Am Ende der Röhre sahen wir uns um; Shona war nicht zu sehen. Einerseits war ich enttäuscht – andererseits auch erleichtert. Immerhin hatte sie ihren anderen Freundinnen nicht unseren Geheimplatz gezeigt. Außerdem bedeutete es, dass ich Zeit hatte, weiterhin mit Aaron allein zu sein.

»Hey, sieh dir das mal an«, rief er und schwamm über ein schwarzes Tuch am Ende des Spielplatzes. Das hatte ich noch nie gesehen.

Ich folgte ihm. »Was ist das?«

»Ich finde, das sieht wie ein Segel aus.«

»Ein schwarzes Segel?«

Aaron grinste. »Muss von einem Piratenschiff sein. Lass es uns mal ansehen.«

Er hob eine Ecke für mich an, und mein Herz flatterte wie ein silberner Fisch, der mit den Flossen schlägt. Vielleicht bekam ich ja doch noch die Chance, mit Aaron im Dunkeln zu kuscheln!

Der Sand stob auseinander, als ich unter das Tuch schwamm, das sich nach oben wölbte, wie von der Strömung angehoben. Ich schwamm weiter und hielt erst, als ich Aaron rufen hörte.

Ich drehte mich um. Er war nicht zu sehen.

»Aaron?«

Keine Antwort.

»Aaron?«, rief ich lauter. »Alles in Ordnung?«

Wieder nichts.

Ich wollte zurück zum Rand des Segels schwimmen, aber meine Schwanzflosse verhedderte sich in etwas. Im Seetang? Ich drehte mich um und wollte sehen, was es war.

Dabei schnürte mich der Seetang noch mehr ein. Meine Flosse saß fest. Einen Moment später packte mich etwas um den Bauch.
Und dann wurde alles schwarz.

2

»Aaron, lass mich los«, sagte ich und lachte. Typisch für ihn, sich so einen Scherz mit mir zu erlauben. So zu tun, als würde er mir folgen, und sich dann anzuschleichen und mir die Augen zuzuhalten. Jetzt würde er gleich sagen: »Rate mal, wer ich bin?« Das war leicht zu erraten.
Aber er sagte nichts.
»Komm schon, Aaron, ich weiß doch, dass du es bist«, sagte ich. Ich lachte immer noch. Ich griff nach seinen Händen, um sie wegzuziehen.
Doch genau in dem Moment verging mir das Lachen.
Es waren nicht Aarons Hände.
Die Hände über meinen Augen waren groß, kalt und klamm. »Wer – wer ist das?«, stammelte ich.
Wer immer das war, er hatte eine Hand über meine Augen gelegt und hielt mir mit der anderen den Mund zu.
Ich konnte nichts mehr sagen. Ich bekam kaum Luft.
Mein Herz wummerte so rasend wie der hochgepowerte Motor eines Bootes. Was ging da vor sich? Wie lange würde Aaron brauchen, bis er merkte, dass etwas nicht stimmte, und mich suchen kam?
Ich wollte in die Hand über meinem Mund beißen, konn-

te aber die Lippen nicht mal weit genug öffnen, um die Zähne freizulegen. Ich versuchte, die Schwanzflosse aus dem Seetang zu befreien – und stellte fest, dass es kein Seetang, sondern ein Netz war.

Dann hörte ich eine Stimme. Bärbeißig. Undeutlich. Ungeduldig.

»Binde ihren Schwanz fest«, sagte die Stimme. »So schlüpfrig wie ein Aal, die Kleine.«

Ich hatte das Gefühl, dass mein Schwanz umgeklappt wurde, als man ihn festband. Dann spürte ich, wie man mir einen dicken Strang Schilf über die Augen und den Mund band – das war das Ende. Ich war blind, stumm und in einem Netz gefangen.

»So, nichts wie weg hier«, sagte Bärbeiß. »Los!«

Ich hatte keine Ahnung, wo es hingehen sollte. Es kam mir so vor, als ob die Reise eine Ewigkeit dauerte und das Meer genauso kalt war wie die Hände, die mich die ganze Zeit gepackt hielten und zogen und schubsten, bis wir da waren.

»Und jetzt?«, sagte eine Stimme nach einer Weile. Es war nicht Bärbeiß. Es war eine andere Stimme. Höher. Nicht so grob. Freundlicher? Nein, das war wohl nur Wunschdenken.

»Wir machen genau das, was uns aufgetragen worden ist«, erwiderte Bärbeiß. »Sie hierbehalten und bei ihr bleiben, bis wir weitere Anweisungen bekommen. Die anderen sollten gleich hier sein.«

Die *anderen*?

»Na gut.«

»Du hältst sie fest, und ich kümmere mich um die Schlösser.«

»Verstanden.«

Das eine Paar Hände ließ mich los, während mich das andere fester packte und so sehr drückte, dass ich schon dachte, es würde mich zu Sand zermalmen.

Einen Augenblick später war Bärbeiß zurück. »So, alles verschlossen. Wir können sie rausholen.«

»Rausholen?«

»Sie kann nirgends hin, und man hat uns befohlen, nicht zu unsanft mit ihr umzugehen. Wir können nicht riskieren, dass der Boss aufkreuzt und sie mit verbundenen Augen und in ein Netz gefesselt vorfindet, verstanden?«

»Hast ja recht. Bist du sicher, dass die Tür verschlossen ist?«

»So fest wie das Maul eines Haifischs. Los, befreien wir sie aus dem Netz.«

Ich wand mich und zappelte und kämpfte, als sie das Netz lösten und das Schilf um meine Augen und meinen Mund abnahmen. Kaum war mein Mund frei, fand ich meine Stimme wieder.

»HIIIILFEEEEELASSTMICHLOSIHRUNGEHEUER!«, schrie ich.
Einer hielt mir erneut die Hand über den Mund. Ich biss ihn in den Finger.
»Heiliger Hummer!«, stieß er hervor und machte einen Satz zurück. Jetzt konnte ich ihn von oben bis unten ansehen. Die bärbeißige Stimme gehörte zu einem noch bärbeißiger aussehenden Meermann. Er war riesig groß – mindestens zwei Meter vom Kopf bis zum Ende seiner langen, spitz zulaufenden schlammgrauen Schwanzflosse. Sein strähniges schwarzes Haar war zu einem Pferdeschwanz zurückgebunden, er hatte graue Augen, die mich anstarrten, und etwas, das wie eine ausgefallene Sammlung vorsintflutlicher Nägel, Klammern und Schrauben aussah, hing ihm in den Ohren, den Augenlidern, dem Kinn und der Oberlippe.
Vor dem sollte ich mich wohl besser hüten.
»Du kannst schreien, so viel du willst«, knurrte er, »aber es hört dich keiner. Wir sind tief unten, und meilenweit ist keiner in der Nähe.«

Erschienen bei FISCHER KJB

Die Originalausgabe erschien 2012 unter dem Titel
›Emily Windsnap and the Land of the Midnight Sun‹ bei Orion Chrildren's Books,
a division of the Orion Publishing Group Ltd., London

ISBN 978-3-596-85692-3